KB270894

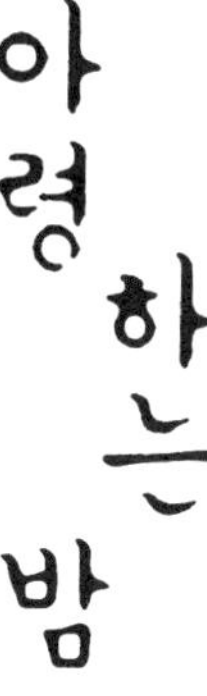

아령하는 밤

아령하는 밤

강영숙
소설집

창비

차례

문래에서

차 안에서 밀크초콜릿 냄새가 진동했다. 나이 사십이 넘은 남자가 눈만 뜨면 초콜릿바를 먹어댔다. 그가 나타나는 곳은 어디든 이 내 모든 것들이 단내를 풍기며 끈적거리기 시작했다. 물티슈를 꺼내들고 그가 묻힌 초콜릿의 흔적을 지우는 게 내 일이었다. 그는 내 옆에 있는 유일한 사람이기 때문에 그런 일 따위로 불평을 하지는 않았다.

1

　차 안에서 밀크초콜릿 냄새가 진동했다. 나이 사십이 넘은 남자가 눈만 뜨면 초콜릿바를 먹어댔다. 그가 나타나는 곳은 어디든 이내 모든 것들이 단내를 풍기며 끈적거리기 시작했다. 물티슈를 꺼내들고 그가 묻힌 초콜릿의 흔적을 지우는 게 내 일이었다. 그는 내 옆에 있는 유일한 사람이기 때문에 그런 일 따위로 불평을 하지는 않았다.

　도로 양쪽으로 용도를 알 수 없는 칙칙한 건물들이 드문드문 보였다. 도로변 숲이 갈색으로 무성했다. 나는 도시를 떠나고 싶지 않았다. 그래서 그랬는지 눈앞에 펼쳐진 도로 양쪽의 풍경이 공포영화에 등장하는 이 빠진 레고블록을 연상시켰다. 우리는 Y지역이 시작되는 지방도로로 들어선 지 십분쯤 지나 차를 세웠다. 아파트 벽면 위쪽에 반쯤 페인트칠이 벗겨진 아파트 이름을 본 것 같기는 했다.

"저거 아니냐? 봤어?"

혼잣말하듯 그가 소리쳤다. 그냥 지나쳤다가 후진해서 차를 세웠다. 도로 오른쪽에 푸른나래 어쩌고 하는 이름의 아파트 한 동이 부자연스러운 각도로 서 있었다. 그는 과감히 핸드브레이크를 올렸고 나는 물티슈를 꺼내 브레이크 윗면에 묻은 초콜릿 흔적을 닦았다. 석달 전이었다. 바로 이쯤에서 차를 세우고 개척지에 막 도착한 이주민들처럼 눈살을 찌푸린 채 창문 밖을 내다봤던 것이.

찻길에서 채 100미터도 떨어지지 않은 논바닥에 지은 12층짜리 아파트는 낮은 담벼락도, 알록달록 칠을 한 미끄럼틀조차도 부대시설로 갖고 있지 않았다. 언 눈이 점처럼 무수히 박힌 논바닥과 그 위로 둥그렇게 굴러다니는 바람 소리만 느껴졌다. 아파트 뒤로는 몇겹의 논이 산 아래까지 이어졌고 산 위쪽으로는 모두 농장지대였다. 도로 옆 곳곳에 세워진 소 그림 표지판이 농장밀집지대임을 자연스레 알려줬다.

창문을 열자마자 상상할 수 없던 냄새가 나기 시작했다. 마른 땅에 떨어지는 빗물 냄새 같은 것이 더운 열기와 함께 목 안으로 쑥 몰려들어왔다. 그는 얼른 뒷자리로 몸을 돌려 담배를 찾았다. 그가 담뱃갑을 든 채 차 밖으로 나갔고 나도 따라 나갔다. 눈을 찌푸린 채 사방을 둘러보는 동안 뭐라고 표현하기 어려운 지독한 냄새가 계속해서 몸 안으로 들어왔다. 마른 먼지 냄새와 축축하고 비린 듯한 쇳내, 그게 아니면 썩은 강물 냄새 비슷한.

그는 운전석 쪽에 서서 차 지붕에 어깨를 기댄 채 담배를 피웠다. 나는 보도 턱을 내려가 아파트 진입로 쪽으로 걸었다. 겨울 햇빛이 발광체처럼 하얗게 빛났다. 도로 쪽으로 난 베란다를 뚫어져라 올려다봤다. 흰 이불보 같은 것들이 휘날리는 것 같기도 했고 문이 열렸다 닫히는 소리, 누군가 세차게 내뱉는 기침 소리 같은 것도 들리는 듯했다. 그러나 나 혼자만의 상상이었을 뿐 실은 아무 움직임도 느껴지지 않았다.

"차에 들어가 있자."

아파트 쪽을 쳐다보던 그가 팔을 들며 논바닥 위 아파트 진입로에 서 있는 나를 향해 소리를 질렀다. 추워서 옷깃을 여미지 않을 수가 없었다. 풍경을 제멋대로 뒤흔들며 8톤 트럭들이 지나갔다. 그때 나는 공기 중에 떠도는 정체를 알 수 없는 냄새를 감지했다. 그건 죽음의 냄새였다. 어릴 적, 방 한가운데서 맡았던, 그냥 받아들일 수밖에 없었던 무서운 그 냄새였다.

"너에겐 좋은 곳이야. 매일 아침 신선한 우유를 마실 수 있게 될 거다. 네 몸이 좋아지는 건 이제 시간문제야. 기쁘냐? 기쁘지."

그가 가죽장갑 낀 손을 들어 길가에 세워놓은 농장 표지판을 가리키며 내 어깨를 두드렸다. 어디 우유뿐이겠는가. R은 나를 위해서라면 통째로 소도 잡아올 사람이었다. 그때 아스팔트가 덜덜 떨렸고 저 뒤에서 탱크만한 커다란 군용차가 달려오는 게 보였다. 우리는 몸을 떨며 차에 탔다. 아파트 뒤쪽 벌판은 금세 어두워진 것 같았다. 무슨 일인지 우리가 만나기로 한 부동산 중개인은 약속한 지 한 시간이 지나도록 나타나지 않았다.

"그런데 이 자식 왜 안 와."

그가 화를 내며 휴대폰을 들었다 놓길 몇차례.

"오긴 온대요? 통화했어요? 잊어버린 건 아닐까?"

그는 팔짱을 낀 채 배를 내밀고 졸고 있었다. 앞유리창으로 거짓 말처럼 커다란 눈송이가 떨어졌다. 나도 모르게 앞유리창 위로 떨어지는 눈송이 쪽으로 입을 벌렸다. 굉장히 목이 말랐던 것 같다. 그때 아파트의 동쪽 출입구에서 아이 둘이 폴짝 뛰어나왔다. 둘 다 발목까지 오는 긴 패딩점퍼 차림에 동물 캐릭터가 그려진 마스크를 썼다. 둘은 손을 잡은 채 천천히 논 한가운데로 걸어와 도로에 올라섰다. 둘 다 차를 흘깃 돌아보고는 앞으로 걸어갔다. 그렇게 몇 걸음 우리 차 앞으로 걸어가다가 키가 작은 아이가 다시 돌아봤다. 나는 어색하게 한 손을 들어 흔들었다. 그러거나 말거나 아이들은 손을 꼭 잡은 채 좁은 길을 빠른 걸음으로 걸어갔다. 커다란 차들이 아이들 옆으로 바싹 지나갈 때마다 나도 모르게 크게 숨을 쉬었다.

문래 사람들과 마지막으로 만난 날은 생각보다 많이 힘들었다. 사실 남편의 일자리 때문에 이사 가기로 한 Y지역에 대해 나는 아무런 기대가 없었다. 우리는 문래에서만큼은 그럭저럭 괜찮았다. 옛날부터 실 뽑고 천 만드는 방직공장이 많았다는 문래는 그 유래와 다르게 늘 칙칙하고 어두웠다. 방직공장은 주식회사라는 이름을 달고 커다란 빌딩 안으로 들어가버렸고 문래는 곳곳이 기름 냄새 나는 철공소들의 거리였다. 골목에 쌓인 눈은 한 번도 흰색인 적이 없으며 지구상에서 가장 늦게 녹았다. 또 도시의 먼지란 먼지는 다 문래로 모여들어 쌓이는 것 같았다.

문래역과 영등포역 사이, 이주를 못하고 남아 있는 중소 철공소들이 드문드문 영업중인 곳에 언제부터 그림을 그리는 가난한 예술가들이 모여들게 됐는지 그건 잘 모르겠다. 프레스 작업을 하거나 금형을 뜨는 공장들, 특수제작물을 만드는 용접 전문 철공소들은 그대로 있고 그 사이사이 버려진 작은 가게들이 울긋불긋 색을 입고 그림이 그려진 예술가들의 작업실로 변했다. 공장 문짝에 그려진 화려한 꽃무늬, 담벼락에 그려진 캐릭터는 이상하게도 칙칙한 문래와 잘 어울렸다. 이른 아침 시간에는 주로 근처 소규모 공장에서 일하는 사람들이 거리를 활보했다. 그러나 밤이 된다고 해서 예술가들을 흔하게 볼 수 있는 건 아니었다. 그들은 그냥 혼자 작업실에 있거나 늦은 밤 작업을 끝내고 퇴근길에 한잔 마시러 나온 공장 사람들과 가끔 섞여 있을 뿐이었다.

만나는 장소는 복순네 식당. 커다란 해바라기를 그려넣은 식당 간판을 가진 문래 유일의 멋진 식당이었다. 공장일을 끝낸 철공소 사람들은 다들 말수가 적었다. 한시간 정도는 술이든 고기든 맹렬히 먹기만 했다. 입가에 검은색 재가 묻는 것도 모르고 먹기만 했다. 비슷한 각도로 고개를 숙인 채 고기 기름에 이마가 번질번질해지도록 먹기만 했다. 그러다 배가 불러오면 조금씩 입을 열어 낮에 있었던 일들을 말하기 시작했다. 대체로 교양 없는 사람들이었지만 다른 사람을 불쾌하게 만드는 일은 절대로 하지 않았다.

옆 테이블에는 머리가 길고 알록달록한 옷을 입은 예술가들이 담배를 피워대며 저녁 겸 소주를 들이켰다. 말이 없기는 철공소 사람들과 막상막하였지만 예술가들의 테이블에는 뭔가 활기가 있었다. 어쩌면 그건 내 편견인지도 모르겠다. 내 눈에는 세상에서 가장 어울리지 않는 사람들의 만남이었다. 젊은 예술가들과 같이 있다가 복순네 식당 문을 열고 나왔을 때마다 마주치는, 붉게 변하며 저만치 높아지는 문래의 회색 하늘을 나는 무척 마음에 들어 했다. 사실은 길거리 조명이 많지 않아 밤 일곱시만 되면 거리가 대부분 캄캄해지기 때문이었지만. 그래도 왜 그런지 기분이 좋아져 어깨를 으쓱했다.

한 여자애가 있었다. 그애는 복순네 식당 주방을 마음대로 드나들고 주인을 도와 콩나물도 다듬고 냉장고에서 소주나 맥주를 꺼내 손님들한테 갖다주기도 했다. 동네 아저씨들과 자연스럽게 맞담배질도 하고 라이터도 빌렸다. 그러다 누군가 기분 나쁜 말을 하거나 그 여자애 표현대로 상식에 어긋난 행동을 하면 "난 예술가란 말이야, 난 화가라구, 씨발." 하고 화를 내며 소리를 질렀다. 그러면 식당에 있는 젊은 예술가들은 "네가 최고야, 브라보."라고 외쳤고 다 함께 소주를 마셨다. 그러거나 말거나 철공소 사람들은 눈을 내리깔고 씩 웃거나, 아무 반응 없이 소주잔만 들이켰다.

그 여자애는 복순네 식당에서, 목욕탕 모퉁이에서, 야채장수 트럭 앞에서, 로데오거리 — 내가 살았던 모든 후진 도시에는 로데오거리나 로데오노래방이 꼭 있었다 — 에서 불쑥불쑥 내 앞에 서 있곤 했다. 여자애는 늘 혼자였고 만날 때마다 머리 스타일이 달랐다.

양 갈래로 묶어 양 빗장뼈 위로 내리거나 하늘로 추켜올려 상투처럼 꼬거나 마음껏 길게 풀어헤치거나 늘 달랐다. 그래도 그 여자애를 단박에 알아볼 수 있었던 건 그 사람만이 가진 활기, 멈추지 않고 늘 움직이는 생기있는 몸놀림 때문이었다. Y지역으로 이사 오기 전에 그 여자애를 한번쯤은 우연히 만날 거라 생각했지만 만날 수 없었다.

내가 그 여자애를 처음 본 곳은 동네 슈퍼마켓 계산대 앞. 여자애는 물건값 계산이 채 끝나기도 전에 다른 물건들을 기웃거리느라 계산대에서 떠나 있었다. "저기요 ○○○님, 싸인해주셔야죠." 나는 피식 웃었다. 젊은 예술가의 이름과 내 이름이 똑같았다. 아니 세상에, 나랑 이름이 같은데 나랑 다르게 그토록 예쁘게 생긴 여자애가 문래에서 살아가고 있었다. 나는 아무에게나 감사합니다,라고 말하고 싶은 심정이 되어 두 손을 잡고 좋아했다.

여자애는 카드단말기에 싸인을 하고 부풀린 머리카락을 쓰다듬었다. 그리고 우렁찬 목소리로 인사를 하고 가게 밖으로 나갔다. 나는 여자애를 따라갔다. 여자애는 비닐봉지를 든 채 낮은 부츠를 신은 발로 씩씩하게 걸어 오거리의 복순네 식당으로 들어갔다. 어린 예술가들 틈에 앉은 여자애는 나보다 다섯 살, 아니 열 살은 어려 보였다.

조금 기다리자 남편과 남편 동료들이 약속이나 한 듯 식당으로 왔다. 젊은 예술가 중 한 남자애가 자기 목에서 목도리를 풀어 여자애의 어깨에 둘러주었다. 여자애와 친구들은 김치찌개에 소주를 마시며 낄낄거렸다. 그때 여자애가 날 봤다. 나는 그 순간을 놓치고 싶지 않았지만 금세 얼굴을 돌려버렸다. 그리고 조금 있다 어수선해진 틈을 타 여자애의 옆얼굴을 훔쳐봤다. 오해일 수도 있지만 분명 여자애는 나를 쳐다봤었다. 맥락도 없이 여자애는 참 예뻤다. 그애는 옆에 앉은 친구들의 콧잔등에 끊임없이 뽀뽀를 해대는 이상한 사람이었다. 이상하게 그애를 보면 아랫배가 따뜻해졌다. 나와 이름이 같은 예술가, 그것도 그림을 그리는 화가라니.

문래의 마지막 날, 그날 남편 동료들과 저녁을 먹고 늘 그랬듯이 천천히 걸어서 집으로 돌아갔다. 일행들이 한두 명씩 버스정류장으로, 골목으로 사라지고 남편이 가장 좋아하는 형님 한 사람과 우리만 남았다. 남편은 덩치가 산만한 남자의 몸에 안기며 말했다. "형님, 에이 우리 형님." 형님이 아무 말이 없자 또 "형님, 형님." 하며 머리통을 끌어다 뽀뽀를 하고 팔을 들어 어깨에 둘렀다. "에이, 형님 진짜. 아휴, 형님." 참 이상한 구석이 있는 남자들이었다. 나는 그 덩치 큰 남자들이 굼뜨게 애정표현을 하는 걸 보며 가로등처럼 서 있다가 그들이 걷기 시작하면 약간 떨어져 걸었다.

어느새 혼자 사는 형님 집 앞에 도착해 두 사람은 또 포옹을 했다. 그때 갑자기 어두운 골목길이 시끄러워지면서 예술가들이 지나갔다. 보라색 바지를 입은 그 여자애가 무리 중에 끼어 있는 것 같았다. 그러나 골목은 이내 비었다. 얼마쯤 가다 내가 그의 팔짱을 끼자 그는 내 어깨에 팔을 둘렀다. 가끔 안 좋은 일이 일어나기도 하는 우범지역이었지만 그가 있어 두렵지 않았다.

집 앞에 도착해 다세대주택 현관문을 열자 1층 복도의 쎈서등이 켜졌다. 2층 복도의 쎈서등이 켜지면서 1층 복도의 쎈서등은 꺼졌다. 모든 계단의 쎈서등이 완전히 꺼질 때까지 나는 집 아래 골목길을 잠깐씩 내려다봤다. 봐도, 또 봐도 아무도 없었다. 결국 나는 누운 남편의 양말을 벗기고 다시 골목길로 나왔다. 남편 없이는 밤에 절대 혼자 걷지 못하던 골목길이었음에도 무섭지 않았다.

급히 만날 사람이라도 있는 것처럼 대로변으로 나와 길을 건너고 예술가들 작업실이 있는 오거리로 가는 동안 나는 좀 미친 것 같았다. 길이 미끄럽기도 했지만 마음이 급했다. 주변의 철공소들은 이미 깜깜했다. 불투명한 비닐포장을 친 채 야간작업을 하기도 했지만 대부분 셔터를 내리고 철공소의 내부를 깊은 어둠에 숨긴 뒤였다. 우리의 화가는 골목 안 작은 철공소들 틈새에 끼인 작업실에서 그림을 그리고 있었다. 나는 발끝을 들고 썬팅된 유리창 안을 넘겨다봤다.

여자애의 뒤통수는 작아 보였고 손은 아주 커 보였다. 탁자에는 맥주병을 비롯해 소주병, 와인병 등 온갖 술병들이 어지러웠고 여자애의 화폭은 말할 수 없이 검고 컸다. 화폭의 뒤편, 벽을 따라 놓인 그림들은 도무지 뭘 그렸는지 짐작할 수 없었다. 커다란 눈동자 하나가 가로놓인 몸뚱이는 머리도 다리도 없었고 어떤 그림은 그냥 검은색투성이였다. 심지어 머리와 몸이 분리된 채 허공에 떠 있는 사람을 그린 그림도 보였다. 여자애는 구석에 기대앉아 초점도 없이 그림을 바라보기도 하고 휴대폰을 뚫어지게 내려다보기도 했다. 세상에! 순간 나는 문을 밀고 들어가려고 했다. 다행히 문은 걸려 있었다. 여자애가 그린 그런 무서운 그림을 봤는데도 그날 밤 나는 왠지 악몽을 꾸지 않았다. 평소에 제발 악몽 좀 꾸지 않게 해주세요,라고 어린아이처럼 무릎을 꿇고 앉아 기도를 올린다는 건 아무도 모르는 일이었다. 나는 그렇게 덜떨어진 바보 같은 사람이 었으면서 그 여자애 생각만 하면 온순한 동물처럼 착 가라앉으며 더 착해지고 순해지는 것이었다.

2

　부동산 중개인이 가죽장갑 낀 손으로 자동차 창문을 두드렸다. 어느새 우리 차 뒤에 구형 쏘나타 한 대가 와 서 있었다. 털 달린 벙거지를 벗으며 중개인이 말했다. "이런 전원생활은 모든 사람들의 꿈입니다." 그가 소들이 탱탱한 젖을 뽐내며 사람처럼 웃고 있는 표지판을 가리키며 씩 웃었던 것도 같다. "이제 매일 아침 신선한 우유를 마실 수 있을 겁니다." 어디서 많이 듣던 말이었다. 중개인이 그렇게 말하거나 말거나 나는 썬글라스를 벗지 않았다. 문래에서 멀어진 흔적을 그토록 빨리 확인하고 싶지는 않았다.

　아파트에 들어가자마자 중개인은 손에 든 비닐봉지에서 신문지를 꺼내 바스락거리는 소리를 내며 동선을 따라 빈틈없이 깔았다. 도로와 가까워 자동차 소음이 큰 것 말고는 채광도 좋고 분위기도 괜찮았다. 중개인은 가구가 들어오면 더 아늑해질 거라는 등 상식적인 말들을 하며 집 안을 뱅글뱅글 돌아다녔다.

　벌판 쪽으로 난 거실 창을 열고 밖을 내다봤다. 탁 트인 벌판이 눈에 들어왔다. 솔직히 그 벌판 풍경이 마음에 들었다. "계약하겠어요." 중개인이 내 말을 듣고는 환하게 웃으며 갑자기 외국사람처럼 어색하게 두 팔을 벌렸다. "자, 그럼 사무실로 가시죠." 그러는 동안 남편은 화장실에 들어가 볼일을 보고 나와 무조건 내 생각대로 하겠다며 웃었다. 중개인이 먼저 현관 쪽으로 걸어갔다. 무심코 그를 따라가던 나는 현관 앞에서 아파트 바닥에 깔린 신문지를 돌아봤다. 중개인이 몇발짝 먼저 닿은 곳마다 붉은색 자국이 나 있었다. 금세 신문지에 배어버린 핏자국이었다. 그러거나 말거나 우린 그곳 말고는 갈 곳이 없었고 이사를 했다.

아침잠을 깨운 건 아이들의 함성이었다. 아파트 현관문을 열고 밖을 내다봤지만 복도는 고요했다. 복도 창으로 환한 햇살이 몰려와 있었다. 거실 문을 열기에는 한기가 있어 부엌 씽크대 위로 난 작은 문을 열고 벌판 쪽을 내다봤다. 여전히 잔뜩 얼어붙은 아파트 뒤 벌판 한가운데 아이들이 동그랗게 모여 서서 뭔가를 내려다보고 있었다. 흰 논바닥에 박힌 검고 큰 것들이 보였다. "새들이다! 죽었어! 죽은 새들이야!" 아이들이 소리를 질렀다. 나는 순간 눈을 질끈 감았다. 새들이 새까맣게 죽어 논바닥에 떨어져 있었다. 스웨터를 걸치고 나와 거실 문을 열었다. 차가운 바람이 와락 밀려들어왔다. 창문 틈에 검은 새의 깃털이 달라붙어 있었다. 문을 열고 손을 뻗은 순간 깃털이 바람 때문에 내 가슴에 붙어버렸다.

왜 새들이 Y지역의 논바닥에 와 죽었는지 나 같은 사람은 알 수 없었다. 나는 너무 아는 게 없어서 정말이지 새들에게 생긴 일을 조금도 짐작해볼 수 없었다. 죽은 새들 얘기도 해야 하고, 할 얘기가 많은데 밤이 되어도 남편은 들어오지 않았다. 텔레비전뉴스를 보며 땅콩을 먹었다. 새들이 떼로 죽은 건 Y지역에서만 일어난 일이 아니었다. 전국 곳곳에서 새들이 죽었다. 원인은 불분명했다. 스트레스 탓이거나 추위에 얼어죽었거나 지역축제 때 터뜨린 불꽃놀이 폭죽 때문인 것 같다고 했다. 자정이 다 되어 들어온 그의 얼굴은 몹시 홀쭉해진 것 같았다. 나는 그의 얼굴을 두 손으로 비볐다. 그는 왜 그런지 좀처럼 웃지 않았다.

언제나 세상의 모든 얘기를 듣고 와 나한테 전해주는 건 그였다. 나는 그가 하는 모든 말을 믿었다. 나는 몸이 약하고 그는 강했고 나는 아무것도 모르고 그는 아는 게 많았다. 그의 허벅지에 머리를 기대고 누웠다. "계곡물 주변에 붉은 핏물이 얼어붙어 있었어. 그 위에 하염없이 눈이 내렸어." 그의 몸에서 나는 피 냄새가 엉긴 무거운 쇳내에 자꾸 신경이 쓰였다. 나는 앉아 있는 그의 다리 사이로 머리를 들이밀었다. 그의 점퍼에서 퍼져나오는 쇳내에 코를 대고 흠흠거렸다. 그가 커다란 손으로 내 옆얼굴과 머리카락을 쓰다듬으며 말했다. "내일도 일찍 나가봐야 해. 빨리 눈 감고 자고 싶다." 말하는 그의 표정이 몹시 일그러져 보였다. 자는 동안 그는 여러차례 소리를 질렀다.

헤어드라이어 소리, 수납장 문소리가 들렸다. "가능하면 밖에 나가지 마라. 오늘 뒈지게 춥단다." 남편이 자고 있는 나한테 말하는 소리가 틀림없었다. 잠시 후 현관문 닫히는 소리가 들렸다. 저혈압 환자에게 추운 겨울 아침은 정말 견디기 어려운 법이다. 나는 겨우 머리를 들고 앉아 두 다리를 바닥에 딛고 일어섰다. 다시 침대에 쓰러지지 않으면 다행이었다. 커튼과 창을 열고 아파트 뒤쪽으로 펼쳐진 벌판에서 들어오는 냄새를 맡았다. 뉴스채널에서는 또다시 새 떼의 죽음에 관해 얘기했다. 홍콩 시내에서 백여 마리의 새가 죽은 채 발견되었다고 했다. 또 일본의 어느 시골마을에서도 오백여 마리의 새가 기습한파로 얼어죽었다고 했다. 미국 남부, 핀란드, 스위스 등 여기저기서 수천 마리의 새들이 죽었다.

아침마다 현관문 앞에 얌전히 놓여 있던 유기농 우유는 배달되지 않았다. 차가운 공기와 부딪치듯 신선한 쨍그랑 소리를 내는 우유병이었다. 벌판 쪽으로 난 창틀에서는 간신히 끼어 있는 굵은 새털이 또 발견됐다. 나는 새털을 가지고 들어가 지난번에 넣어둔 유리병 안에 또 넣었다.

남편은 자정이 넘어도 들어오지 않았다. 새벽에 겨우 잠이 들었다가 거실로 나갔을 때 남편이 있었다. 덩치가 크다고 생각한 남편이 이상하게 그리 커 보이지 않았다. 그는 거실에 우두커니 앉아 작은 불만 켜놓은 채 소주를 마셨다. 나는 그의 등 뒤로 돌아가 어깨를 주무르기 시작했다. 어깨가 바윗덩이처럼 굳어 있었다. "씻었어요?" 내 말에 그는 머리를 가로저었다. "진짜 사랑했던 옛날 애인이라도 만났어요?" 그는 또 머리를 가로저었다. "너무 어둡지 않아요? 불 좀 켤까?" 나는 명랑한 척 말했다. "일단 씻어야지. 냄새가 나서 그냥은 못 잔다." 그가 일어나 화장실로 들어갔다. 나는 그가 있던 자리에서 또 지독한 냄새를 맡았다.

그가 씻고 나온 화장실로 들어갔다. 욕조 아래 부분의 타일 색깔이 붉어 보였다. 손가락으로 욕조 바닥을 만졌다. 기름기 같기도 했지만 뭔지 잘 알 수 없는 흔적이 욕조 바닥에 완만한 곡선으로 남아 있었다. 세면대에 떨어진 그의 머리카락이 보였다. 무엇보다 악취가 심했다. 나도 모르게 소름이 끼쳤다.

침대에 누운 그의 등을 손바닥으로 계속해서 문질렀다. 그는 자는 것 같지 않았다. "나 좀 안아주면 안될까요?" 내가 말했다. 그는 몸을 돌려 나를 안았다. 그의 몸에서 여전히 피 냄새가 났다. "절대 밖에 나가 돌아다니지 마, 알았지!" 그가 내 머리를 자기 턱 아래로 넣고 어깨를 꼭 안으며 말했다. 애들한테 말하는 투였다. "내가 두 발로 걸어다니는 사람이라는 게 끔찍하네." 그가 말했다.

밤새 악몽을 꾸었다. 아파트 위층에서 계속해서 들려오는 소음은 정말 참기 힘들었다. 한일 국가대표 축구경기라도 하는 줄 알았다. 화장실 변기 물 내리는 소리, 여자의 비명, 남자의 악다구니. 이불을 양손에 꼭 쥐고 얼굴을 가린 채 잠을 이루지 못했다. 싸움이 끝난 위층에서 코 고는 소리가 들렸다. 그 소리 때문에도 잠을 잘 수 없었다. 그런데도 여자는 계속 울었다. 나는 결국 천장을 뚫고 방바닥을 통해 위층으로 올라갔다. 불빛이 비치는 화장실 문을 열었더니 변기에 웅크리고 앉아 울고 있는 여자가 보였다. 여자의 머리통을 쓰다듬으며 말했다. 이봐요, 제발 울지 마세요. 나는 애원했다. 당신 아래에 침대가 있는 나는 잠을 잘 수가 없잖아요. 그리고 여자의 얼굴을 맞닥뜨렸다. 공포에 질린 여자는 문래의 그 여자애였다. 나는 몸에서 기운이 빠져 화장실 바닥에 주저앉고 말았다.

밤새 문래의 그 여자애 그림 속을 드나든 것 같았다. 그림을 들여다보고 있으면 발 한 짝이 빠지고 그다음에 팔 한 짝이 빠지고 그림 속에 있는 잘린 말 머리와 내 얼굴이 닿았다. 그러나 피도 묻지 않았고 말 울음소리도 들리지 않았다. 문래의 그 여자애에게 안 좋은 일이 생겼으면 어쩌나 걱정스러웠다. 나는 그 여자애가 괴롭지 않기를 바랐다.

아침이 되어 마음을 단단히 먹고 밖으로 나갔다. 해는 쨍쨍해도 칼바람이 불었다. 아파트 건너편의 공터에 세워진 천막 세 개가 보였다. 며칠 전만 해도 그 자리에 천막은 없었다. 검은 옷을 입은 한 여자가 천막 앞에 전단지를 들고 서 있었다. "자, 거기 여자분, 이 글을 읽어봐요. 거기 그렇게 서 있지 말구 이리 와요. 여기는 죽음의 땅이 되었어요. 빨리 여길 떠나야 해요. 다 버리고 떠나세요." 천막과 거리를 둔 채 서 있는 나에게 검은 옷을 입은 여자가 가까이 다가오려 했다. 여자의 검은 눈썹이 너무 무서웠다. 나는 순간 달려오는 자동차를 피해 가까스로 길을 건넜다. 어린아이들이 아파트 현관에서 막대기로 죽은 새를 찌르며 놀고 있었고 중학생쯤 되어 보이는 남자애들은 담배를 피우며 서 있었다. 길 건너편 천막에서 날아온 전단지들이 미친 듯이 팔랑거리며 벌판으로 날아갔다.

아파트를 돌아 벌판 쪽으로 갔다. 걸음을 멈출 수가 없어서 논바닥으로 성큼 걸어들어갔다. 저만치 보이는 농장들을 노려봤지만 내 체력으로 거기까지 가는 건 불가능해 보였다. 그렇지만 걷기 시작했다. 무슨 일이 일어나고 있는지 봐야 했다. 논바닥이 얼지 않고 진흙이 많은 곳은 발이 푹푹 빠졌다. 논두렁이 하나씩 사라질 때마다 모형처럼 작아지는 아파트를 돌아봤다. 산 아래에 가까워질수록 아파트 쪽과는 다른 소음들이 들려오기 시작했다. 그제야 나는 겁이 났다. 이제 논두렁 하나만 넘으면 농장지대로 들어서는 언덕 배기였다. 그때 농장지대 진입로인 비포장도로에서 트럭들이 나오기 시작했다. 돼지 냄새, 주변을 장악하는 돼지 냄새가 났다. 주변에 아무도 없는 게 무서워 본능적으로 단축번호를 눌렀다. 남편은 전화를 받지 않았다.

신발 밑창이 말이 아니었다. 아파트 입구로 들어가기 직전, 쓰레기수거함 옆에 달린 수도를 발견했다. 다행히 물은 얼지 않았다. 수도꼭지를 돌리는 순간 골탕 먹일 기세로 차가운 물이 콸콸 쏟아졌다. 그런데 네모난 씨멘트 바닥 아래로 떨어지는 물이 모두 핏빛이었다. 나는 고무호스를 손에서 놔버리고 아파트 앞쪽으로 달려갔다. 담배를 피우던 아이들이 아직 거기 서 있었고 나는 아이들 옆으로 가 숨을 헐떡거렸다. 아이들이 담배꽁초를 던지며 말했다. "우리도 개를 죽이자."

자정 무렵 들어온 남편의 손에 소주 두 병이 들려 있었다. "아예 박스로 배달을 시키지그래. 이 동네 이사 와서는 매일 술이네." 나는 그의 얼굴을 한 손으로 쓰다듬으며 말했다. 그러자 그가 흡, 하고 숨을 내쉬며 뭔가 말하려고 했다. "밖에서 무슨 일이 일어나는지 나한테 말하지 마." 그가 알았다는 듯 두 다리를 뻗어 내 상체를 끌어다 뉘었다. "우리 마누라 안아본 지 오래됐네. 오늘 한번 해볼까." 거실 쪽 벌판은 깜깜했고 도로 쪽으로 난 창은 차가 지나갈 때마다 조금씩 환해졌다 다시 어두워졌다. 나는 몸을 돌려 그의 얼굴을 보았다. 그리고 한 손으로 그의 바지 단추를 풀고 사타구니 쪽으로 입술을 가져갔다. 그의 몸에서 피 냄새가 났다. 나는 한 손으로 그의 윗옷이 내려오지 못하게 받치고 입술로 그의 살을 찾았다. 그의 살은 어디로 갔는지 찾을 수가 없었다. 지방도로 쪽으로 난 창은 천천히 환해졌다 다시 어두워졌고 그 간격이 점점 길어졌다. "나한테 아무것도 말하지 마." 내가 그의 얼굴을 올려다보며 말했다.

다음날 아침, 누군가 문을 두드렸다. 두세 번쯤 현관벨이 요란하게 울렸을 때에야 밖으로 나갔다. 얼굴이 발갛게 언 여자들이 전단지를 든 채 웃고 있었다. 동물보호단체에서 나온 사람들이었다. 그 여자들이 내뱉는 말을 듣는 게 너무 힘들어서 벌판 쪽을 바라봤다. 혀끝에 뭔가 돋아난 느낌이 들어 자꾸만 입천장을 훑었다. 왠지 하루종일 몸을 움직이고 싶지 않았다. 거실에 앉아 손 닿는 위치에 있는 것들만 꺼냈다 넣었다 했다. 결혼앨범도 봤다. 내가 남편과 결혼한다고 했을 때 친구들은 눈을 뒤로 까뒤집으며 팔을 내저었다. 제발 가지 마. 그 인간이 널 잡아먹고 말 거야. 넌 어떻게 그렇게 생긴 사람과 결혼을 하니. 그렇게 말하며 반대한 친구가 있었다. 남편은 사람 잡아먹는 짐승이 아니고 따뜻하고 좋은 사람이라고 틈날 때마다 말했건만 친구들은 믿지 않았다. 남편은 정말 따뜻하고 좋은 사람이었다.

그런데, 왜 그런지는 알 수 없지만 튼튼하던 내 몸은 결혼 후부터 무너졌다. 너는 정말 튼튼해서 마음에 든다. 그렇게 말했던 남편 친척들도 무슨 일이냐며 볼 때마다 물었다. 자기를 닮은 남자아이를 여러명 낳아 집 안을 북적거리게 만들고 그 아이들로 인해 노후대책도 자동적으로 될 줄 알았던 남편도 실망하는 것 같았다. 한번도 실망스럽다거나 하는 말은 하지 않았지만 그의 몸에 그런 느껌이 묻어 있었다. 엄밀히 말하면 그건 내 잘못이 아니었다. 그리고 난 차라리 둘뿐인 것이 마음에 들었다. 네 바퀴로 굴러가는 자동차가 이렇게 많은데, 북극의 얼음은 계속해서 녹고 있는데, 건물들은 수시로 붕괴되고 전쟁은 여기저기서 터지는데, 암환자 천지인 세상인데. 그런 세상에 아이들을 남겨두고 싶지는 않았다. 강아지 한 마리, 고양이 한 마리도 키울 생각이 없었다. 그 소신에는 변함이 없었다. 나한테는 남편이 있으니까.

현관 키를 돌리는 소리가 났다. 남편이 뜨거운 찜통 속에 들어갔다 나온 듯한 후줄근한 모습으로 현관에 들어섰다. 온몸이 젖어 있었다. 그는 현관에 무릎을 꿇은 채 엎드렸다. "일하기 싫구나?" 혓바늘 때문에 그 정도 말도 겨우 입을 뗐다. 그는 거실 바닥에 뺨을 댄 채 꼼짝도 하지 않았다. 신발과 양말을 먼저 벗겼다. 신발 안쪽의 깔개가 다 젖어 있었다. 손바닥에 묻은 물기 때문에 소름이 끼쳤다. 갑자기 얼굴이 팽창하듯 아팠다. 혀에 생긴 작은 수포들이 점점 더 커져 내 입속을 가득 채울 것 같았다.

남편은 아무것도 먹으려 하지 않고 침대까지 기어갔다. 구역질이 나 아무것도 먹지 못하겠다고 겨우 말했다. 나는 작은 플라스틱 그릇에 물을 담아가지고 들어가 그의 손을 씻기고 얼굴을 닦아주었다. 저녁 내내 고열이 났다. 그는 입으로 푸푸거리며 끙끙 앓았다. 구역질을 할 것처럼 상체에 힘을 주고 일어났다 다시 누웠다. 여러번 물수건을 만들어 그의 머리에 올렸다. 혓바늘이 났는지도 잊어버릴 지경이었다.

새벽에 그는 내복을 입은 채 거실에 앉아 밀크초콜릿바를 먹고 있었다. 멀쩡한 얼굴이긴 했지만 뭔가 바보스러웠고 좀 이상해 보였다. 우리는 어깨를 기대고 앉아 밀크초콜릿바를 끊임없이 먹었다. 밀크초콜릿 냄새가 진동해 머리가 멍해질 때까지 계속 먹었다.

길 건너편이 몹시 시끄러웠다. 천막 앞에 아침부터 검은색 옷을 입은 여자가 또 서 있었다. 여자만 서 있으면 주변이 시끄러워졌다. 여자가 들고 서 있는 피켓에 쓰인 글. 지구는 이미 60년대에 끝장났다. 그러니까 내가 태어나기도 전에 이미 끝장난 거였고, Y지역에서만 돼지 이천 마리를 죽였다. 나는 도무지 상상할 수 없는 숫자였다. 농민들 피해보상 따위에는 관심도 없이 살육만 해대는 나쁜 정부. 물러가라! 나는 스피커 소리가 듣기 싫어 고개를 저었다. 아파트 앞에서 담배를 피우던 아이들이 이제 그 천막 앞으로 몰려가 담배를 피웠다. 그때 농장 쪽에서 달려오고 있는 트럭들이 보였다. 트럭은 열 대도 넘었다. 검은 휘장을 씌운 트럭들이 희한한 냄새를 풍기며 지방도로를 달렸다. 혓바늘을 치료할 수 있는 특별한 방법을 알고 싶었다. 혀에서 피가 날 것처럼 아팠지만 그냥 견딜 수밖에 없었다. 혓바늘도, 희한한 냄새도, 스피커 소리도 다 견디기 벅찼다.

다음날 남편은 아침 일찍 출근했다. "밖에 나오지 마라." 남편은 또 다짐하듯 말했다. 오후에 고물차를 몰고 돼지를 태운 트럭들이 간 길을 달렸다. 야산 입구에서부터 마스크를 쓰고 비닐옷으로 중무장한 공무원들이 출입을 통제했다. 일반 차는 아예 들어가지도 못하게 막았다. 그들은 내게 빨리 돌아가라고 했다. 목소리는 들리지 않았고 긴 막대기만 휘둘렀다. 혀가 몹시 아팠고 너무 무서웠다.

"남편을 만나기로 했어요. 저기서 일하고 있어요. 뭘 갖다달라고 해서요." 공무원들에게 말했지만 마스크를 쓴 얼굴로 고개만 저었다. 야산 뒤편으로 조금씩 떨어지고 있는 해가 보였다. "여기서 기다릴게요. 더는 들어가지 않아요. 여기 서 있을게요. 약속해요!" 나는 차를 길 한쪽에 대고 한참을 차 안에 앉아 있었다. 공무원들이 교대근무를 위해 차를 타고 떠난 건 그로부터 한시간쯤 후였다.

왼편은 계곡이었다. 차에서 내려 무수한 트럭 바큇자국이 그려진 경사진 길을 걸어올라갔다. 얼마 걷지 않아 언덕배기가 푹 꺼지면서 지대가 낮아지고 이상하게 생긴 곳이 보였다. 구덩이, 아니 커다란 덩어리가 꽉 찬 것 같은 평평하고 넓은 그것은 우주에서 내려온 이물질처럼 끝도 없이 크고 넓었다. 그 주변을 빈 트럭들이 에워싸고 있었다. 마스크를 쓰고 비닐옷을 입은 사람들이 불투명한 천 아니, 알루미늄 같은 비닐을 그 거대하고 물컹거리는 듯해 보이는 덩어리 위로 끌고 내려갔다. 빈 트럭들이 계속 지나가고 호루라기 소리가 들렸고 사방에서 무전기 수신음이 울려댔다. 남편은 어디 있는지 보이지 않았다. 여기저기서 사람들이 투명한 흰 비닐을 잡고 점점 중앙으로 몰려들었다가 다시 구덩이 가로 걸어나갔다. 그리고 한참 후에 사람들이 다시 구덩이 아래로 내려갔다 올라왔다 분주했다. 나는 그 안에서 몸이 섞이고 있을 것들을 생각했다. 마구 엉켜 둥그렇게 녹고 있을 그것들을.

해는 믿을 수 없을 만큼 금세 졌다. 그를 찾을 수 없었다. 흰 구덩이 위에서 흰 김이 피어올랐다. 흰옷을 입은 방역 공무원들이 계속해서 비닐을 끌어다 덮었다. 구역질이 났다. 입덧의 느낌이 이런 게 아닐까, 나는 생각했다. 거봐, 이렇게 역겹잖아. 얼마나 다행이야. 나는 혼자서 중얼거렸다.

집으로 가야 했다. 차가 있는 곳으로 내려가기 전에 주변을 둘러봤다. 야산이 금세 어두워졌고 저 멀리 지방도로 주변에 불들이 하나둘씩 켜지고 있었다. 구덩이 주위도 점차 어두워져갔다. 산길을 내려가려던 나는 구덩이를 돌아봤다. 불행하게도 그때 나는 보았다. 보라색 바지를 입은 문래의 그 여자애. 그 여자애는 돼지들의 구덩이 위를 긴 머리를 나풀거리며 뛰어다니고 있었다. 그림을 그리듯이, 작은 벌레가 춤추듯이 계속해서 뛰어다녔다. 나는 발을 동동 구르며 그 자리에 서 있을 뿐이었다. Y지역 하늘 위로 붉은 노을이 내리고 있었고 믿을 수 없을 만큼 순식간에 주변이 깜깜해졌다. 구덩이가 어둠에 가려지고 여자애도 보이지 않게 되었을 때 나는 언덕길을 내려왔다.

자동차 기름이 다 떨어져가고 있었다. 시동을 걸고 차를 움직였다. 어디로도 갈 수 없을 것 같은 기분이었다. 차량 통행이 늘어난 지방도로를 천천히 달렸다. 어느새 도로에 방역시설이 설치되어 있었다. 앞의 차들이 서행을 했다. 이 지역을 통과하는 모든 차는 반드시 소독해야 한다는 문구가 전구를 매단 형광표지판에 붙어 있었다. 나는 구덩이 위로 흐르는 살육의 공기가 문래까지는 가지 않기를 바랐다. 구덩이 아래 땅으로 흐르는 피가 도시의 그 여자애에게까지는 닿지 않기를 바랐다. 앞차들이 먼저 빠져나가고 내 차례가 되었다. 이상하게도 그 순간이야말로 남편이 그리웠다. 지금

이야말로 우리가 사랑할 시간이라고 남편에게 말하고 싶었다. 나
는 혹시 그가 탄 차가 오지 않나 계속해서 뒤를 돌아보았다. 순간
방역차의 분무기가 여러개의 구멍에서 나오는 소독약을 내 고물차
위에 격렬하게 뿌려대기 시작했다.

아령 하는 밤

죽은 언니는 흘러내리는 눈가의 물기를 닦으며 말했다. 나보다 네가 먼저 죽어야 하는데, 내가 없으면 넌 안되는데, 내가 널 영원히 보살펴줘야 하는데. 언니는 자기도 노인인 주제에, 내가 막내라는 이유만으로 나를 걱정해주곤 했다. 자매는 해질 무렵이면 관 속처럼 어두운 재래시장으로 걸어들어갔다. 우리는 제철나물이나 과일 이름들을 읊으며 난전 구경하기를 좋아했다.

죽은 언니는 흘러내리는 눈가의 물기를 닦으며 말했다.

나보다 네가 먼저 죽어야 하는데. 내가 없으면 넌 안되는데. 내가 널 영원히 보살펴줘야 하는데.

언니는 자기도 노인인 주제에, 내가 막내라는 이유만으로 나를 걱정해주곤 했다. 자매는 해질 무렵이면 관 속처럼 어두운 재래시장으로 걸어들어갔다. 우리는 제철나물이나 과일 이름들을 읊으며 난전 구경하기를 좋아했다. 장아찌며 자반고등어가 든 검은 비닐봉지는 늘 왼손잡이인 언니의 손에 들려 달랑거렸다. 그것들은 우리에게 며칠분의 양식이 되고도 남았다.

우리는 곧장 집으로 돌아가지 않았다. 전자제품 대리점에 들어가 최신형 김치냉장고를 구경했다. 또 교복 입은 학생들이 꽉 들어

찬 아이스크림가게에 앉아 시린 이를 달래가며 아이스크림을 먹었
다. 어쩌다 재미있는 얘기가 나오면 참지 못하고 웃다가 오줌을 지
렸다.

너도? 나도!

서로 오줌을 지린 순간을 알아채고 또 죽어라 웃어댔다. 어린애
들이 길에서 놀고 있으면 쭈그리고 앉아 한참을 같이 놀았다. 결국
은 저녁으로 조개를 넣어 끓인 칼국수나 팥죽을 사먹고 나서야 집
으로 돌아갔다. 그런 호사도 언니의 병이 깊어지면서 점차 줄어들
었다. 바람 한 점 없는 날, 뒷목이 따끔한 햇볕 아래가 아니면 언니
는 외출은 꿈도 못 꿨다.

말이 하고 싶어지는 순간이면 언니는 허공으로 펄쩍펄쩍 뛰어
올랐다. 불 속에서 마른 나뭇가지가 탁탁 부러지는 모양과 꼭 같았
다. 언니 몸의 마디마디가 휠체어에서 제멋대로 튕겨져올랐다. 그
리고 급기야 몸이 쫙 널브러져서는 조금 전 수저로 떠넣어준 미음
이나 보리차를 게워내기 시작했다. 엄청나게 많은 양의 수분을 눈
으로, 코로, 입으로 마구 쏟아냈다. 그러고 나면 나는 짜증이 났다.
떠먹여주느라 애쓴 시간들이 너무 아까웠다.

언니 몸에 있는 수분이 점차 말라갔다.

일시적인 현상이었을까. 죽기 직전, 언니의 마른 몸에서 끊임없
이 물이 스며나왔다. 그러다 어느 순간부터 언니 몸이 마른 감나무
가지처럼 바짝 말라버렸다. 낮에 떠 있던 하얀 뭉게구름이 저녁이

가까워오면 어느덧 사라지는 것처럼 언니는 갔다.

언니가 죽고 나서 눈이 더 침침해졌다. 신문을 볼 때도 돋보기를 썼다. 눈을 감으면 오래전 죽은 엄마와 죽은 언니들 얼굴이 겹쳐서 떠올랐다. 정리가 필요했다. 이제는 얼굴도 기억나지 않는 아버지 동그라미를 왼쪽에, 엄마 동그라미를 오른쪽에 그렸다. 그리고 그 아래에 사다리 표시를 한 뒤 여섯 개의 동그라미를 그렸다. 형제들의 이름을 동그라미 안에 적고 죽은 부모와 형제의 동그라미에 엑스자를 쳤다. 그들이 하나씩 떠날 때마다 나는 점점 더 작아졌고, 고독해졌다. 기괴한 모양으로 말라버린 물웅덩이처럼 내 눈앞의 모든 것들이 텅 비었다. 그러나 이제 무슨 일을 해도 잔소리할 형제가 없다는 사실에 신이 나기도 했다. 어쨌든 언니의 죽음을 통해 분명해진 한 가지 사실. 다음번은 반드시 내 차례라는 것.

변기가 고장난 지 삼일째. 화장실 문을 연 채 변기 뚜껑을 열어놓고 좁은 마루짝에 앉아 고장난 변기통을 관찰했다. 고장난 첫날과 그 다음날, 계속해서 동네 수리점에 전화를 걸었지만 수리공은 오지 않았다. 전화를 받는 모든 사람들이 의사선생님이나 되는 듯, 몸이 아픈 강아지의 상태를 설명하듯 변기 상태를 상세하게 알려줬다. 변기통을 가만히 보고 있으면 있을수록 그 안에 담긴 것들이 역류할까 걱정스러웠다.

후드득.

드디어 역류하는군! 끔찍한 상상을 하며 눈을 질끈 감았다. 변기통에서 검고 반짝거리는 것이 재빨리 튀어올랐다. 새였다. 새가 좁은 화장실에서 나와 방 안으로 들어가 형광등에 머리를 부딪힌 뒤 베란다창으로 빠져나갔다. 나타나서 사라지기까지 삼초나 걸렸을까. 엄청나게 빨랐다.

변기통을 대신할 무엇인가가 필요했다. 둥근 손잡이와 뚜껑이 달린 빨간 플라스틱통을 베란다 창고에서 꺼냈다. 엉덩이를 까고 플라스틱통에 올라앉아 오줌을 누었다. 그리고 뚜껑을 닫아 변기 옆에 나란히 놓았다. 빨간 플라스틱통을 쓰는 동안은 가능하면 식욕을 절제해야 했다.

변기통을 밟고 올라가 벽에 달린 작은 창문을 열었다. 파란 하늘이 좁은 창문으로 확 밀려들어왔다. 나도 모르게 쪽창 너머 늦가을의 파란 하늘로 자꾸만 얼굴을 들이밀었다. 싸이렌 소리가 들려왔다. 또 고무공장에서 사고가 났다. 이유도 모른 채 고무공장 남자들이 자꾸 죽었다. 원인 규명을 위한 조사가 진행되는 동안에도 도넛처럼 생긴 타이어와 널찍한 고무판은 계속 찍어냈다. 채소장수 트럭 스피커 소리, 낑낑거리는 아랫집 강아지 소리, 놀이터에서 들려오는 어린애들 목소리가 싸이렌 소리에 뒤섞였다. 순간 누군가 문 앞에 왔다 가는 인기척이 느껴졌다. 문을 밀자 문틈에 끼어 있던 전단지가 툭 떨어졌다.

*

몇달 전 공단 근처 해안가에서 열여섯살짜리 여자애의 시체가 발견되었다. 시신은 적조로 오염된 해안가 나뭇가지 아래, 사람들 눈에 잘 띄는 곳에 보란 듯이 버려져 있었다. 특히 음모 부분이 자상(刺傷)을 입고 심하게 훼손되어 있었다. 성폭행을 당한 흔적이 있는 몸은 체크무늬 교복으로 덮여 있었다. 여자애의 엉덩이에 기대 놓은 학원가방은 지나치게 불룩했다. 그 가방 안에서 낱개 포장된 큼지막한 크기의 돈육 쏘시지가 여자애의 속옷에 둘둘 말린 채 쏟아져나왔다. 쏘시지는 이 지역 사람들에게 더이상 간식이 아니라 강간과 살해에 동원되는 도구 중 하나가 되었다. 쏘시지 제조업체가 줄줄이 도산하게 될 것이라는 소문도 들리기 시작했다.

범인에 대한 아무런 단서도 발견하지 못한 채 어젯밤 또 사건이 일어났다. 공단 서쪽 주택가의 한 연립 지하에 살던 여자가 자신의 집에서 살해된 채 발견되었다. 역시 성폭행을 당한 흔적이 있었고 팔은 뒤로 묶인 채 모로 누워 있었다. 대문은 열린 흔적이 없었고 대로변으로 난 쇠창살 달린 창문도 평소처럼 잘 잠겨 있었다고 했다. 학원에서 돌아온 아들이 아무리 벨을 눌러도 인기척이 없어 엄마 휴대폰으로 여러번 전화를 걸었지만 통화가 되지 않아 경찰에 신고했다고 말했다. 마루의 식탁 위에는 김치며 젓갈을 내놓고 게걸스럽게 밥을 차려먹은 흔적이 역력했다. 그러나 죽은 여자의 위장은 텅텅 비어 있었다. 안타깝게도 가족은 엄마와 아들 단둘뿐이었다. 동네 사람들은 잠도 못 자고 겁에 질려 떨었다.

여자들이 관리실 앞에 모여 왁자지껄하며 서 있었다. 아파트 여자들은 일제히 휴대폰을 꺼내들고 학교에 간 딸, 직장에 간 여동생에게 조심하라고 잔소리를 해댔다.

이게 다 잘못된 교육정책 때문이라니까!

교육정책은 무슨? 이 동네가 후져서 그렇지.

한 여자가 손에 음식물쓰레기봉투를 들고 쓰레기처리장 쪽으로 재빨리 사라지며 말했다.

밤마다 공단 쪽에서 바람이 불어왔다. 나는 그 바람이 싫지 않았다. 언니는 자기가 나이에 비해 빨리 죽게 된 게 환경오염 탓이라고 말하곤 했다. 하필이면 공단 인근의 임대아파트를 얻어 이사한 내 잘못이 크다고. 그러거나 말거나 난 언니와는 생각이 달랐다. 나는 한밤중에 하늘로 높이 솟아오르는 굴뚝 위 흰 연기를 보는 게 좋았다. 그걸 보고 있으면 세상이 아주 제대로 돌아가고 있다는 느낌이 들었다. 언니는 나한테 괜찮은 동네에 집을 얻으라고 돈을 보탰어야 했다. 공단 근처 같은 곳에서 살기 싫었다면 말이다. 언니는 단 한 푼도 내지 않았다.

아파트 단지 앞 화단 모서리에서 빨강 플라스틱통 뚜껑을 열었다. 그리고 국화나 무궁화 같은 꽃들이 심긴 화단으로 용감하게 소변을 뿌렸다. 괜히 속이 시원해졌다. 플라스틱통이 무릎에 닿을 때마다 통통 소리를 냈다.

놀이터 앞을 지나가다가 주춤거리며 섰다. 가로등 불빛에 한 남자가 보였다. 윗옷을 벗은 남자는 아령을 들고 몸 쪽으로 당겼다 뻗었다 반복했다. 춥지도 않나, 나도 모르게 온몸이 떨렸다. 나는 아주 느린 걸음으로 놀이터 외곽을 돌았다. 남자의 얼굴을 보려고 최대한 천천히 걸어가는 중이었다. 그러나 남자는 내 쪽을 돌아보지 않았다.

저녁뉴스를 보고 있을 때 변기 수리공이 왔다. 혼자서 변기 뚜껑을 열어놓고 길고 가느다란 쇠막대기를 집어넣은 채 골똘히 변기 속을 들여다봤다. 정치, 사회, 국제 뉴스 들이 차례로 다 지나가도 수리공은 여전히 변기 속을 들여다봤다. 그리고 자그마한 온풍기를 틀어 변기 속을 녹였다. 마지막으로 쇠로 만든 호스를 집어넣은 채 냄새가 독한 약물을 부었다. 언제 끝낼 작정인가, 조바심이 나 일어서는데 그가 막 화장실에서 나왔다.

다 뚫었습니다.

짐을 챙겨 옆구리에 낀 수리공은 감색 점퍼 주머니에 장갑을 찔러넣고는 공손히 인사했다.

고마워요, 커피 한잔 마시고 갈래요?

수리공은 신발을 급하게 꿰어신다가 문득 집 안을 둘러봤다.

할머니도 혼자 사니까 조심하세요. 괜히 잡상인 들이지 말구. 외로워도 참으라구요.

공손하게 인사할 때는 언제고 몹시도 버릇없는 말투였다. 오지랖 넓은 수리공이 대문을 꽝 닫고 나간 순간, 잽싸게 뛰어가 변기 위에 앉았다. 오래 참았던 소변이 술술 흘러나왔다.

전단지를 들고 학원가의 먹자골목으로 갔다. 하루종일 집에만 있기도 답답해 김밥집에서 일을 하기로 했다. 김밥 싸는 일쯤이야 할 수 있을 것 같았는데 생각보다 힘들었다. 문턱이 닳도록 학생들이 들고 났다. 김밥과 떡볶이와 어묵을 먹고는 돈을 조금씩 모아 계산을 한 뒤 좁은 골목에 동그랗게 모여 서서 여자아이 남자아이 할 것 없이 흰 담배연기를 뿜어냈다.

빳빳하던 초록색 앞치마가 기름기에 절어 금세 후줄근해졌다. 네시간 노동에 삼만원이면 그냥저냥 괜찮다는 생각이 들었다. 하루 여덟시간 이상 일하는 파출부를 하면 육만원 넘게 받을 수 있다고 했다. 욕심이 나지 않는 건 아니었다. 그러나 생전 모르는 사람의 집에 들어가 척척, 접시를 닦아 찬장에 넣고 다림질을 해 옷장에 넣을 용기가 나지 않았다.

건너편 철판볶음밥집 역시 손님이 많았다. 점심시간에 가장 많았고 오후에도 끊이지 않고 손님들이 들어갔다. 흑과 백이 교차된 바둑판무늬 셔츠를 입은 한 남자가 거리 쪽으로 난 창 앞에서 아주 천천히 철판을 닦고 있었다. 팔뚝까지 접어올린 소매 밑으로 보이는 팔에 저절로 눈이 갔다. 나는 서둘러 옷장에서 가방을 꺼내 안경을 썼다. 그리고 창 너머에서 철판 닦는 남자를 쳐다봤다. 너무나 불균형적이었다. 그의 몸이 근육질인 것과 달리 그의 얼굴은 내 나이쯤의 노인임이 틀림없어 보였다.

오후 여덟시, 일이 끝나고 동료를 설득해 굳이 건너편 철판볶음밥집으로 밥을 먹으러 갔다. 바둑판무늬 셔츠를 입은 남자가 검게 번들거리는 철판을 들고 우리 앞으로 왔다.

여기 여성분들은 뭘 드릴까?

남자의 유치한 말투에 하마터면 웃음이 나올 뻔했다. 흰 장갑을 낀 남자의 팔뚝은 갈색으로 반짝거렸다. 그러나 조금만 고개를 들어 보면 잿빛으로 물든 머리칼과 마르고 뾰족한 얼굴이 몸과는 대조를 이뤘다. 남자는 가게에서 제일 바빴다. 주문서를 주방에 넣고 다시 자기 자리로 돌아가 철판을 닦고 전화도 받고 분주히 가게 안

을 오갔다. 철판에 올린 양배추며 버섯 조각이 익기 시작할 즈음 남
자는 가게 밖으로 나갔다.

아는 사람이야?

그의 뒷모습만 뚫어져라 바라보다 동료와 눈이 마주쳤다. 그가
입구에 놓아둔 의자에 앉아 담배를 피웠다. 남자의 머리통을 쳐다
보며 가능한 한 그와 눈높이를 맞춘 채 그가 보고 있는 것들을 보
려고 했다. 날렵한 맵시의 여자애들 다리를 보나? 아니면 무리지어
지나가는 공단 남자들의 얼굴을 보나? 뭘 보는지 잘 알 수 없었다.

자기, 이번주에 나랑 교회 같이 갈 거지?

그녀는 독실한 신자였고 늘 나는 그녀의 전도 대상이었다. 남자
의 어깨는 지나치게 넓어 보였다. 그는 분명 놀이터에서 아령을 하
던 그 남자였다.

운동복을 샀다. 다리 옆쪽으로 푸른 줄이 가고 상의에는 모자가
달린 상큼한 스타일의 흰색 운동복. 김밥집에 나가지 않는 화요일,
목요일 그리고 주말 오후에는 산책을 할 작정이었다. 젊으나 늙으
나 운동을 하지 않는 사람은 게으른 축에 끼니까, 난 그런 사람이
되고 싶지는 않았다.

사고가 많이 나기로 소문난 제1공단 고속도로 위를 무작정 걸었
다. 지나가던 트럭 운전사가 일부러 속도를 줄이고는 마스크를 쓰
고 다니라고 충고하고 지나갔다. 허술하게 싼 이삿짐 트럭에서 떨
어진 책 보퉁이 하나가 아스팔트 위에서 통통거리며 튀었다.

많이 걸어 힘이 들면 동네 성당으로 갔다. 아시아 여러나라에서
온 사람들이 성당 마당에서 차를 마시며 얘기를 나눴다. 어떤 사람

은 공중전화를 붙들고 오랜 시간 통화를 했다. 끔찍한 살인사건 개요를 적어 경찰서에서 배포한 전단지가 그 사람들 발밑에서 나뒹굴었다.

어떤 날은 너무 많이 걸었다. 정신없이 걷다보면 집에서 너무 멀리까지 갔다. 그런 날은 계절에 비해 차가운 바람이 불었다. 늘 정면에 보이던 공단의 위치가 서쪽 끝으로 저만큼 밀려나버리고 말았다. 아무리 멈추려고 해도 걸음이 멈춰지지 않았다. 어느새 나는 공단 근처의 매립호수 주변 산책로로 접어들고 있었다. 호수는 몇십년째 계속해서 썩어가고 있었다. 시선의 끝을 자극하는 그 어떤 것도 없이 산책로는 그저 고요했다.

약간은 굴곡이 있는 길 위로 바둑판무늬 셔츠가 잠깐 보였다 사라졌다. 내가 노래를 흥얼거리고 있을 때였으므로 눈을 의심했다. 그의 오른편에 머리가 길고 키가 큰 여자애가 같이 걸어가고 있었다. 여자애는 바둑판무늬 셔츠가 내민 손에 어정쩡하게 왼손을 얹은 채 매립호수 저쪽 깊은 곳으로 인도되어 걸어들어가고 있었다. 길은 점차 경사가 완만해지는 듯 안쪽으로 굽어졌고 목젖 너머로 썩은 호수 냄새가 끊임없이 밀려왔다.

나뭇가지 사이로 솟아오르는 새들 때문에 화들짝 놀랐다. 기온이 뚝 떨어지는 느낌이 들면서 더 두꺼운 운동복을 샀어야 했다는 생각이 들었다. 높은 하늘은 어느새 어둑어둑해지고 있었고 갑자기 바둑판무늬 셔츠는 보이지 않았다. 내가 본 것이 맞나? 나는 발꿈치를 들고 주변을 둘러봤다. 한참을 그대로 서 있다가 산책 나온 사람도, 길 잃은 개도 보이지 않아 천천히 발길을 돌렸다.

그날 밤 꿈을 꾸었다. 언니가 꿈속에 나타난 건 처음이었다. 언니는 나와 같이 깊은 물에 몸을 담근 채 눈앞에 보이는 푸르게 우거진 계곡을 향해 헤엄치고 있었다. 그때 갑자기 커다란 물개가 우리 둘 사이를 가르고 수면 위로 튀어올랐다. 우리는 물개를 온몸 가득 안기도 하고, 말처럼 타기도 하면서 몸에서 빠져나가려는 물개를 따라 자유자재로 헤엄치며 놀았다. 언니의 몸은 매끄럽고 단단해 보였다. 그러나 한껏 수면 위로 뻗어올라가 대면한 언니의 얼굴은 죽은 사람의 모습 그대로 검고 푸르죽죽했다.

바로 그 썩어가는 호수였다. 산책로 옆 호수에 한 여고생이 성폭행당한 채 버려졌다는 기사가 나온 건 그로부터 이틀 뒤였다. 나는 흥분해서 벌떡 일어났다. 지역뉴스 텔레비전 화면은 산책로를 따라 썩어가는 호수 가까이 다가갔다. 바로 내가 걸어간 길이었다. 물에 불어 무거워진 시신을 처음 본 경찰들은 실족했거나 자살한 거라고 단정했다. 그러나 시신을 옮긴 지 얼마 되지 않아 물에 불어 지워졌던 성폭행과 살해의 흔적이 고스란히 드러났다. 유두가 잘려나가고 음부의 손상 또한 심했던 것이다. 모두들 목격자를 찾아나섰다. 끔찍한 일을 당한 여고생의 엄마는 실신했다가 벌떡 일어나 앉았다. 여고생의 외삼촌은 범인을 찾아 제 손으로 죽이겠다고 눈을 부릅떴다.

바로 그 늙은이야. 그 사람이 범인이야.

남자는 놀이터 정자에 윗옷을 벗어놓은 채 아령을 하고 있었다.

호흡이 거칠어졌지만 나는 용기있는 시민이므로 이런 사건을 간과할 수 없었다. 그날 호수 주변 산책로에서 본 게 그와 죽은 여자애가 맞는지 확인하고 싶었다. 그러나 어두운 가운데 드러난 그의 우람한 씰루엣을 보자 덜컥 겁부터 났다. 그리고 어떻게 물어볼 것인지, 확인한 후에는 어떻게 대처할 것인지를 생각하자 막막해졌다. 나는 겁에 질린 나머지 바로 그의 옆에까지는 다가가지도 못한 채 바들바들 떨며 서 있었다. 그런데 그가 오히려 내게 다가와 먼저 팔을 잡았다. 그리고 오른쪽 어깨 근처 삼각근에 힘을 주며 근육을 움직여댔다. 눈앞에서 흔들리는 갈색 근육을 보고 있자니 저절로 눈이 감겼다. 그리고 순간, 남자의 커다란 손이 내 손을 꽉 잡았다. 그가 나를 어딘가로 데려가려고 했다. 그러나 다시 눈을 떴을 때 그는 어느새 자기 자리로 돌아가 여전히 혼자서 아령을 들어올리고 있을 뿐이었다.

*

도시가 원인 모를 악취에 휩싸였다. 알 수 없는 기름 냄새가 공단 건너편의 주택가로 점점 퍼져나갔다. 처음엔 단순하게 찌든 기름 냄새 정도였던 것이 점차 심해져서 두통을 유발시켰다. 눈이 붓고 목이 따끔거린다는 아이와 노인 들 덕분에 동네 안과와 이비인후과만 미어터지는 특수를 보았다. 방역을 위해 공무원들이 조사를 나오고 하수구란 하수구는 매일 두 번씩 소독을 했다.

도시로 진입하는 모든 교통수단의 흐름도 샅샅이 조사되었다.

혹시 누군가 한밤중에 이 도시에 산업폐기물을 갖다 버리지는 않았는지, 공단으로 진입한 차들이 찍힌 터널 입구의 CCTV를 분석하는 일도 이뤄졌다. 분석 결과는 원인을 찾는 데 아무런 도움도 되지 않았다. 얼마나 많은 사람들이 도로 위에 방뇨를 하는지, 얼마나 많은 사람들이 자기가 탄 차가 CCTV에 찍히는 줄도 모르면서 옆에 앉은 사람과 적극적인 애정표현을 하는지, 그런 부수적인 결과들만 발표되었다. 어쨌거나 시민들은 그러잖아도 싼 집값이 이제는 아예 똥값이 되었다고 볼멘소리를 해대며 시장 퇴진 발언을 서슴지 않았다.

나는 밤마다 김밥을 말았다. 매일 넣는 똑같은 노란무, 똑같은 햄, 똑같은 시금치 같은 것들이 지겨워지면 아스파라거스, 조갯살, 청국장 같은 것들도 넣어보았다. 어떤 날은 녹찻물을 우려 밥을 짓기도 하고 김밥 속에 그 찻잎을 넣어보기도 했다. 한동안 밥을 짓고 김을 재고 하다보면 어느새 작은 아파트 내부가 온통 하얀 성에와 참기름 냄새에 휩싸여 정신이 몽롱해졌다. 창문을 여는 순간 공단 쪽의 공기에 섞인 쇳내 나는 악취가 왈칵 밀려들어왔다. 피곤에 곯아떨어져 자다 벌떡 일어나보면 널브러진 김밥더미가 버려진 아이들처럼 모여 있었다. 김밥들은 탄력을 잃고 퉁퉁 분 채로 미어터질 듯 부풀어올라 커다란 석탄더미처럼 보이기까지 했다.

도시 곳곳에서 시위가 열렸다. 화장실 앞에 모여 서서 얼굴이 노랗게 되도록 담배를 피워대던 아이들이 모두 거리로 나왔다. 김밥집 창 너머로 피켓을 든 여학생들과 남학생들 모습이 보였다. 그들은 성폭행당한 아이들의 시신을 본떠 만든 인형을 들고 거리를 지나갔다.

살인사건의 범인을 하루빨리 잡아주세요. 그러지 않으면 도시에 불을 지르겠어요.

앞에 선 한두 명의 아이들은 긴장한 표정으로 열심히 구호를 외워댔지만 뒤에 선 아이들은 떠들고 장난치고 소풍 나왔을 때와 다름없이 굴었다.

도시의 하수도 씨스템에 결정적인 하자가 있다는 이야기가 공식적으로 거론되었다. 어린 아기들을 키우는 엄마들의 볼멘소리가 맨 먼저 터져나왔다. 안전하게 우유를 타먹일 수 있는 물을 공급해달라고 시당국을 향해 거칠게 항의했다. 발빠른 생수회사에서 유해물질이 적당히 포함된 질 낮고 값싼 생수를 집집마다 무료로 돌렸다. 그것도 서로 가져가겠다고 싸웠다.

비가 내렸다. 비를 맞은 나뭇잎들이 한꺼번에 떨어져 길 위를 뒹굴었다. 누군가 낙엽에 불을 붙여 태우기도 했지만 그렇다고 해서 도시의 악취가 사라지는 건 아니었다. 사람들은 바뀐 계절 때문인지 얼마 전에 일어난 살인사건들 따위는 잊었고 학생들의 시위 또한 점차 줄어들었다. 나는 계속해서 김밥을 쌌고 매일매일 죄지은 사람처럼 내가 싼 김밥을 세 끼 식사로 먹었다. 그리고 내가 막연히 기다리는 게 무엇인지 알게 되었다. 그러나 아무리 기다려도 그는 나타나지 않았다. 놀이터에도 나타나지 않았고, 철판볶음밥집에도 나타나지 않았다.

비가 그치고 도시는 을씨년스러워졌다. 도심의 하수구는 잦은 소독으로 인해 회색 부식이 일어나기 시작했다. 하수구를 들쑤셔

놓자 거리로 나온 쥐들이 추위를 이기지 못하고 죄다 얼어죽었다. 악취의 진원지는 밝혀지지 않았다. 나는 그를 찾아 도시를 떠돌았다. 그의 씰루엣과 비슷한 옷자락만 보아도 심장이 마구 뛰었다. 하지만 그를 만나는 건 쉬운 일이 아니었다.

아, 이 끔찍한 악취.

내가 한마디만 하면 그는 몸을 동그랗게 말아 천장에서 뚝 떨어져내렸다.

그깟 악취쯤은 제가 막아드리죠.

그의 입속에서 흰 석면테이프가 끝없이 풀려나왔다. 그가 창 테두리를 따라가며 꼼꼼하게 틈새를 막았다. 그의 몸에서 흘러내리는 땀이 수정처럼 맑았다. 팔이 드러나는 반팔 스판 셔츠를 입은 그는 뒤에서 보면 영락없는 몸짱 청년이었다. 내가 다가가 땀방울 하나에 손가락을 댈락 말락 하는 순간, 그는 또 몸을 말아 천장 위로 올라가버렸다.

집 밖에서는 그와 재회할 수 없었다. 그래서 나는 가끔 하던 산책도, 나갈까 말까 고민중이던 김밥집 아르바이트도 다 끊고 오로지 집에만 갇혀 있었다. 그는 하루중 아무 때나, 내가 부르면 집으로 왔다. 망치를 들고 헐거워진 방문 경첩도 고쳐주었다. 물이 필요하면 맑은 물도 한 항아리 갖다주었다. 또 너덜거리는 문지방 테이프를 뜯어내고 새 테이프로 깔끔하게 붙여주기도 했다. 그래서 문지방에 스타킹이 붙어버려 외출을 방해하는 일 따위는 더이상 일어나지 않게 되었다.

일이 끝나면 그에게 밥을 차려주었다. 한 그릇을 뚝딱 비우고 한 그릇 더 먹었다. 그는 아이처럼 젓가락질이 서툴렀다. 식탁 위, 심지어 내 옷 앞섶까지 김칫국물이 튀었다. 밥을 먹고 나면 그는 베란다에 나가 서서 담배를 한 대 피웠다. 그리고 밖에서 가지고 들어온 신문을 처음부터 끝까지 샅샅이 읽었다. 신문 보는 그의 모습에 빠져 있다가 잠깐 졸고 나면 그는 어느새 또 사라지고 없었다.

텔레비전을 바꿔야겠군요.

내가 텔레비전이 소리는 나는데 화면이 보이지 않는다고 불평을 했던가. 어느날 그는 정말 커다란 텔레비전을 어깨에 둘러메고 집 안으로 들어왔다. 지직거리는 오래된 텔레비전이 있던 자리에 놓인 건 유행하는 평면텔레비전이었다. 케이블을 연결하고 전원이 들어오자 별천지가 펼쳐졌다. 자존심 때문에 텔레비전값을 지불하겠다고 떼를 썼지만 그는 그냥 조용히 텔레비전 화면만 바라보다 굼뜨게 한마디했다.

사람들이 버린 걸 들고 온 건데요.

그리고 그는 또 사라졌다.

도시는 이상한 루머에 휩싸이기 시작했다. 여자들을 죽인 건 희대의 살인마도 아니고 범죄 경험이 많은 흉악범도 아니라고 했다. 그렇다고 죽은 여자들의 애인이나 남자친구도 아니라고 했다. 그렇다면 누구일까? 사람들은 의외의 분석 기사에 머리를 저었다. 노인들, 힘깨나 쓰는 괴력을 가진 노인들이라나. 나도 늙어가는 노인 중 한 사람으로서 루머치고는 참 고약하다는 생각이 들었다. 노인이 어린아이들이나 힘없는 여자들을 그렇게 해놓다니, 나는 그럴 수는 없을 거라고 고개를 저었다.

내가 그를 다시 본 건 시장 앞 식당가를 지나갈 때였다. 그는 함석 조각이며 컴퓨터 모니터, 반쯤 깨진 책꽂이와 건축 쓰레기를 실은 아주 무거워 보이는 리어카를 힘겹게 끌고 가는 중이었다. 야구 모자 때문에 처음엔 알아보지 못했지만 분명 그 노인네였다. 나는 헤어진 연인이라도 만난 듯 그를 향해 성큼성큼 달려가다가 발걸음을 멈췄다. 그가 한 여고생 앞에서 리어카를 멈췄기 때문이다. 그는 주머니에서 돈을 꺼내 여고생에게 건넸다. 긴 머리를 어깨 앞으로 내린 여고생은 잠깐 고개를 숙인 채 뭐라고 한마디하고는 빠른 걸음으로 노인네를 지나쳐갔다. 저런 손녀가 있다니, 그렇게 믿고 싶었지만 도저히 믿을 수 없었다.

녹색으로 변장한 숲, 악의 지대로 걸어가는 여자애를 구해야 해.

나는 전사처럼 중얼거렸다. 아무리 산책 끝에 그냥 우연히 오게 된 것이라고 스스로를 다독거려도 내가 그의 뒤를 따라온 건 숨길 수 없는 사실이었다. 그는 공단지대 바로 옆 야산에 살고 있었다. 아무래도 내가 이성을 잃은 게 틀림없다는 생각만 들었다. 그곳은 사람들의 발길이 닿지 않는 듯 키 큰 잡풀로 둘러싸여 있었고 야트막한 언덕 위로 몇채의 집들이 각도를 달리해 서 있었다. 집이라고 할 것도 없는 것이 지붕은 비닐이나 스티로폼이었고, 흙벽에 박스를 펼쳐 붙인 아주 작은 집들이었다. 그가 들어갔다고 여겨지는 언덕 오른쪽의 한 집을 향해 걸었다. 산책 나왔다 자연의 아름다움에 이끌려 무심코 여기까지 온 듯한 표정을 잘 지었는지 모르겠다. 문이며 창을 단열재로 보이는 소재들로 덧바른 집 안은 틈이 없어 들여다볼 수가 없었다. 순간, 노인네가 정말이지 청천벽력할 소리로 가래침을 뱉는 바람에 나는 그만 자리에 주저앉아 오줌을 지리고 말았다.

며칠 후 대낮에 나는 또 그 집으로 갔다. 공단 주변의 소란스러움과 무관하게 야트막한 산동네는 끔찍하게 조용했다. 저 멀리 고가 위를 달리는 자동차 소리마저도 들릴 정도였다. 한참이 지나도 그곳의 집들은 움직이지 않았다. 그저 홀로 서 있는 사물들처럼 고요하기만 했다.

*

악취는 점차로 심해졌다. 썩어가는 호수 밑에는 최소 2미터 이상의 쓰레기가 쌓여 있을지도 모른다고 했다. 도시의 그늘진 곳 어디에나 냄새나는 녹색물이 고여 있어 얼굴을 두고 다닐 곳이 없을 지경이었다. 선진 공업도시 건설을 비전으로 내세우던 정치인들의 목소리가 어느날부터 사라졌다. 문제는 물이었다. 어린아이를 키우는 엄마들은 온갖 기생충이 들끓는 물을 먹어온 아이들의 건강 문제를 들어 시당국을 통째로 고발하기에 이르렀다.

그리고 사소하게는 변기통이 또 고장났다. 내가 아무리 전화를 걸어도 그 버릇없는 수리공은 바쁘다는 핑계만 대고 오지 않았다. 전화 접수된 순서대로라면 올 겨울이 지나고 내년 봄이 되어야 고치러 와줄 수 있다는 것이었다. 또 아무리 근육 노인을 부르려고 해도 주술이 걸리지 않았다. 마루짝에 앉아 가만히 변기통만 쳐다볼 수밖에. 마음대로 변을 보지 못하자 섭취하는 음식 양도 줄어들었다. 플라스틱통에 모인 소변도 마음놓고 화단에 갖다버리기가 꺼림칙했다. 내 몸도 도시도 이미 유독물질에 오염되어 있는 게 분명하니까. 난 그 정도의 양심은 있었다.

밤에 나다니는 사람들이 눈에 띄게 줄었다. 어느날 나는 소변통을 비우고 들어오다가 세상이 어찌 돌아가거나 말거나 태연하게 아령을 하고 있는 그를 보았다. 마치 오래전에 헤어진 연인을 만난 듯 어깨부터 다리까지 저리며 온몸의 힘이 스르륵 풀렸다. 그리고 그 와중에도 몸의 한가운데로 날카로운 의문 한 줄기가 떠오르는 것을 어쩔 수 없었다.

왜 사는 동네도 아닌 이 아파트에 와 아령을 하는 걸까?

물증도 아무것도 없는 그냥 그런 생각에 지나지 않지만, 그가 윗옷을 벗고 아령을 하는 밤이 지나면 사건이 났다. 그가 운동하는 날은 달이 환했고, 환한 달빛을 받아 몸이 바뀐 그는 어디론가 사라졌다. 그러고 나면 다음날 어김없이 힘이 약한 여자아이가 시체로 발견되었다. 나는 두 손을 불끈 쥐고 몸을 떨었다. 나쁜 노인네.

뭘 봐요?

그의 볼멘소리에 나는 깜짝 놀라 물러섰다. 근육만큼이나 목소리도 매우 우렁찼다. 목소리로 봐서는 그가 정말 장정 서너 명은 한꺼번에 해치울 수 있을 만큼 힘이 셀 거라는 확신이 들었다.

아뇨, 그냥요!

그냥이라니? 아령 하는 사람 처음 봐요? 사람을 쳐다봐놓고 그냥이라니, 이리 와봐요.

세상에 이런 일이.

나는 깜짝 놀라 걸음아 날 살려라 뛰었다. 5층 계단을 단박에 뛰어올라갔다. 그리고 안에서 문을 잠그고는 대문에 귀를 대고 숨을 골랐다. 세상이 너무 고요해서 무서운 생각이 들었지만 어떻게 해야 좋을지 알 수 없었다. 순간 나를 공포로부터 구해준 것은 다름 아닌 똥 냄새였다.

변기에서 똥이 역류해 화장실 바닥이 그야말로 난장판이었다. 벽타일은 말할 것도 없고 좁은 화장실 바닥으로 튄 똥물이 속수무책으로 퍼져 있었다. 순간 나는 깔깔거리며 웃기 시작했다. 그리고 언니가 왜 자기보다 내가 먼저 죽어야 한다고 했는지, 왜 자기가 날 지켜줘야 한다고 했는지 알 것 같았다.

너는 지지배야, 이렇게 똥이나 넘치게 하잖아. 넌 정말!

언니의 목소리가 들려왔다.

나는 매일매일 이게 다 내 죄라는 듯이 맹렬하게 김밥을 말았다. 그냥, 김밥집에서 싸던 방식대로 늘 넣던 것을 그대로 넣었다. 매일매일 김밥을 먹었고 날이 새면 또 김밥을 쌌다.

며칠 후 변기 수리공이 왔다. 변기통을 고치는 데 지난번보다 시간이 훨씬 더 걸렸다. 그는 변기 뚜껑을 열어놓고 길고 가느다란 쇠막대기를 집어넣은 채 골똘하게 변기 속을 들여다봤다. 정치, 사회, 국제 뉴스 들이 차례로 지나가고 출생의 비밀로 점철된 드라마가 시작되었다가 끝나도 수리공은 여전히 변기 속을 들여다보고 있었다. 간간이 친구에게서 걸려온 전화도 받으면서 열심히 일하는 수리공의 일상이 다 보였다. 마지막 시도인가. 이번엔 쇠로 만든 호스를 담그고 그 안으로 냄새가 독한 약물을 붓고 있었다.

왜 이렇게 늦게 고치러 온 거야?

내가 투덜대자 그가 볼멘소리를 했다.

온 시민이 다 변기 수리공이 되어야 할 판이라구요. 이제 변기 정도는 가족 중 누군가가 알아서 고쳐야 할 날이 올 겁니다.

그럼 어쩌지, 난 그런 일은 못할 것 같아.

변기 수리공이 독한 약물이 빨려들어가는 변기통을 내려다보다가 얼굴을 돌리고 웃었다.

걱정 마세요, 할머니 돌아가실 때까지는 제가 고쳐드릴 테니까.

나는 한순간 변기 수리공의 등판을 멍하니 쳐다보았다.

퐁퐁퐁.

변기 뚫리는 소리가 났다.

돌아가는 그의 검은 수선가방 안에 김밥 두 줄을 넣어주었다. 찡긋하고 웃는 그의 얼굴이 바보 같았다. 아니, 귀여웠다. 변기가 넘치는 한 어쨌든 그는 우리 사회에 꼭 필요한 사람이다. 그리고 이제 와서 마흔살이나 어린 변기 수리공을 짝사랑한다고 해도 나에겐 잔소리할 가족이 없다.

다음날 새벽부터 또 김밥을 쌌다. 밥은 고슬고슬하게 지어 잘 식혔다. 연근같이 억센 건 빼고 소화되기 쉽게 새우살을 다지고 아삭거리는 맛이 나도록 오이를 볶아 넣었다. 그뿐인가. 어떤 김밥엔 호두를 갈아 가루로 뿌리기도 하고 올리브 열매를 다져 넣기도 했다. 물론 도시의 악취가 여전히 기승을 부렸기 때문에 김밥 재료에서도 내 손끝에서도 악취는 사라지지 않았다.

김밥을 썰어 찬합에 담고 음료수와 과일까지 후식으로 준비해 가방 하나에 넣었다. 운동복으로 갈아입고 모자도 썼다. 산책길이 예상보다 길어질 수 있을 것 같아 상의도 하나 더 챙겼다.

도시는 들끓는 온갖 루머에 비해 그렇게 나빠 보이지 않았다. 나는 육중한 회색으로 버티고 선 다리를 지나 야외음악당이 있는 공원을 가로질렀다. 공단 입구는 교대하러 가는 사람들로 북적거렸고 트럭들은 수도 없이 지나갔다.

공단지대 바로 옆 야산은 햇볕을 잘 받아서 따뜻해 보였다. 그러고 보니 이곳은 도시보다 숨 쉬기가 좀 나았다. 그러거나 말거나 나는 언덕 위의 집들을 보는 순간 겁에 질려 달달 떨었다.

어떻게 해서 아령 하는 노인네의 집 앞에 김밥 가방을 놓고 왔는지 전혀 기억이 나질 않는다. 나와보니 큰길이었고 커다란 트럭 하나가 내 몸을 관통해 지나간 듯한 기분이 들었다. 그리고 운동복 하의의 종아리 부분이 온통 녹색물투성이였다는 것뿐.

라디오오와 강

그가 여름휴가를 떠나자고 말했을 때 그의
가족들은 너나 가라는 듯 머리를 흔들었다.
그리고 곧장 텔레비전으로, 부엌 씽크대로,
전화기로, 건드리기만 하면 조잘대는 말하
는 인형에게로 얼굴을 돌려버렸다. 순간 그
는 턱을 치켜들고 약간 먼 곳을 바라보았다.
아침 일찍 일어나 출근하느라 한번도 제대로
내다본 적이 없는 집 건너편의 숲이 한눈에
들어왔다.

　그가 여름휴가를 떠나자고 말했을 때 그의 가족들은 너나 가라는 듯 머리를 흔들었다. 그리고 곧장 텔레비전으로, 부엌 씽크대로, 전화기로, 건드리기만 하면 조잘대는 말하는 인형에게로 얼굴을 돌려버렸다. 순간 그는 턱을 치켜들고 약간 먼 곳을 바라보았다. 아침 일찍 일어나 출근하느라 한번도 제대로 내다본 적이 없는 집 건너편의 숲이 한눈에 들어왔다. 잠깐 숲을 응시한 그는 가족들을 향해 무슨 얘기라도 하려는 듯 두 팔을 뻗었다가 다시 내려놓았다.

　집 앞 정원으로 나온 그는 계단에 엎드려 있는 고양이 등을 가볍게 쓰다듬어주었다. 지루해진 고양이는 이내 그를 피해 다른 곳으로 가버렸고 그는 고양이 엉덩이를 바라보며 멍하니 서 있었다. 그는 두 팔을 허리에 얹은 채 자기가 살고 있는 집을 돌아봤다. 그러다가 다시 고개를 돌려 정원 울타리 안쪽에 있는 쓰레기통을 쳐다봤다. 그는 쓰레기통 위로 삐져나오려는 10인용 피자 상자를 꺼내 작게 접어 다시 쓰레기통에 넣었다. 그러고는 손을 털고 모자챙이 뒤로 가도록 돌려 쓴 뒤 자동차 키를 꺼냈다.

지난여름에 새로 바꾼 자동차 씨트, 애들이 먹다 흘린 과자 조각, 늘 보며 코를 후비는 룸미러, 차 안을 떠도는 먼지 입자들, 핸들과 앞가슴 사이의 거리까지 어느 것 하나 낯설지 않은 것이 없었다. 그는 괜히 헛기침을 했다. 그리고 늘 하던 대로 시동을 걸었고 천천히 차를 움직이기 시작했다. 그는 거의 이십년 동안 똑같은 길로만 다녔다. 매일 지나다니던 길, 높고 맑은 하늘에 떠 있는 구름이 낯설게 보일 수 있다는 게 매우 이상했다. 그는 천천히 핸들을 돌리며 라디오를 틀었다. 진행자의 시큰둥하면서도 건방진 목소리는 오늘도 그의 기분을 느긋하게 만들어주었다.

차는 다운타운을 우측으로 끼고 돈 뒤 다리를 지났다. 얼마 가지 않아 금세 도시 외곽에 세워진 공장단지로 이어지는 비교적 넓은 도로로 접어들었다. 길 양옆은 우거진 숲이었다. 지치도록 맑은 가을 햇살의 파장 때문에 그는 자꾸만 눈가를 찡그렸다. 조깅용 핫팬츠 차림으로 다리 쪽을 향해 달려가는 여학생 둘이 보였다. 곧이어 롤러스케이트를 타고 학교에 가는 남학생들이 또 지나갔다. 팬티 하나만 입고 달리기를 하는 남자도 지나갔고 커다란 개를 줄에 묶어 데리고 나온 노인도 지나갔다. 그는 신호등 앞에 멈춰서서 핸들을 잡은 채 손가락을 까딱거렸다. 손등에 불거진 혈관이 조금씩 떨리는 듯했고 몸속에서 뭔가 꿈틀거리고 목구멍을 향해 올라오는 것 같았다. 그는 안면근육이 몹시 불편하다고 느꼈다. 그는 꼭 중병 든 사람 같은 표정을 지었다가 웃는 표정을 지었다가, 다시 중병 든 사람 같은 표정으로 돌아갔다.

라디오 볼륨을 높였다. 반항기가 극에 달해 다 잡아먹겠다는 듯 악을 쓰는 남자 보컬의 괴성이 들려왔다. 그런 괴성을 들을 때마다 그는 자기 자신이 닳고 닳아 각이라고는 찾아볼 수 없이 반들반들 해진 쇠뭉치 같다고 생각했다. 그러나 그렇게 되어버린 자신에게 화를 낸다거나, 구토를 한다거나, 자동차 엑셀을 거칠게 밟는 따위 의 행동은 하지 않았다. 대신 차 안에 있을 때면 늘 거친 테크노만 틀어주는 같은 방송만 청취했다. "우울한 분들, 이제부터 정신 똑 바로 차리세요." 진행자의 짧은 멘트는 괴성처럼 들렸고 테크노는 점점 더 비트가 높아졌다.

휴가를 반납하고 일을 하겠다고 하면 동료들이 어떤 반응을 보 일까. 그는 머리도 흔들고 얼굴도 비비면서 여느 때처럼 또 공장을 향해 달리고 있었다. 공장으로 가고 싶지는 않았지만 거기 말고는 갈 곳을 떠올릴 수 없었다. 공장 사람들은 대부분 멕시코계였는데 아시아계도 그에 못지않게 많았다. 멕시코계나 아시아계 들은 특 별한 기술이 없는 한 다운타운에서는 좀 떨어진 공장지대에 거의 모여 있었고 그도 그런 사람들 중 한 명이었다. 그도 이주 초기엔 말단이나마 대학이나 연구소, 은행이나 회사 같은 데를 꿈꿨다. 그 러나 오래전에 이미 그는 꿈을 접었다. 그런 일은 다음 생애, 아니 면 그다음 생애에서나 가능한 일이었다.

그는 상상했다. 신분증 카드를 긁고 현관 쪽 복도에서부터 걸어

들어가며 만나게 될 동료들 얼굴이 차례로 지나갔다. 여름휴가와 겨울휴가 중에서 그는 늘 여름휴가를 선택했다. 여름이 다가오면서 동료들은 시도 때도 없이 물었다. "오우, 휴가 어디로 갈 거야?" 그는 성이 오씨였고, 동료들은 '오'를 짧게 발음하지 못했다. "와이프가 정한댔어. 애들이 가자는 데로 가야겠지." 그는 항상 긍정적으로, 정말 짐을 싸고 차를 손보고 휴가를 떠나는 자신을 상상하면서 그렇게 대답했다. 대부분 가족적이고 소박한 휴가를 즐겼지만 대담하게 동남아의 어떤 나라에 현지처를 둔 친구들도 있었다. "너희 가족들에게 미안하지 않아? 동남아 사람들도 결국 미국인을 싫어하게 될 텐데." 잠깐씩 논쟁이 일기도 했다. "이 정도는 유럽의 평범한 쌜러리맨들도 갖고 있는 아주 소박한 꿈에 불과하다니까. 추운 겨울을 피해 따뜻한 남쪽에서 크리스마스를 보내는 거지. 그것뿐이야."

네모반듯한 타운 안에 굴곡 하나 없이 정확하게 구획된 길들을 따라 지어진 작은 주택에 세 들어 정착한 건 꽤 오래전이었다. 길에 지나다니는 사람들을 바라보는 것만으로도 얼마나 비현실적이고 신기하던지 그는 자기 살을 꼬집어보기까지 했다. 그때만 해도 이 나라로의 이주 결정은 꽤나 선진적인 것이었고 많은 사람들의 부러움을 샀다.

그러나 그의 가족은 지난 십년 동안 아무 데도 가지 않았다. 처음엔 인근 공원이나 캠프장에도 자주 갔고, 호수나 강으로 낚시도 갔다. 교회 신도들과도 잘 어울리는 편이어서 집집마다 돌아가며 모임도 꽤 잦았다. 그의 아내는 꽃무늬 앞치마를 두른 채 음식을 만들었고 아이들은 집 안으로, 정원으로 아장아장 걸어다녔다. 그때의 풍경들은 이제 다 잊어버렸다. 아주 오래전에 잊혀져, 동그란 알루미늄 필름보관함에 담긴 채 아카이브의 한 귀퉁이에 처박힌 그때의 추억. 보관함에 붙은 날짜와 내용을 아무도 알아보지 못하는 잊혀진 필름과 똑같았다.

그는 가끔 가족들에 대해서 진지하게 생각해보곤 했다. 편지를 쓴 적도 있지만 건넨 적은 없었다. 왠지 딱딱한 등껍데기에 둘러싸인 사람 같은 어깻짓. 음식에 대한 집착이 지나치게 강해 식욕을 채우는 것이 가장 중요하고, 왜 아무도 도통 집 밖으로는 나가려고 하지 않는지. 그는 가족들도, 자기 자신도, 또 누굴 닮은 건지 도무지 냉랭하기만 한 고양이조차도 이해할 수 없었다.

지난 이십년간 아무 일도 일어나지 않은 건 아니었다. 이 지역 역사상 유례가 없는 홍수가 있었다. 그는 자신이 어릴 때 겪은 전쟁보다도 몇해 전에 치른 그 홍수가 더 두려웠다. 그는 아직도 도시 곳곳에 배어 있는 땅콩버터 빛깔의 물 냄새를 맡았다. 도시 전체가 땅콩버터 빛깔의 엄청난 물에 잠겼다. 강 주변을 따라 늘어선 저지대 건물들은 모두 물에 잠겼다. 어마어마하게 넓은 밭, 검은 소가 있던 농장, 주유소와 편의점, 커피숍과 대형마트, 은행과 아트쎈터 할 것 없이 저지대의 시설들은 모두 땅콩버터 색깔로 뒤덮여버렸다. 그러나 그때조차도 그는 사태를 전혀 비관하지 않았다. 그런 그였지만, 쏘파나 침대에 붙어 꼼짝도 하지 않으려는 가족들을 보면 땅콩버터 빛깔보다 더 진하고 강한, 홍수 이상의 그 무엇인가가 밀려오는 것 같았다. 불행, 행복 중 어느 것이든 하나를 때려야 한다고 강요하는 목소리에 휘둘리는, 한 손에 망치를 든 어린아이처럼 그는 자기 손의 망치가 조금씩 한쪽으로 기울어지고 있다는 걸 느꼈다.

텅 빈 공장 주차장의 주인은 새 떼였다. 누구나 그냥 편하게 프렌치 버드라고 부르는 작은 새들이 주차장 한가운데 작은 정원에서 먹이를 뒤지고 있었다. 새들의 짹짹거림 말고는 그 흔한 싸이렌 소리조차도 들려오지 않았다. 그는 곧장 걸어가 단 하나뿐인 공장의 출입문을 밀었다. 문은 걸려 있었고 안내장 한 장 붙어 있지 않았다. 그는 지붕이 비대칭으로 기울어지고 은박지를 뒤집어쓴 듯한 외관의 모던한 공장 건물을 향해 잠깐 손을 흔들었다.

콘써트 빌리지가 있는 동쪽으로 차를 몰기 시작한 그는 기분이 좋아져 손가락으로 핸들을 톡톡 때렸다. 넓은 잔디밭으로 조성된 콘써트 빌리지는 완만하게 구부러지면서 점차 강 쪽으로 가까워졌다. 예전에는 철로였던 다리가 저 앞에 보였다. 그는 차창을 반쯤 열었다. 그리고 반짝거리는 아침 강물을 내다보며 담배를 피워물었다. 그는 강을 끼고 20마일 정도의 속도로 콘써트 빌리지를 뱅글뱅글 돌았다.

묘지 여기저기에 앙증맞은 꽃들이 놓여 있었다. 어떤 묘지에는 담배도 놓여 있고 캐릭터 인형도 놓여 있었다. 킴의 묘지를 찾기까지는 시간이 좀 걸렸다. 그는 킴의 묘지 앞에서 잠시 주춤거리다가 신중한 표정으로 모자를 벗어 내려두었다. 그리고 잠깐 기도를 했다. 킴이 전라도 이리 출신이라는 것이 떠올랐다. 그는 묘비에 커다랗게 새겨진 그의 이름을 한참 동안 내려다보았다.

  킴의 시체는 홍수에 휩쓸린 뒤 물이 빠지고 오랫동안 비워둔 아트쎈터 건물 지하에서 발견되었다. 홍수 이후로 물에 잠겼던 대부분의 건물들이 그렇듯 그 건물도 일년이 넘도록 복구되지 못한 채 사람들의 출입이 통제되고 있었다. 한 육개월 전쯤, 그는 킴이 발견된 그 건물 앞을 지나가게 되었다. 늘 그 길을 피해갔지만 그날은 그럴 수가 없었다. 철조망 문이 열려 있었고 마당의 흙들이 다 뒤집혀 있었다. 녹이 슨 환풍기며 건물 안에서 꺼내온 듯한 물건들이 공터 한쪽에 켜켜이 쌓여 있어 드디어 복구공사가 시작된 것을 알 수 있었다. 심장은 쿵쿵 울리고 돌부리에 걸려 넘어질 뻔했지만 그의 발걸음은 자연스레 건물 안쪽으로 향했다. 거대한 물에 휩쓸렸던 흔적은 건물 안팎을 모두 짙은 회색 톤으로 바꿔버렸다. 단단해 보이는 붉은색 벽돌 외벽과 지나치게 좁고 긴 창들, 건물과 건물을 연결하는 아치형 복도, 곳곳에 놓인 조각품과 조형물 들까지. 그럼에도 불구하고 건물은 여전히 운치 있어 보였다. 어린아이들의 무용발표회나 아마추어 시낭송 경연대회가 열리곤 하던 곳이어서 지역 주민들이 많이 드나들던 장소이기도 했다. 그는 건물 안쪽으로 성큼 다가서지 못하고 굳은 듯 흙더미 주변에 서 있었다.

  하필이면 킴이 왜 그토록 차갑고 어두운 건물 지하에서 죽은 채 발견되었는지 진실은 아무도 몰랐다. 유흥비나 뜯으려는 인근 불량배의 짓이 틀림없다고 누구나 생각할 수 있었지만 텅 빈 건물에 CCTV 따위는 없었다. 게다가 이 지역에서는 그런 일이 일어난 적이 거의 없었기 때문에 경찰들도 쉬쉬하는 분위기가 역력했다. 수사는 활기조차도 띠지 못하고 금세 종결됐다. 킴의 가족들은 오열

했다. 그의 아내는 말도 제대로 못하고 팔다리에 힘도 주지 못한 채 단번에 널브러졌다.

장례식이 끝난 후 그는 유족들을 위로하기 위해 킴의 집으로 갔다. 킴의 아내는 그사이 병든 할머니처럼 늙었고 집 안은 사람 사는 기운이라고는 하나 없이 썰렁하기만 했다. 마침 옆집에 사는 백인 할머니가 놀러 와 킴의 아내와 얘기를 나누고 있었다. “내 고양이들, 홍수에 떠내려간 사랑스러운 고양이들이 보고 싶어요.” 백인 할머니의 말끝이 가늘게 떨렸다. 킴의 아내는 고개를 푹 숙인 채 손수건을 꼭 쥐고 있었다. 두 늙은 여인의 머리가 그녀들의 여윈 허벅지 위에 한동안 머물렀다. 그는 고개를 떨군 채 중죄인처럼 앉아 있는 두 사람에게 고양이와 남편을 되돌려주고 싶었다. 킴의 아내는 남편의 죽음을 받아들이지 못하고 그에게 온갖 이상한 얘기를 늘어놓으며 횡설수설했다. 그는 킴의 집을 나오면서 현관 벽에 걸려 있는 킴의 모자를 갖고 싶다고 말했다.

바로 그날부터 그는 끊었던 담배를 다시 피우기 시작했다. 두 사람은 주말이면 작은 탁자를 사이에 두고 앉아 생맥주를 마시며 멍하니 스포츠 경기나 보는 사이였다. 서로의 고향이 서울이었는지, 아니면 지방이었는지, 그런 것조차도 빨리 떠오르지 않았다. 그냥 ‘키가 좀 큰 킴’이라고 하면 공장에서는 다 통했다. 그는 킴과 늘 그림자처럼 붙어다녀서 ‘킴과 오’가 되었다.

그는 라디오를 틀어둔 채 하루종일 도시 여기저기를 돌아다녔다.

다음날도 그는 공장에 가는 대신 차를 몰고 집을 나왔다. 라디오에서는 빠른 테크노 대신 길고 장황한 연설이 이어지고 있었다. 연극배우처럼 목소리에 잔뜩 힘을 준 래퍼가 똥구멍, 지옥, 분홍 피, 절단, 욕심 많은 하나님…… 따위의 단어들을 코믹하면서도 강한 톤으로 내뱉었다. 저만치 앞에 휴게소와 식당 간판이 보였다. 그는 배가 고팠다. 식당 입구에 서 있는 커다란 모조 해바라기가 손님이 들어올 때마다 꽃봉오리를 움직이며 굿모닝을 외쳐댔다. 파는 것이라고는 부리또와 탄산음료뿐이었다.

그는 밖이 내다보이는 창 앞에 앉았다. 도로 건너편으로 펼쳐진 밭은 말할 수 없이 넓었다. 홍수가 지나고 많은 전문가들이 대규모 밭 조성이 홍수의 주요 원인이었다고 발표했다. 지나친 개간작업으로 땅이 고유한 기능을 잃어 스스로 물을 빨아들이지 못하고 흘러넘치게 만들었다는 것이다. 부리또를 씹어먹던 그는 오만상을 찌푸리며 자주색 콩을 손바닥에 뱉어냈다. 양상추 맛 역시 몹시 씁쓸해서 도무지 더 먹고 싶지가 않았다. 그는 냅킨으로 입을 닦은 뒤 종업원들 앞으로 걸어가 접시를 내밀며 콩이 상한 것 같다고 말했다. 그들은 미안하다며 어깨를 으쓱하는 동시에 그가 먹던 것을 쓰레기통으로 던져버렸다. 부리또는 곡선을 그리며 쓰레기통 속으로 철퍼덕 빠졌다. 그사이 손이 빠른 종업원들이 버섯을 넣은 새 부리또를 다시 만들어주었다.

식당 앞을 청소하던 노인이 식당에서 나온 그에게 말을 붙였다. "내가 자네한테 쏘피아 얘기 했나. 쏘피아는 정말 아름다운 여자였네. 러시아에서 온, 눈이 파랗고 머리가 이상할 정도로 검은 여자였어. 자네 아나? 그 여자가 강에 빠져 죽었네. 자네 그거 아나? 사실은 그 여자의 아버지도 강에 빠져 죽었네. 저 위에 강 알지?" 그는 노인에게 모자를 들어 뒤집어 보이고는 씩 웃으며 인사했다. 그는 노인을 피해 벤치에 앉아 담배 한 개비를 피웠다. 그리고 또다시 담배 한 개비를 입에 물고 불을 붙였다. 그때 막 휴대폰이 울렸다. 그의 말이 채 끝나기도 전에 상대방 목소리는 다급하게 끊어졌다. "들어올 때 반 갤런짜리 초콜릿우유 두 팩만 사와." 그는 상대방의 목소리를 그대로 따라했다. "들어올 때 반 갤런짜리 초콜릿우유 두 팩만 사와." 그때 노인이 다시 그의 앞으로 다가와 두 눈을 크게 뜨고 물었다. "자네 혹시 이런 말 알아? 같은 강물에 두 번 들어갈 수 없다." 그는 미안하다는 듯 일어나 자리를 피했다.

화장실은 식당 입구 반대편에 있었다. 그는 화장실로 가지 않고 2층으로 오르는 좁고 가파른 계단 끝을 올려다보고 서 있었다. 뭔가에 이끌려 그는 자기도 모르게 계단을 올라갔다. 계단엔 보라색 카펫이 깔려 있었고 양쪽 벽면에는 어두운 갈색 프레임에 담은 작지 않은 크기의 흑백사진들이 높이를 달리해 매달려 있었다. 그는 사진을 보면서 계단 끝까지 올라갔다. 계단 끝의 창문은 활짝 열려 있었고 그곳을 통해 식당 건물 뒤쪽으로 펼쳐진 넓고 완만한 언덕과 흰 구름이 보였다. 웽웽 매미 소리가 들렸고 수없이 많은 자동차가 지나는 이편의 풍경과는 전혀 다른 세상이었다.

그는 계단을 내려오려다가 자잘한 꽃무늬 커튼으로 가려진 방의 창문을 스쳐봤다. 무슨 소리가 들리는 것 같기도 하고 어른거리는 무엇인가가 언뜻 커튼으로 내비치는 것 같기도 했다. 그는 창문 가까이 다가갔다가 깜짝 놀라 뒤로 물러섰다. 그리고 고개를 비스듬히 꺾어 건너편 언덕을 내다봤다. 그러다 그는 다시 호기심을 누르지 못하고 창문 가까이 다가갔다. 그곳에서 두 사람이 사랑을 나누고 있었다. 그는 건장한 남자의 등과 그 남자의 등에 가려, 보였다 안 보였다 하는 여자의 얼굴을 지켜보았다. 여자는 고개를 약간 치켜든 듯한 자세로 남자의 얼굴을 뚫어져라 올려다보고 있었다. 그는 두 사람이 리듬처럼, 파도처럼 함께 혹은 따로 움직이는 모습을 한동안 훔쳐보았다. 그러다 그는 자기도 모르게 후드득 어깨를 떨었다.

강가는 계절에 관계없이 자동차가 많았다. 그는 강가에 차를 대고 싶었으나 적당한 곳을 찾지 못했다. 킴과 그는 가끔 강가에 나와 쌘드위치를 먹고 담배를 피우고 노래를 흥얼거리길 좋아했다. 옛날에 만났던 여자들과의 추억을 마치 어제의 일처럼 얘기했다. 그는 겨우 차 댈 곳을 찾았고 몇분 동안 그냥 차 안에 가만히 앉아 맑은 공기를 들이마셨다. 기분이 좀 나아지는 것 같았다.

다운타운이 북적거리기 시작했다. 그는 한적한 길 한쪽에 차를 대고 킴과 같이 가곤 하던 맥줏집으로 들어갔다. 모든 게 똑같았다. 야구 중계, 럭비 중계, 그리고 인형처럼 생긴 여자애가 다가와 뭘 마시겠느냐고 묻는 것까지. 그는 써빙하는 여자애의 머리통이 동그랗고 예쁘다고 생각했다. 출입구 쪽 도로가 몹시도 시끄러웠다. 온몸에 피칠을 한 좀비들이 무리지어 지나가고 어린애들이 괴성을 지르며 그들을 따라가고 있었다. 그는 부모 된 죄로 혹시 좀비 중에 젊은 아시아계는 없나 한참을 둘러봤지만 그의 아들은 보이지 않았다.

다음날 아침, 그는 또 차를 몰고 나왔다. 시동을 걸기 전에 지갑을 열어보았다. 신용카드와 현금을 확인한 뒤 다시 차 문을 열고 밖으로 내렸다. 트렁크를 열어 한 귀퉁이에 넣어둔 장화며 운동화를 꺼내 툭툭 먼지를 털었다. 농구공도 보였다. 바람이 빠져 흉물스럽게 변한 농구공은 정원 안으로 내던져버렸다. 고양이가 달려와 찌그러진 농구공에 올라앉아 냄새를 맡았다. 그는 진흙이 말라붙은 운동화를 아스팔트에 문지른 뒤 신발을 바꿔 신었다.

라디오에서는 한결같이 테크노 음악이 흘러나왔다. 많은 사람들이 전화로 메씨지를 보냈고 진행자는 그것을 마치 시처럼 읽어주었다. 비가 내리는 걸 보고 싶다는 말이 흘러나왔을 때 그는 하늘을 올려다봤다. 누군가와 키스하고 싶다는 말이 들렸을 때 그는 조금 전에 먹은 햄버거에 든 양파 냄새가 입속에 남아 있는 것 같아 몹시 신경 쓰였다. 이스탄불에 가고 싶다는 말이 들렸을 때 그는 문득 고개를 돌려 뒤를 보았다. 그는 집에서 점점 멀어지고 있다는 것을 충분히 느낄 수 있었다. 그러면서도 왠지 어린아이처럼 하늘 한쪽이 갑자기 어두워지는 것 같아 두려웠고 머리꼭지가 핑핑 도는 듯 구역질이 나려고 했다.

*

한참을 달렸을 때 그의 오른쪽으로 강이 보였다. 녹슨 철교들 아래로 하얗게 빛나는 보트들이 보였다. 날씨도 맑아 구름 한 점 없었다. 얼마 가지 않아 그는 남부와 북부를 관통해 달리는 대륙종단 열차를 만났다. 그는 열차가 온 쪽으로 달리고 있었고 열차는 그가 지나온 쪽으로 달리고 있었다. 아무리 달려도 열차의 꽁무니는 보이지 않았다. 열차가 옆에 있는지 없는지 의식하지 못한 채 한참을 더 달려서야 길이 환하게 뚫리면서 주유소와 휴게소 같은 주변 풍경들이 보이기 시작했다.

그는 강을 끼고 있는 작은 마을에 내렸다. 배가 몹시 고팠다. 우체국과 교회, 작은 모텔 건물 들이 지어진 연도를 이마에 새긴 채 강가에 서 있었다. 지어진 지 최소 백년은 넘는 건물들이었다. 그는 주유소 식당에 들어가 쌘드위치를 먹고 커피를 한 잔 사가지고 나왔다. 담배를 피워물고 한눈에 거의 다 들어오는 작은 동네를 찬찬히 바라보았다. 곳곳이 팔려고 내놓은 빈 건물이었고 사람이라고는 보이지 않았다. 대문에 리본을 달아놓은 빈집 앞 테라스에 앉은 그는 자기도 모르는 사이에 잠깐 졸았다.

깜빡 졸고 있던 그를 깨운 건 지나가는 기차 소리였다. 날파리들이 얼굴에 달라붙고 벌들이 윙윙거리며 얼굴 주변을 노리고 있었지만 그는 그것도 몰랐다. 벌 한 마리가 손톱 끝에 묻은 쏘스를 빨아먹느라, 손가락을 여러번 까딱거려도 날아갈 생각을 하지 않았다. "그래, 실컷 먹어라." 그는 벌을 향해 중얼거리고는 다시 비스듬히 누워 눈을 감아버렸다.

이번엔 동쪽의 한정된 지역만 오가는 기차였다. 그는 자다가 깜짝 놀라서 벌떡 일어나 앉았다. 그리고 모자를 제대로 눌러쓴 뒤 오른쪽에 강을 두고 두 갈래로 조성된 가게들 쪽으로 천천히 발걸음을 옮겼다. 서점과 도서관을 겸한 건물 앞에 선 그는 유리창에 붙은 책 광고 포스터를 쳐다봤다. 붙인 지 오래되어 색이 다 날아간 광고지에는 '전설의 홈런'이라는 책 제목이 있었다. 서점 청년은 책상 위에 맨발을 얹은 채 책을 보는 중이었다. 그는 바야바처럼 머리가 큰 청년에게 포스터를 가리키며 말했다. "저 책 한 권 줄래요?" 청년은 큰 머리를 긁적이며 되물었다. "어떤 책?" 그는 제목을 말했다. 청년은 다시 큰 머리를 긁적거렸다. "미안해요. 저건 그냥 포스터가 멋져서 붙여놓은 건데. 저 책은 없어요." 그는 약이 올라 농담을 걸고 싶어졌다. "그런데, 실례지만 머리에 맞는 야구모자 있어?" 그가 물었고 청년은 아무 표정 없이 그냥 "없지."라고만 말했다.

그는 별일 없이 동네를 빈둥거리며 돌아다녔다. 강 쪽에서 불어오는 바람이 길 한쪽에 세워놓은 나무간판을 쓰러뜨렸다. 그는 무슨 신기한 일이라도 일어난 듯 눈을 크게 뜨고 간판 앞으로 뛰어갔다. 길에 내놓은 쏘파에서 졸고 있던 노인이 그를 쳐다봤다. 그러거나 말거나 그는 드디어 말을 걸고 싶은 주민 한 명을 만났다. 귀에 리씨버를 낀 채 자전거를 타고 가는 귀여운 여자애였다. 그는 자기도 모르게 반갑게 손을 흔들었지만 여자애는 본 척도 안하고 지나가버렸다. "다들 나를 안 좋아하는군." 그는 중얼거리며 할 수 없이 또 주유소 식당으로 들어갔다. 물 두 병과 스낵 한 봉지, 바나나와 치즈볼을 샀다. 그가 막 매점에서 나왔을 때 하늘에 떠 있던 흰 구름이 조금씩 붉어져가고 있었다. 그는 담배를 피워물었다.

그는 기차가 달려온 북쪽을 향해 속력을 냈다. 하늘은 조금씩 더 붉은 기를 더해갔다. 그는 라디오를 틀었고 라디오에서는 안내 멘트 없이 몇곡의 노래가 계속해서 흘러나왔다. 그때 옆자리에 놓아둔 휴대폰이 울리기 시작했다. 그는 전화를 받지 않았다. 전화는 계속 울렸지만 그는 받지 않았다. 한동안 시달렸던 전화 노이로제에 또 시달리게 될까 두려웠다. 킴의 소식을 알리는 전화벨은 지독하게 크고 길게 울렸다. 사고가 난 날 밤, 킴의 전화번호가 찍힌 전화를 여러번 확인했지만 받지 않았다. 킴이었기 때문에 당연히 받아야 했지만, 그는 그날 자기가 어디에 갔었는지 누구에게도 말하고 싶지 않았다. 그리고 사람은 누구나 그런 비밀 하나쯤은 있는 거라고 자기 자신을 위로했다.

"오늘 낭송되는 시들은 정말 화끈하군요." 라디오 진행자가 낄낄거리며 웃었다. 그도 낄낄거리고 웃으며 "나도 화끈한 게 좋아." 라고 말했다. 어디에서든, 언제까지든 방송이 끊어지지 않기만 바랐다. 가끔씩 주파수가 맞지 않아 진행자의 목소리가 흔들리기도 했지만 방송을 제대로 듣지 못할 정도는 아니었다. 목소리에 잔뜩 힘을 준 남자 청취자와 전화 연결이 되었다. 잠시 후 진행자가 커다란 소리로 웃으며 청취자의 이름을 불렀다. "이봐요, 이렇게 신성한 시간에 우리한테 사기 치는 겁니까." 그리고 청취자도 역시 큰 소리로 웃었다. 그건 시가 아니라 누구나 다 아는 유행가의 한 대목이었다. 그는 차라리 툭 터져버리고 만 빈털터리 호주머니 같은 느낌의 그 유행가가 마음에 들었다. 그러나 방송은 갑자기 끊어졌고 그게 끝이었다. 그가 좋아하는 라디오 채널은 더이상 나오지 않았다.

밤 아홉시. 동그랗고 커다란 불빛을 매단 트럭들이 휙휙 달려왔다. 그는 왠지 온몸에 소름이 돋는 듯한 느낌이 들어 어깨를 들썩거렸다. 몹시 추웠다. 배도 고프고 무엇보다 그만 달리고 싶었다. 그는 저만치 앞 허공에 날개 달린 천사를 매달고 반짝거리는 모텔 간판을 보았다.

그는 이른 새벽 눈을 떴다. 눈을 뜨자마자 벌떡 일어나 앉았다. 버티컬블라인드 사이로 보이는 밖은 이른 새벽이었다. 그는 시계를 확인했다. 겨우 네시 반이었다. 큰 소리가 들렸는데, 지금까지 그가 들었던 어떤 소리와도 비교할 수 없이 컸다. 화장실에 다녀와 다시 잠을 청하려던 그는 또 한번 들려오는 어마어마한 소리에 놀라 이번엔 침대에 머리를 박고 말았다. 그후 거의 한시간 동안 그는 베개로 귀를 틀어막은 채 가만히 앉아 있었다.

모텔 식당은 이른 아침인데도 문을 열었다. 식당으로 들어가기 전 그는 담배를 물고 주변을 둘러보았다. 저만치 앞에, 동서로 남북으로 복잡하게 가로질러 놓인 철로와 둥그런 컨테이너를 단 끔찍하게 큰 기차들이 보였다. 그는 그제야 기차가 출발하고 서는 일종의 기지에 도착했다는 걸 알 수 있었다. 기지 주변의 땅은 모두 검은색이었다. 그는 모텔 식당으로 들어가 쌘드위치를 먹으며 커피를 마시고 신문을 읽었다. 모두 같은 작업복을 입은 기차역 노동자들이 몇명 와 있었는데 그는 그런 사람들 속에 섞여 있는 것이 꽤나 마음 편했다.

식당에서 나와 방으로 돌아가려던 그는 길 위에서 또 기차 소리를 들었다. 두 손으로 귀를 틀어막은 채 이빨까지 달달 떨었다. 기차 소리가 멈추기까지 얼마나 오래 걸렸는지 그는 지진이라도 만난 사람처럼 땅바닥에 주저앉은 채 소리가 멈추기만을 기다렸다.

기차 소리가 더 들리지 않게 되었을 때 그는 어슬렁거리며 기지 쪽으로 다가갔다. 평지보다 완만하게 움푹 들어간 그곳은 거대한 기름바다 같았다. 은색으로 빛나는 기차는 너무나도 길어서 도무지 전체를 한눈에 볼 수 없었다. 이렇게 큰 기지가 있는데 주변에 집들이며 식당, 사람이라고는 별로 찾아볼 수 없는 게 이상하다는 생각이 들었다. 그는 기지 주변 숲속을 오가는 토끼와 다람쥐를 더 자주 만났다.

낯선 프랑스어 단어가 조합된 이곳 지명에 대해 그는 들은 적도, 아는 바도 없었다. 그러나 그는 어쩌면 라디오에서 들었던 것인지도 모른다는 생각을 했다. 그는 어슬렁거리며 기차가 모여 있는 선로 기지로 갔다. 신발에 닿는 땅바닥이 부드럽게 눌리며 검은 기름물이 솟아났다. 그때 막 기차 한 대가 도착해 그는 귀를 틀어막고 나무 밑으로 뛰어가 몸을 웅크린 채 꼼짝도 하지 않았다. 귀에서 피가 흐른다고 생각할 정도로 아주 강력한 기차 소리였다.

그다음날, 그는 일정한 간격을 두고 들려오는 기차 소리를 피하느라 아무 일도 하지 못했다. 기차역 옆 다운타운에 있는 작은 가게들과 그곳에서 멀리 떨어지지 않은 곳에 몰려 있는 넓지 않은 주택가 말고는 아무것도 없는 이 동네를 하루종일 빈둥거리며 돌아다니는 것이 그의 일과였다. 누군가 지나가면 괜히 말을 시키려고 했다가 무시를 당하거나 가만히 앉아 있는 고양이를 자극하거나 도망치는 토끼를 따라 냅다 뛰는 게 전부였다. 그러지 않을 때는 기차 소리 때문에 귀를 틀어막거나 이를 달달 떨었고, 그러다 보면 하루가 금세 지나가버렸다.

세번째 날인가 네번째 날쯤 되었을 때 그는 기차 소리가 들려도 더이상 귀를 틀어막지 않는 자신에게 깜짝 놀랐다. 기차 소리는 수시로 들려왔지만 그는 이상하게도 더이상 귀를 틀어막지 않았다. 기차가 오거나 말거나 편안하게 신문을 볼 수 있었지만 문제는 제날짜의 신문이 없다는 것이었다. 그는 이 동네가 자기를 닮았다고 생각했다. 기차가 수시로 오고 가는 것 말고 아무 일도 일어나지 않는.

그가 침대에 누워 빈둥거리고 있을 때 문틈으로 한 장의 봉투가 유연하게 미끄러져 들어왔다. 거리 이름과 번지수까지 포함된 주소가 버젓이 적혀 있었지만 사실 그곳은 그가 머무는 호텔에서 나가 길만 건너면 되는 아주 가까운 곳이었다. 길버트라는 사람이 무슨 전쟁에 참전했던 기념일 파티라며 초대장을 보내온 것이었다. 그는 길버트라는 사람이 누구일까 몹시 궁금했다.

파티라고 해봐야 휠체어에 앉은 길버트 씨를 제외하고는 입을 꾹 다물고 앉아 부드러운 요거트나 떠먹는 할머니들이 초대받은 사람의 전부였다. 간간이 배경음악으로 기차 소리가 들려왔고 누군가 천장에 매달아놓은 풍선이 힘없이 한 개씩 터지곤 했다. 길버트 씨는 굳이 그가 있는 곳까지 휠체어를 밀고 와 악수를 청하며 거창한 환영사를 했다. "우리 마을에 처음 온 동양인을 환영하네." 그러더니 길버트 씨는 자기가 참전했던 전쟁 얘기를 장황하게 늘어놓았다. 그는 몹시 지루해져서 기차라도 지나가주면 좋겠다고 생각했다. 그때였다. "길버트, 축하해요." 늙었지만 아주 밝은 화장을 한 여자가 화사한 몸짓을 하며 요란하게 나타났다. 그는 깜짝 놀라 눈을 동그랗게 떴다.

초대받은 다른 할머니들은 눈을 내리깐 채 쏘파에 폭 파묻혀 있고 길버트 씨와 늙은 여자만 그와 함께 이런저런 얘기를 나눴다. 늙은 여자가 가져온 닭튀김과 감자튀김은 그런대로 맛이 있었고 맥주도 나쁘지 않았다. 그 여자는 그에게 명함을 한 장 건네주었다. "언제 들르세요. 많은 도움이 되실 겁니다."

파티가 끝나고 그 여자는 동네 할머니들을 한 사람씩 부축해 모두 집에 데려다주었다. 길거리에 앉아 담배를 피우는 그에게 길버트 씨가 말했다. "기적 같은 여자야." 그는 길버트 씨의 말에 고개를 끄덕였다. 기적이 뭔지는 모르겠지만 여자의 옷차림 하나만은 인상적이라고 말하고 싶었다. "아주 멋있는 여자 같군요." 그가 수줍게 말했다. "자넨 여자 볼 줄 아는군." 길버트 씨가 그에게 한 마지막 말이었고 그후 그는 다시 길버트 씨를 만나지 못했다.

하루종일 아무 일도 안하려니 온몸이 아팠다. 그는 할 수 없이 선로 작업장으로 나가 그곳 인부들의 일을 말없이 도왔다. 선로를 손보고 기름 치는 일이었다. 일이 끝나면 선로변에 쌓아놓은 목재 기둥에 어깨를 기대고 앉아 맥주를 마셨다. 몸을 움직이자 오히려 피로감이 덜했고 기분도 좋아졌다. 저녁에 모텔로 돌아가 거울을 본 그는 얼굴이며 손톱 끝에 묻은 검은 기름때가 신기해 자꾸만 손으로 문질렀다.

그는 늙은 여자가 준 명함을 들고 길 양쪽으로 열 개도 안되는 건물이 마주 보고 선 한복판에 서 있었다. 그 늙은 여자의 집은 토산품을 파는 가게 모퉁이를 돌아서 첫번째 집이었다. 창문에 붙어 있는 이상한 글자들 때문에 그는 잠깐 들어갈까 말까 망설였다. 그때 문이 열렸고 여자가 검은 구슬 같은 눈동자를 굴리며 그를 쳐다보았다.

여자가 차를 준비하는 동안 그는 거실의 자주색 팔걸이의자에 앉아 집 안을 둘러봤다. 장식품이라고는 의자 세 개, 그리고 한쪽 벽면을 완전히 가린 커다란 유리문 하나가 다였다. 여자가 차를 내왔고 그는 정중하게 물었다. "당신은 의사입니까. 밖에 치료라는 말이 적혀 있던데." "그건 내가 한 말이 아니라 당신처럼 여기 왔던 사람들이 한 말이랍니다. 난 그들이 만족스러운 얼굴로 돌아가며 했던 말을 인용했을 뿐이고요. 차를 다 드셨으면 저기 유리문 앞에 가 서세요. 나는 저 안으로 들어가 있을게요." 여자는 유리문 안으로 들어갔다. 여자의 모습은 더이상 보이지 않았고 홀로그램 같은 그림 하나가 계속해서 그의 눈앞에 뱅글뱅글 돌아갔다.

"오십 달러예요." 여자가 영수증을 끊어주며 말했을 때 그는 기분이 몹시 나빠졌다. "당신은 아무것도 안하고 내가 하는 얘기를 듣기만 했는데." 그는 정말 화가 났다. 그때 여자가 다가와 그의 양쪽 볼에 입을 맞췄다. 순간 그는 여자의 몸에서 나는 이상한 약초 냄새 때문에 흠칫 뒤로 물러섰다. "그게 바로 내 직업이랍니다." 여자가 말했다.

그는 씩씩거리며 거리로 나왔다. 하루종일 규칙적으로 기차가 지나가는 것 말고는 아무것도 볼 것 없는 이 동네에 더 머물러서는 안되겠다는 생각을 했다. 길버트 씨가 앉아 있곤 하던 그 의자에 앉아 담배를 피워물었다. 그렇게 한참을 앉아 있던 그는 자기도 모르게 피식 웃으며 볼을 비볐다. 그는 짐이랄 것도 없는 짐을 챙겨 체크아웃을 하고 나왔다. 모텔비가 너무 싸서 일주일 휴가비용치고는 몹시 저렴했다. 그는 모텔 주차장으로 나와 시동을 걸었다.

*

　아트쎈터 건물 문은 열려 있었고 사람들 말소리가 들렸다. 계단을 걸어내려갔을 때 작업복을 입은 두 사람이 벽에 붙어서서 벽면을 닦아내고 있었다. 벽면을 타고 복잡하게 엉킨 전기선들이 늘어져 있었고 알코올 비슷한 약품 냄새가 진하게 풍겼다. 그들은 그림 복원사들이었다. 그는 복원사들에게 그림을 봐도 되느냐고 물었고 그들은 그러라고 말했다. 언제, 누가 그렸는지 알 수 없는 벽화를 복원하는 중이라고 했다. 두 겹이던 벽 바깥쪽이 홍수로 인해 무너지고 나서 나타난 그림이었다. 반은 인간이고 반은 짐승인 그림의 주인공들이 커다란 벽 저쪽 끝에서부터 이쪽 끝을 가득 채우고 있었다. 다리는 짐승이고 머리끝에는 뿔이 달려 있었지만 가운데 부분은 모두 인간의 형상이었다. 부처처럼 보이는 얼굴도 있었고 뜨거운 물이 펄펄 끓는 지옥도 있었다. "정말 신기한 그림이죠? 우리도 누가 여기에 이런 그림을 그렸는지 전혀 알지 못합니다." 남자 복원사가 말했다. 그 그림은 천장 끝까지 여백 없이 꽉 채워져 있었고 가운데 난 문의 크기만큼만 그림이 없었다. 그는 그림이 중간에 끊어져 있는 허공을 통해 킴의 시신이 누워 있던 어둡고 습한 자리를 넘겨다보고 있었다.

킴이 쓰러져 있던 자리가 어디였는지 정확히 기억나지 않았다. 빛이라고는 전혀 들지 않는 건물이어서 어디가 벽이고 어디가 바닥인지조차 구분하기 어려웠다. 그는 조금씩 발걸음을 옮겨 킴이 누워 있던 쪽이라고 생각되는 곳으로 움직였다. 단숨에 냉기가 느껴졌고 비린 흙냄새에 눈이 시렸다. 그는 입술을 앙다문 채 한 손으로 입을 가렸다. "복구는 언제 끝납니까?" 그가 몇발짝 더 걸으며 복원사들에게 물었지만 대답이 들리지 않았다. 그는 점점 더 가까이 벽 쪽으로 다가가고 있었다. 작은 창틈으로 흰빛이 쏟아져들어왔다. 흰빛 아래 두 개의 의자가 놓여 있었고 한쪽 의자에 킴이 앉아 있었다. 그는 킴의 옆자리에 가 앉았다. 킴이 먼저 악수를 청했고 그는 킴의 손을 잡았다. 킴이 먼저 웃었고 그도 따라 웃었다. 킴이 그에게 물었다. "휴가 잘 보냈어?" 그는 웃으며 대답했다. "그럼 잘 보냈지." 그리고 그는 기차 소리만 들리던 동네에서 보낸 싱거운 휴가에 대해 천천히 입을 열어 말하기 시작했다.

죽음의 도로

세상에서 가장 험한 도로 가운데 하나로 알
려진 볼리비아의 융가스 로드에 관한 얘기
를 해준 사람은 H였다. 그는 지방대학의 토
목공학과를 졸업하고 군대에 다녀온 뒤 전국
의 주요 도로와 터널 공사 현장에서 일했다.
초등학교 때 H는 나의 단골 축구 파트너였
다. 어떤 때는 단둘이 운동장에 남아 늦게까
지 공을 찼다. H와 나는 다리 위 붉어진 하늘
을 올려다보며 아이스크림을 입에 물고 집으
로 돌아가곤 했다.

세상에서 가장 험한 도로 가운데 하나로 알려진 볼리비아의 융가스 로드에 관한 얘기를 해준 사람은 H였다. 그는 지방대학의 토목공학과를 졸업하고 군대에 다녀온 뒤 전국의 주요 도로와 터널 공사 현장에서 일했다. 초등학교 때 H는 나의 단골 축구 파트너였다. 어떤 때는 단둘이 운동장에 남아 늦게까지 공을 찼다. 퇴근하던 남자 선생님들이 여학생과 공을 차냐며 H를 놀린 적도 많았다. 그러나 H는 단 한번도 여자라고 해서 내 공을 우습게 여기지 않았다. H와 나는 다리 위 붉어진 하늘을 올려다보며 아이스크림을 입에 물고 집으로 돌아가곤 했다.

H는 일년 전에 경기도의 한 톨게이트 관리소장으로 임명되었고, 그후로 연말모임 때마다 만원짜리 고속도로 통행권을 선물로 가지

고 나와 한 장씩 돌렸다. 화제가 빈곤해지면 가끔씩 국도 CCTV에 찍힌 차량들 얘기를 들려주었다. 사고가 날 경우를 대비해 24시간 찍어두는 CCTV는 담당 직원에 의해 그날그날 분석된다고 했다. 그 얘기들은 어느정도 나이 먹은 초등학교 동창들끼리 듣고 즐기기에 적합한 화제였다. 특히 비 오는 날의 국도 풍경에 관한 얘기는 3차 를 내겠다고 약속하거나 지갑에 든 문화상품권을 꺼내준다거나 하 기 전에는 절대 공짜로 들려주는 법이 없을 만큼 흥미진진했다.

지난봄의 어느 평일 밤, 퇴근 후 동료들과 맥주 한잔 마시고 있 다는 H를 찾아갔다. 동료들과 함께 있다는 말을 듣고도 찾아간 건 생각해보면 예의가 아니었다. 하지만 그날은 아무라도 만나야 했 다. 심각해 보이는 얼굴로 구석자리를 지키고 있는 불청객 때문인 지 그의 동료들이 차례로 한 명씩 일어나 집으로 돌아갔다. 시간은 자정에 가까워져가고 인조 싸이프러스 잎 그림자가 회벽에 흔들리 는 맥줏집에 H와 나만 남았다. 둘이 맥주를 마시다가 나는 참지 못 하고 울컥해져서 화장실로 갔던 것 같다. 휴대폰을 들고 들어가 꽤 오래 있다 나와보니 H는 집에 가지 않고 그 자리에 그대로 앉아 있 었다.

문제가 뭐냐?

말짱한 얼굴로 H가 물었다. 어릴 적 운동장에서 같이 축구를 하 던 그 얼굴 그대로인 채 양복만 걸쳐 입고 안경만 쓴 것 같은 매우 이상한 느낌이었다. 그의 질문에 나는 그냥 좀 우울하다는 대답을 했던 것 같고 그날 H가 융가스 로드 얘기를 들려주었다.

세상에서 가장 험한 도로에 관한 연구를 왜 은행에서 하는지는 알 수 없지만, 몇년 전 라틴아메리카의 한 은행이 융가스 로드를 그해의 '가장 위험한 길'로 선정했다고 한다. 1935년 길이 뚫린 뒤로 비좁은 이차선 길에서 매년 한 해도 빠짐없이 이백 명 이상이 목숨을 잃었다는 게 그 이유였다. 산악지대에 만든 위험한 도로들이 그렇듯 그 길 역시 전쟁포로들이 만들었고 수많은 포로들의 시신이 깔려 있다고 했다.

절벽길 아무데서나 떨어져내리는 폭포는 운전자가 순간적으로 방향감각을 잃게 만든다고 했다. 눅진하게 달라붙는 노면 진흙과 눈앞을 가리는 안개를 헤치고 겨우 운전에 집중하는 순간, 운전자 자신도 모르게 절벽으로 곤두박질치게 만드는 수많은 블라인드 코너들. 융가스 로드는 융가스와 볼리비아 최대의 도시 라파즈를 연결하는 길로, 험하긴 하지만 해발 4500미터 높이에 이르면 아마존 강과 만나는 거대한 강줄기를 볼 수 있다고 했다. 1종 보통면허에 스틱 십삼년의 운전경력, 굳이 자동차를 이용해 죽고 싶으면 거기가 적당할지도 모르겠다고 H는 덧붙였다.

그날, 강남에 사는 H는 굳이 서울 시내를 빙빙 돌아 나를 집까지 바래다주겠다고 했다. 성북동쯤이었나 택시 안에서 H는 손으로 입을 가린 채 아내에게서 걸려온 전화를 받았다.

응 직원들이랑, 지금 가고 있어. 애들은 자?

나는 급격하게 전등 수가 줄며 땅속으로 기어들어가는 듯한 서울 시내를 내다보며 H의 전화기 너머에서 들려오는 여자 목소리를 주의 깊게 듣고 있었다. 전화를 끊고 H가 창문을 조금 열었고, 순간 나는 왼손으로 그의 무릎에 올려져 있는 오른손을 잡았다. 나는 단지 어릴 적 축구할 때처럼 편안한 마음이었는데 H는 뭔가 불편했는지 자꾸만 헛기침을 했다. H에게 또 한번 실례를 했던 것이다.

사실 그동안 자살할 기회가 없지는 않았다. 이년 전 가을, 중국 여행을 갔다. 지나가버린 시간이지만 생각해보면 그때가 정말 자살하기 딱 좋은 기회였다. 그때도 지금처럼 욕망이 강했다면 아무런 장애물도 없는 중국에서 잘 죽어 제대로 없어졌을지 모른다. 허리벨트며 안전철망도 없이 꼬박 한시간을 올라가는 케이블카, 발만 삐끗하면 흔적도 없이 사라지고 말 깊은 낭떠러지를 품고 있는 계곡, 트럭들이 시속 150킬로미터로 총알처럼 질주하는 고속도로.

네시간 반을 비행해 중국 서남쪽 지대인 윈난성(雲南省)의 쿤밍(昆明)에 내렸다. 무슨 거창한 목적이 있어서 간 여행은 아니었다. 그냥 평소에 자주 만나던 여자애들 몇이 중국이나 가보자고 했는데 그때 유난히 그쪽 배낭여행 상품이 많았다. 따리(大里)와 리장(麗江) 고성 등, 유서 깊은 도시들을 돌아다닐 때만 해도 컨디션이 괜찮았다. 청나라 때의 성벽 없는 거리 모습을 거의 그대로 간직하고 있다는 리장 고성은 대단했다. 집 대문 앞까지 수로가 연결되어 있어 사람들은 그곳을 동양의 베니스라 부른다고 했다. 수양버들이 흔들리는 골목 어귀에 서 있으면 그리운 사람이 자박자박 걸어올 것 같은 감상적인 느낌도 주는 곳이었다.

괜찮던 장이 꼬이기 시작한 건 그곳 사람들이 리장의 상징이라고 자랑하는 위룽(玉龍) 설산에 올라가는 날 아침이었다. 사실 리장만 해도 해발 2000미터 이상이었다. 버스를 타고 케이블카 승강장에 내린 일행은 산에 올라가기도 전에 벌써 산소캔을 입에 물고 있는 고산병 환자와 장에 탈이 나 인상을 구기고 있는 나를 한심하다는 듯 번갈아 봤다.

일년 내내 눈이 녹지 않는다는 설산은 히말라야 산맥의 남쪽 줄기 중 하나로 5500미터가 넘는 데다 영험한 산이라고 했다. 그러거나 말거나 나는 입만 열면 뱃속에서부터 뭔가가 쏟아져나왔다. 입만 그런 것이 아니라 항문으로도 끊임없이 쏟아져나왔다. 자존심이고 뭐고 나는 결국 인민병원에 입원하고 말았다. 진찰을 끝낸 의사가 나에게 말했다.

윈난성 싸스 제1호 환자가 되신 걸 축하합니다.

물론 농담이었지만 싸스에 걸렸다고 해도 그만큼 아플 것 같지는 않았다.

누나, 그냥 서울로 가시죠. 이대로는 여행하기 힘들어요.

가이드가 나에게 정중하게 권했다.

고산병 증세에 시달리는 여자애와 함께 보따리를 싸들고 서울로 돌아갈 판이었다. 게다가 갑자기 존댓말을 하면서 거리를 두려는 가이드의 태도가 굉장히 못마땅했다. 집에 가야 하는 이유를 아무리 찾아봐도 가루약을 먹기 싫다는 것 말고는 없었다. 병원에서 안 사실인데 중국에선 캡슐약을 만드는 게 불가능해서 걸쭉한 가루약을 미숫가루처럼 물에 타먹어야 했다. 입가에 가루약을 묻혀가며 끝까지 버티리라, 나는 결심했다.

어디든 괜찮으니까 데려가줄래? 서울만 아니면 괜찮아.

다음날 아침 나는 아픈 배를 잡고 새벽녘 광장에서 들려오는 서늘한 빗자루 소리를 들으며, 고산병 걸린 여자애 그리고 가이드와 함께 부서질 듯 낡은 승합차에 올라탔다. 고산병 걸린 여자애는 하필이면 남자친구가 필리핀사람이어서 시도 때도 없이 필리핀으로 국제전화를 걸어야 했다. 그애한테는 그것이 중요한 생존의 이유였기 때문에 나는 그애를 따라다니며 안되는 영어로 때때로 대신 통화를 하기도 했다.

사실 나는 그때까지만 해도 내가 어디로 가는지, 뭘 보러 가는지 아무것도 몰랐다. 여행에 짐이 되는 우리와 헤어진 일행들은 우리보다 먼저 최후의 목적지인 중띠안(中甸)을 향해 떠났다. 그리고 결국 영험하다, 신비하다는 말로 상징되곤 하는 샹그리라를 봤다고 했다. 하지만 나는 샹그리라를 보지 못했다. 내 머릿속에는 소수민족 여자들의 화려한 옷 색깔과 그들이 입을 벌려 웃을 때 드러나던 상한 치아만이 강렬하게 남아 있다. 여자들은 그 불편한 옷을 입고 해가 질 때까지 차밭에서 찻잎을 땄다.

길은 험했다. 얌전해 보이던 가이드는 사실 모험심이 강한 사람이었다. 그는 우리를 데리고 자기네 회사가 아직 개발하지 못한 육로 여행루트를 시험 삼아 가보는 중이었다. 믿을 사람은 가이드뿐이었다. 타고 갈 차 운임 흥정만도 몇시간씩 걸리는 중국사람들과는 도저히 직접 어떻게 해볼 수가 없었기 때문에 가이드에게 모든 걸 맡겼다. 우리는 끝까지 중국사람들을 당해낼 수가 없었다. 차에서 잠깐 내려 길에서 파는 동물을 구경하자고 해놓고는 시동을 걸고 도망쳤다. 운임을 선불로 준 상태에서 원하는 목적지에는 데려다주지 않고 태연하게 친구네 집, 친척 집, 직장까지 들러 온갖 볼일을 다 보고는 맨 나중에야 우리가 원하는 곳으로 출발했다. 우리는 결국 깔깔거리고 웃을 수밖에 없었다.

험한 길은 계속 이어졌다. 우리는 리장을 떠나 중띠엔을 거쳐 북쪽을 향해 달렸다. 기본적으로 3000미터가 넘는 고산지대였고 길 곳곳이 산사태 천지였다. 가끔씩 무릉도원 같은 풍경이 보이기도 했지만 도무지 머리가 흔들리고 어지러워서 편히 앉아 있을 수가 없었다. 도로를 막고 있는 흙더미, 수많은 산과 길, 6인승 버스를 타고 달리는 그 무지막지한 여행은 사람을 아주 녹신하게 만들었다. 동행한 여자애도 지쳐버려서 필리핀 국제전화 따위는 아예 할 생각도 안 했다. 나 역시 머릿속에 어떠한 잡념도 떠오르지 않았다. 마침내 우리는 작은 씨멘트 건물들이 길을 따라 옹기종기 낮게 모여 있는 한 마을에 내렸다.

거봐, 누나들이 라싸를 좋아할 줄 알았다니까.

그럼, 설마 여기가 티베트란 말이니?

우린 너무 놀라 입을 다물지 못했다.

우리가 티베트에 온 거야?

역시 누나들은 감각이 있다니까.

정확히는 거긴 티베트가 아니라 윈난성에서 티베트로 넘어가는 길목에 있는, 작은 티베트라고 부르는 떠친(德欽)이란 곳이었다. 거기서부터 그 유명한 차마고도(茶馬告道)가 시작된다고 했다. 윈난성의 차와 티베트의 말이 교역된 데서 비롯했다는 차마고도, 그러나 그때는 무슨 뜻인지 몰랐다. 숙소의 잠자리가 불편해 무릎을 잔뜩 굽힌 채 자고 일어났다. 어리바리해진 우리는 배가 고파 자동차라도 뜯어먹을 지경으로 정신이 혼미했다. 우리는 승려들이 지나

다니는 언덕 위의 시장 한가운데서 배가 터지게 뭔가를 먹었다. 그들은 우리가 먹는 동안에도 등 뒤의 고원 위에 우뚝 솟아 있는 설산에 절을 올렸다.

저게 바로 메이리(梅里) 설산이야.

가이드가 말했지만 우리는 그냥 "또, 설산이군." 하면서 먹기만 했다.

이것도 나중에 안 일이지만, 내가 갔던 그 길에서 북쪽으로 더 올라갔다면 중국에서 가장 험하다는 공포의 도로 몇곳 중 한두 손가락에 꼽히는 길을 만날 수도 있었다. 쓰촨(四川) 분지의 청뚜(成都)에서 출발해 서쪽의 라싸를 향해 달리는 길로, 해발 4000미터의 높이에 2000킬로미터 길이의 도로를 건설하기 위해 삼천여 명의 젊은 사람들이 죽어갔다고 했다. 빈번한 산사태와 꼬불꼬불한 커브의 연속, 지속적인 산소부족 상태. 그때 어떻게 해서든 그 길을 찾아가 죽었다면 참 좋았겠다는 생각이 든다.

슬리퍼를 끌고 광화문 네거리를 지나 삼청동 입구까지 걸어갔던 어느 평일 아침에 시작된 일이었다. 인도네시아에서 산 얇은 검은색 면바지를 입고 무거운 구식 필름카메라를 목에 걸고 있었다. 충분히 잔 후라 몸은 어느 때보다도 가벼웠고 기분도 나쁘지 않았다. 저만치 앞에 보이는 삼청동 길로만 접어들면 문득 초록의 숲이 펼쳐지고 숲 위를 떠다니는 작고 앙증맞은 비행기가 문을 열어놓은 채 날 기다리고 있을 것 같았다.

한 블록 바로 뒤의 M갤러리 신관에서는 독일 출신 설치미술 작가의 작품이 전시되고 있었다. 아직 아무도 서명하지 않은 흰 방명

록이 눈에 들어왔다. 팸플릿 한 장을 집어들어 정확하게 사각으로 접어 가방에 넣었다. 전시 규모가 매우 컸다. 유리상자에 넣은 커다란 식물들이 철과 금, 주석과 납 따위들을 잎과 뿌리에 살짝살짝 묻힌 채 바닥을 향하고 있었다. 자세히 들여다보면 왠지 징그러웠고 멀리서 보면 신비로웠다.

갤러리 1층의 커피숍에 들어가 커피를 시켰다. 에스프레쏘 기계 소리가 요란해서 창밖으로 고개를 돌렸다. 막 미니버스 한 대가 서고 버스에서 중국인 관광객들이 와락 밀려나왔다. 수수한 옷차림의 중국인 관광객들 사이에서 화려한 억양의 중국말이 튀어나와 일순간 도로를 점령해버렸다. 깃발을 든 가이드가 앞에 서서 그들을 이끌고 느릿느릿 삼청동으로 이동했다. 커피가 나오고 나서도 커피잔 속을 오래도록 내려다본 후에야 기계 소리가 멈췄다. 작은 소용돌이가 잔 속을 맴돌았다. 쿠키를 입에 넣고 천천히 녹이고 있을 때 몸 깊은 곳에서부터 뭔가 치밀어오르는 걸 느낄 수 있었다. 나는 그때부터 한낮에도 우울증에 시달렸다.

장마철이 다가오고 있었다. 밤마다 강한 습기가 방으로 밀려들어왔다. 요즘 들어 빌라 바깥에서는 아나운서 시험을 준비하는 동네 여학생의 뉴스 멘트 연습이 밤새 이어졌다. 맑고 높은 목소리는 최근의 외교통상 현안에 대해서 끊임없이 쫑알거렸다. 뭔가 먹어야 하는데 도무지 식욕이 나지 않았다. 엄마가 보내준 한약은 상자째 냉동실 안에서 얼음이 되어가는 중이었다. 엄마가 얼굴의 점을 빼려고 조금씩 모아둔 돈을 털어 지어준 한약이었다. 오래전에 사다놓은 청국장은 유통기한이 지난 지 오래였고 대파와 시금치는 신문지 속에서 형체도 없이 뭉그러지고 달걀은 속속들이 곯았다.

매일 밤, 매일 아침 이메일을 열었다. 스팸메일인 가운데 홀로 나의 행동을 요구하는 이메일이 눈에 띄었다. 도서관의 문화정보실에서 보낸 것이었다.

안녕하십니까. 귀하가 대출한 자료 중 반납예정일이 임박한 자료의 목록을 송부하오니 기한 내에 반납하시기 바랍니다. 청구기호 MV03411·금발의 초원〔DVD〕·대출일 2008. 4. 15·반납일 2008. 4. 22

실제는 팔십세인데 스스로는 젊다고 믿고 있는 할아버지가 자기네 집에 일하러 온 가정부를 사랑하는 일본영화 DVD였다. 빨간색 플라스틱통에 일본식 오이장아찌를 손수 담그는 소녀는 진짜 가정부처럼 보였다. 현실과 꿈을 구분하지 못하는 영감이 결국은 지붕으로 올라가 현실과 꿈을 확인하려다가 떨어져 죽고 마는 영화였다. 여주인공이 울면서 "저는 행복해지는 것이 두렵습니다."라고 말하는 부분은 좀 슬프기도 했다.

DVD는 어느 구석에 처박혔는지 찾을 수가 없었다. 재킷의 그림조차도 생각나지 않았다. DVD를 찾느라 온 집 안을 들쑤시는 와중에 정말로 이상한 전화가 걸려왔다.

누나, 나 부산이야. 아침에 수영하다가 갑자기 확 죽어버리고 싶어져서 사고 좀 쳤어. 너무 멀리 나갔거든. 누나 나 몸 버렸어. 해양경찰대한테 인공호흡 당했어.

나는 우리말의 '배다른'이라는 표현을 너무 싫어해서 'step'이라는 영어단어를 붙여 써보기도 했지만 그애는 어쨌든 나와 배다른 사이였다. 아버지는 쉰살도 안된 나이에 자살을 시도했고 깔끔하게 성공했다. 아버지의 친구들은 기왕 이렇게 된 거, 자살에 실패해서 중환자실 신세를 지는 것보다 한번에 간 것이 다행이라고 말했다. 그애 엄마와 우리 엄마는 자존심 대결의 지존들이라 장례식장에는 나타나지도 않았다. 우리는 중학교, 고등학교 교복을 입고 조용히 빈소를 지켰다. 그리고 얼마 되지 않는 부의금을 정리해 장례비를 치르고 화장터로 떠났다. 화장터에서 일이 끝나고 납골당에 들렀고 다시 병원버스를 타고 병원 정문 앞에 내렸다. 그애의 손에는 아버지 영정사진이 들려 있었다. 모든 일을 끝낸 우리는 길 건너편을 뚫어져라 바라봤다. 거기에 맥도널드가 있었기 때문이다. 우리는 햄버거를 하나씩 먹고 헤어졌다.

그후로 그애와 나는 각자의 일상에 커다란 변동이 있을 때만 전화를 했다. 예전이라면 사실 그 정도의 전화에 흔들릴 내가 아니었다. 발을 땅에 딱 붙인 채 하루도 일탈 따위는 꿈꾸지 않고 사는 사람이 바로 나였다. 교통이 편리한 역세권에 빌라 전세를 얻고 적금을 들고 야근수당을 챙기고 꼬박꼬박 더치페이를 하면서 누구보다 잘살 수 있는 사람이 나였다. 그런데 지금은 그 쉽던 것들이 다 남의 일 같다. 게다가 같은 피를 받은 또 한 사람이 나와 똑같은 병에 시달리고 있다는 것도 기분이 좋지 않았다.

DVD는 아무리 찾아도 없었다. 책상 위에 쌓인 종이더미와 책, 영화 팸플릿 들을 다 모아 내다버렸다. 종이상자나 선물꾸러미를 묶었던 리본들만 해도 한가득이어서 그것도 다 내다버렸다. 신지 않는 구두, 옆이 터진 운동화, 무거운 등산화도 내다버렸다. 조금씩 얼굴을 내미는 다른 사람의 흔적들까지 다 치워버렸다. 익숙한 디자인의 티셔츠들, 손수건과 벨트, 유행하던 소설책과 방부제가 잔뜩 든 쏘시지 같은 것들. 모두 내가 통신회사 계약직 사원으로 일할 때 우리집에 자주 오던 남자친구 K의 것이었다. 그때는 누군가 대문 밖으로 고개를 내밀고 나를 기다리고 있다는 생각만으로도 회사에서 묵직하게 쌓였던 것들이 금세 녹아 사라지곤 했다. 그러나 시간이 가면서 녹아 사라지는 것보다 새로 쌓이는 게 많아졌다. 나는 생애 통산 몇번째인지도 모르는 이별을 또 했다.

좁은 집 안을 뱅뱅 돌아봐야 마땅한 도구가 눈에 띄지 않았다. 역시 난 실내형은 아니었다. 그즈음 초등학교 동창의 어머니가 돌아가셨다. 우리는 평촌의 한 병원 영안실에서 여자 두 명, 남자 여섯 명이 한 사람도 자리를 뜨지 않고 같이 밤을 새웠다. 맥주로 시작해서 소주, 다시 맥주와 소주로 왔다 갔다 했다. 다들 눈동자가 토끼눈처럼 빨개졌다. 그날의 화제는 어떻게 하면 돈을 많이 모아 편하게 살다 죽을까 하는 것이었다. 그러던 중 한 친구가 병원에 오는 길에 목격한 교통사고 얘기를 꺼냈다.

안개 낀 저기압의 날씨에 비까지 흩뿌리는 저녁 여덟시쯤 일어난 10중 추돌사고였다. 도로는 허공에 떠 있는 것 같았고 보이는 것이라고는 멀리서 약하게 반짝이는 네온 불빛 몇개가 전부였다고 했다.

누구 그 영화 봤냐? 「블레이드 러너」였던가? 꼭 그 영화 한 장면 같았어.

이 새끼 은근히 영화 많이 봐, 응?

그 자리의 누구도 그 영화를 본 것 같지는 않았다.

운이 안 좋았으면 나도 확 들이받았다니까.

누군가 흘려버리듯 강변북로는 서울에서 가장 위험한 도로라는 말을 했을 때 H가 한마디 덧붙였다.

우린 거길 '죽음의 도로'라고 불러.

난 정신이 번쩍 들었다. 여기서 '우리'란 H처럼 도로로 먹고사는 전문가 그룹을 칭하는 게 틀림없었다. 난 메모지와 연필을 꺼내 H의 입에서 나오는 말들을 받아 적기 시작했다. H의 말 한마디 한마디는 그 순간 잠언과도 같았다.

새벽이 되자 직장에 다니는 친구들은 출근하기 위해 싸우나로 직행했고 나는 집으로 돌아와 내내 잤다. 저녁 무렵 일어나 가방을 열어 메모지를 확인했다. '죽음의 도로'라는 단어 외에 달리 중요한 내용은 없었다. 융가스 로드도 못 가고 중국에도 다시 갈 수 없다면 가까운 곳에 있는 도로를 최후의 장소로 택하는 게 당연한 일이었다. 나는 갑자기 활기에 넘쳤고 내가 운전에 능한 사람이라는 사실이 참으로 다행스럽게 여겨졌다. 오랜만에 컴퓨터를 켰다. 이런저런 스팸메일들 중 도서관 문화정보실에서 온 이메일이 가장 친근하게 느껴졌다.

안녕하십니까. 귀하가 대출한 자료 중 반납예정일이 지난 자료의 목록을 송부하오니 가급적 빨리 반납하시기 바랍니다. 반납일로부터 매일 500원의 연체료가 청구됨을 양지하십시오. 청구기호 MV03411 · 금발의

초원(DVD) · 대출일 2008. 4. 15 · 반납일 2008. 4. 22 · 반납일 5일 경과

　자살하는 사람은 누군가에게 반드시 자신의 마지막 심경을 알린다고 한다. 나는 메일을 보낸 도서관 정보실 직원에게 남길 생각이었다. 저는 오늘 자살할까 합니다. 제가 대출해간 자료는 반납할 수 없으니 새로 구입하시기 바랍니다. 이런 요지의 메씨지라면 고요하기만 한 도서관에도 일대 소동이 일지 않을까 하는 생각이 들면서 사서의 표정이 궁금해졌다. 그런데 DVD는 정말 어디로 간 걸까, 도무지 생각나지 않았다.

　서울도시고속도로 교통관리쎈터의 연구 결과에 따르면 한강대교 북단과 동작대교 북단 사이가 사고 발생률이 가장 높은 구간이었다. 지난 삼년 동안 1킬로미터당 예순여섯 번의 사고가 일어났다. 서울도시고속도로 교통정보 홈페이지에 접속하자 그토록 거대하다고 느꼈던 서울의 도시고속도로 현황이 한눈에 보였다. 정체구간과 사고통제구간을 표시하는 경고등이 깜빡거리는 지도 그림은 굉장히 귀여웠다. 한밤중에 집 안의 모든 불을 끄고 이 화면을 보고 있으면 거대한 서울이 마치 장난감처럼 느껴졌다. 왼쪽으로 인천공항과 오른쪽으로는 하남 분기점, 위로는 수락지하차도와 아래로는 양재 나들목까지를 포함하는 도시고속도로는 작고 앙증맞은 경고등을 곳곳에 단 채로 심장처럼 깜박거렸다. 비가 오거나 안개가 심한 날은 사고가 많아 그림 전체가 상처투성이였다. 문제의 한강대교 북단과 동작대교 북단 바로 위로는 위치상 남산이 가까이 있어서 싱그러운 나무 냄새가 전해져올 것 같기도 했다.

첫날은 일진이 좋지 않았다. 오랜만에 차를 끌고 나가서 당황했는지, 시간대를 잘못 택한 건지 유난히 부산스러웠다. 강북구에서 출발해 시내를 통과한 뒤 강변북로에 진입하는 과정은 무척 길고 지루했다. 나는 어딘가에 부딪히는 순간 손에 피가 묻는 것이 느껴질까 두려워 흰 장갑까지 끼고 있었다. 세상에서 가장 경멸하는 것 중에 하나가 흰 장갑을 끼고 운전하는 짓이었는데 말이다.

용산쯤이었나, 커피빈에서 커피를 한잔 사려고 길에 차를 세웠다. 커피를 사가지고 차로 돌아갔을 때 경비 아저씨 한 분이 허리에 손을 얹고 내 차를 노려보고 있었다. 내가 나타나자 아저씨가 한쪽 다리를 흔들며 소리를 질렀다.

차 빨리 빼요.

난 갑자기 화가 나서 목청을 높이지 않을 수 없었다. 게다가 마지막에 '요' 자가 잘 들리지 않았다는 생각이 들자 더 화가 났다.

소리 지르지 마세요. 아저씨가 뭔데 나한테 소리를 질러요?

내가 또 세상에서 가장 싫어하는 짓이 괜히 빌딩 경비들과 싸우는 일이었다. 경비 아저씨들이 무슨 잘못이 있다고. 하지만 왜 또 세상의 모든 경비들은 그토록 고집불통인지 그들과 싸우게 되면 백전백패였다.

어쨌든 우여곡절 끝에 나간 첫날의 강변북로는 지독하게 덥고 막혔다. 점심시간이 가까워서인지 시원하게 속력을 낼 만한 구간을 확보하기가 어려웠다. 눈앞의 모든 게 깨끗하고 맑게 보이기만 하는 것도 일을 저지르기에 좋은 조건이 아니었다. 첫날은 너무 힘이 들어서 대낮인데도 불구하고 집에 돌아가자마자 뻗어버렸다.

일기예보를 미리 확인하고 고른 두번째 날은 어둡고 흐린 날씨였다. 날이 흐리자 강변북로의 고질적인 문제점이 대번에 드러났다. 우선 진입로를 알리는 표지판이 엉망이어서 속도를 높였다 줄였다 할 길이가 매우 짧았다. 언제라도 금세 추돌사고가 일어날 것만 같았다. 그러나 내가 도로공사 직원이어서 문제점 개선에 기여할 아이디어를 낼 것도 아니었으므로, 어쨌든 겨우겨우 동호대교 북단에서 진입해 반포 구간 쪽으로 달렸다. 달리다 습관적으로 라디오를 틀었다. 차량 흐름을 따라가다가 어느 순간 브레이크를 슬쩍 놓아보기도 하고 속도를 내보기도 하고 나름대로 빨리 일을 끝내려고 노력중이었다. 머리끝부터 발끝까지 힘이 잔뜩 들어간 상태라 온몸이 뻑뻑했다. 아무리 차가 낡았다지만 엔진에서 이상한 소리도 들리고 순간순간 쿨렁거리기까지 했다.

그 모든 상황에 익숙해지려는 순간 무슨 일이 일어났는지 갑자기 앞의 차들이 움직이지 않았다. 동작대교에서 한강대교 구간까지 가야 하는데 애가 탔다. 라디오를 껐다. 화가 나기도 하고 열이 나기도 하고 왼쪽의 강 건너 풍경이 비현실적으로 느껴졌다. 창문을 열었다. 자동차 소음이 대단했다. 운전자들이 한쪽 팔을 내놓은 채 담배를 피우거나 리씨버를 낀 채 통화중이었다. 차가 막힐 때, 사실은 차가 신나게 달릴 때도 운전자들은 전화 통화를 하고 있는 경우가 많았다. 그래, 바로 전화였다.

휴대폰에 리씨버를 꽂고 전화번호를 찾았다. 차들은 서행하고 있어서 전화번호를 찾는 것쯤은 충분히 할 수 있었다. 전화번호를 찾을 것도 없었다. 매우 익숙하고 언제나 기억하는 번호가 있으니까. K였다. 상대방은 '여보세요'라는 말 대신 침묵만 했다. 차가 막혀서일까, 결코 좋은 말이 나오지 않았다.

인사도 할 줄 몰라?

공격적인 질문에 상대방은 여전히 침묵했다. 그때, 30킬로미터 정도로 달리던 차들이 앞에서부터 속력을 내기 시작했고 창 너머로 뜨거운 바람이 밀려들어왔다.

인사도 할 줄 모르느냐구, 이 더러운 인간아?

운전석에 앉으면 다들 그렇게 공격적으로 변하는 걸까. 드디어 상대방도 숨을 몰아쉬며 한마디했다.

예의 안 지키면 전화 끊는다!

무슨 영화대사 같은 시건방진 대답을 듣자 화가 더 치밀어올랐다. 이제 앞차와의 거리는 점점 벌어지고 있었고 차는 동작대교 구간으로 접어드는 찰나였다.

끊어! 끊고 싶으면 끊어버려, 이 나쁜 새끼.

순간 전화는 정말 뚝 끊어졌다. 전화가 끊어지자 나는 성난 황소처럼 액셀러레이터를 밟아댔다. 차는 내리막길에 교각까지 설치된 위험구간을 막 지나가고 있었고 중간중간 차선 변경까지 했더니 그야말로 아슬아슬했다. 5단 기어로 충분히 밟아주다가 이제 교각만 들이받으면 끝나는 일이었다. 교각만 들이받으면 4, 5중 추돌은 기본이고 낡은 차 속의 내 몸은 산산조각날 테니까. 빨리 다 부서져버렸으면 싶었다.

그러나 우물쭈물하는 사이 금세 위험구간을 놓쳐버렸고 내 낡은 자동차는 밤새 마포대교와 서강대교, 양화대교까지 지나 지구

끝까지라도 달릴 태세로 굴러가고 있었다.

세번째 시도에 나선 날은 비가 내렸다. 사실은 영화「블레이드 러너」를 찍고 싶어서 비 내리는 날을 선택했다. 생전처음 기름도 빵빵하게 넣고 도서관 담당자에게 이메일까지 보냈으니 미뤄놓은 일도 없었다.

비가 오는 강변북로에서 20중 추돌사고가 나면 그건 정말이지 재앙이야.

장례식장에서 들었던 누군가의 말이 오히려 나를 기운나게 만들었다.

오늘이 그날이군.

차 안에 울리는 내 목소리는 중년 아저씨들 목소리처럼 변해 있었다.

난 또 흰 장갑을 끼고 운전대를 잡았다. 느긋하게 스릴을 즐기기 위해 마포대교에서 진입했다. 비가 와서 차는 죽어라 막혔다. 속력이 나야 무슨 일을 저지를 텐데 도무지 속력이 나지 않았다. 스틱 운전은 속력을 내는 동안이 훨씬 편했다. 그러지 않으면 사실 계속해서 변속을 해야 하므로 팔다리 힘이 없는 여자의 경우 스틱 자동차를 운전한다는 건 쉬운 일이 아니었다. 와이퍼 소리와 라디오 소리, 규칙적인 엔진 소리에 스르르 잠이 오려고 했다. 끄덕끄덕, 이렇게 가다간 정말이지 사고가 날 판이었다.

휴대폰을 만지작거리다가 또 전화번호를 눌렀다. 처음엔 받지 않았지만 스무 번쯤 걸어대자 상대방이 전화를 받았다. 차는 길 위에 그냥 서 있어서 브레이크를 올리고 통화를 했다. 이번에도 K였다.

내가 뭘 잘못했다고 이제 와서 나한테 행패니?

상대가 신경질적으로 대꾸했다.

자기가 뭘 잘못했는지 모른다면 양심도 없는 인간이지!

어느새 또 말이 거칠어졌고 빗줄기는 점점 강해져갔다. 와이퍼 소리 때문에 그의 목소리가 잘 들리지 않았다.

난 양심 없는 거 아는데, 넌 뭐야? 우리 끝났잖아?

그가 물었고 나는 대답했다.

그래, 끝났어.

그럼 마음을 고쳐먹어야지 그래가지고 좋은 사람 만나겠냐.

그의 말투는 항상 그랬다. 늘 가르치려 드는 말투, 비난하는 말투, 결국은 듣는 사람이 스스로를 부정하게 만드는 말투.

너 나 보고 싶어서 전화한 거지? 그럼 좀 부드럽게 해라.

뭐라고, 이 개새끼야. 내가 너 같은 새끼가 보고 싶어서 전화했단 말이지, 지금!

내 목소리가 고음으로 올라간 순간 전화는 뚝 끊어졌다.

개새끼!

이 대목에서 나는 앞에 있는 차를 들이받고 싶어졌고 아무 말도 할 수 없었고 나도 모르게 눈물이 났다. 변속도, 아무런 조치도 할 수 없게 눈물이 났다. 죽었으면 좋겠는데 죽을 수도 없고 화가 뻗 쳐올랐다. 죽으러 나선 길인데 순간 누군가에게 살려달라고, 힘들다고 얘기하고 싶어진 걸 어떻게 설명해야 할지 몰랐다. 비는 내리고 강 건너편 풍경은 묵시록적 세계 그 자체였다. 나는 H의 단축번호를 길게 누르고 말았다.

어, 무슨 일이야?

내가 울고 있다는 걸 H가 금세 눈치챌 정도로 나는 큰 소리로 울고 있었다. H는 레스또랑에 있는 것 같았다. 음악이 들리고 사람들 목소리가 들리고 달그락거리는 접시 소리가 들렸다.

여기 강변북로야. 나 지금 죽을 거 같아. 나랑 조금만 통화하면 안될까?

평소의 H와는 굉장히 다른 느낌의 목소리가 들려왔으나 나는 흔들리지 않고 친밀한 기조를 유지하려고 노력했다.

사고 칠 것 같아서 그래.

내 말이 끝나자마자 조금의 간격도 없이 H가 속사포처럼 응대했다.

그럼 차를 세워.

어떻게 차를 세워. 세울 수가 없어.

일단 비상등을 켜.

이대로 죽을 것 같다니까.

그러니까, 세우라니까. 왜 못 세워!

안전하게 조치하라는 말이었지만 사실은 나한테 그렇게 화를 내고 있는 거였다.

넌 지금 나와 우리 와이프 사이를 교란시키고 있거든.

말로 하진 않았지만 가족들과의 단란한 식사시간을 방해하는 미혼의 초등학교 여자 동창에 대한 본능적인 부담감이 마구 느껴졌다. 나도 이런 얘기를 하고 싶었다.

그럼 처음부터 친절하지나 말지, 나쁜놈.

헤어진 K보다 H 때문에 더 화가 났다. 접시 소리가 듣기 싫어 내가 먼저 전화를 끊었다. 나는 여기가 어디인 줄도 모르고 신나게 달리기 시작했다. 바퀴가 빗길에 닿는 감촉이 허벅지까지 올라왔고 와이퍼 소리가 음악처럼 들렸다. 머릿속이 환해지면서 실타래처럼 엉켰던 것들이 다 풀리는 기분에 나도 모르게 허스키한 목소리가 튀어나왔다.

아니면 말라구, 이 나쁜놈들아.

창문을 열고 뜨거운 강변북로에 침을 뱉었다. 깜박거리는 시계는 아홉시를 넘어서고 있었다. 차는 어느새 동작 분기점에서 한강 분기점을 지나고 있었다. 길은 줄곧 시원하게 뚫려 5단 기어 아래로는 내려가지 않았고 하늘 위에 올라앉은 흰 구름들은 밤인데도 밝게 떠 있었다. 반포 분기점에서 한남 분기점을 지나고 다시 동호대교 분기점을 지나는 순간 나는 의정부 방향이라고 적힌 내부순환로 램프를 봤다. 내부순환로로 갈아타는 길은 매우 험했다. 백미러, 싸이드미러를 통해 명확하게 볼 수 있는 건 아무것도 없었다. 휙휙 차들이 지나가는 소리가 났다. 4.5톤 트럭들이 휙휙 소리를 내며 지나가고 나서야 비로소 그 존재감이 느껴졌다. 차들은 도무지 양보라고는 안했다. 다들 죽자꾸나 달리고 있었다.

성동구 쪽의 내부순환로로 들어서자 길의 흐름이 파악되었다. 속도는 여전히 장난이 아니었다. 강북구청 입구로 나가기까지 꽤 오랜 시간이 걸렸다. 이제 드디어 시내를 통하지 않고 강변북로를 거쳐 내부순환로로 갈아타 강북구청 앞을 지나 수유리의 집으로 돌아오는 길을 알게 되었다.

집으로 돌아와 이메일을 열었다. 도서관으로 보낸 이메일은 발신 전용 주소라며 태연히 되돌아와 있었다. 라면을 끓여 먹고 멍하니 텔레비전을 보았다. 텔레비전 아래 책과 비디오 등을 정리해둔 장식장 안에 세로로 얌전히 꽂혀 있는 그 DVD가 보였다.

재해지역투어버스

섭씨와 화씨를 구별해 인식하지 못하는 나는
온도계를 보며 고민하다 그냥 거리로 뛰쳐나
와버렸다. 아침부터 목덜미가 따끔거리는 날
씨였다. 한낮엔 몹시 더웠고 밤에는 낮보다
더 뜨거운 바람이 불었다. 그런데도 자다 깨
면 소름 끼치도록 추웠다. 어느 겨울, 누군가
내 뒷덜미에 손을 넣어 눈덩이를 미끄러뜨리
고 달아났다. 유방 옆 겨드랑이 어디쯤 아직
도 차가운 눈덩이가 박혀 있는 것만 같다.

섭씨와 화씨를 구별해 인식하지 못하는 나는 온도계를 보며 고민하다 그냥 거리로 뛰쳐나와버렸다. 아침부터 목덜미가 따끔거리는 날씨였다. 한낮엔 몹시 더웠고 밤에는 낮보다 더 뜨거운 바람이 불었다. 그런데도 자다 깨면 소름 끼치도록 추웠다. 어느 겨울, 누군가 내 뒷덜미에 손을 넣어 눈덩이를 미끄러뜨리고 달아났다. 유방 옆 겨드랑이 어디쯤 아직도 차가운 눈덩이가 박혀 있는 것만 같다. 어제도 엄마에게 전화를 걸지 못했다. 손목에 찬 듀얼 시계 한쪽 시간이 새벽이었다. 엄마가 신문지 위에 시금치더미를 펼쳐놓고 뿌리에 묻은 흙을 털어내고 있을 시간이었다.

거리 화가들이 화구와 그림을 진열하며 지나가는 사람들에게 아침인사를 건넸다. 화려한 머리장식을 한 투어 전용 말들이 길에 서서 졸고 있었다. 농담이라고는 할 줄 모르는 한 친구가 나에게 물었었다. 만약 동물로 태어난다면 무슨 동물? 난 서슴없이 말이라고 대답했다. 질문은 이어졌다. 식물로 태어난다면 뭐? 그때도 난 서슴없이 대답했다. 브로콜리. 지난해 여름에는 말이나 브로콜리가 되었으면 싶었다. 햇볕에 탄 얼굴은 기미투성이였고 내 가방 속에 든 현상하지 못한 슬라이드 필름들은 하나같이 황폐한 그림들로 가득했다. 사람들은 일과가 끝나면 약속이나 한 듯 거리로 쏟아져나왔다. 여고생들은 경찰차에 올라타 브이자를 그리며 디카를 들이댔고 나는 그들을 따라다니며 셔터를 눌렀다. 어느날 누군가가 내 등 뒤에 대고 쏘아붙였다. 이봐 총각, 저기 좀 찍으슈. 그가 가리키는 쪽을 돌아봤다. 경찰에게 매를 맞고 있는 사람들이 보였다. 사람들이 몰려가려고 하자 물대포차가 먼저 달려가 거센 물줄기를 뿜어대어 인파를 양쪽으로 갈랐다. 사람들이 팔다리를 잡힌 채 경찰한테 끌려가고 물대포차는 몰려 서 있는 사람들을 향해 끊임없이 물줄기를 뿜어댔다. 모두들 지하철역으로, 후미진 건물 뒤편으로 도망치기 시작했다. 나도 지하철역으로 따라갔고 화장실에서 거울에 비친 내 얼굴을 봤다. 티셔츠는 물에 젖어 축 늘어져 있었고 운동화는 때에 절어 몹시도 흉물스러웠다. 나더러 총각이라니, 기분 나빴지만 난 정말 남자라고 해도 믿을 정도로 몰골이 말이 아니었다.

그렇게 여름 내내 나는 거리에 있었고 온 도시 사람들이 모두 거리에 모인 어느날 밤, 알 수 없는 뭔가에 머리 한쪽을 맞아 광장 한 귀퉁이에 쓰러졌다. 앞에 서 있는 사람들이 경찰과 몸싸움을 하긴 했으나 몽둥이가 오갈 정도로 심한 싸움은 아니었다. 그런데 갑자기 내 머리 위로 뭔가가 떨어져내렸다. 택시를 잡을 수가 없어서 광장을 지나 저만치 터널 입구까지 걸어갔다. 집으로 돌아가 며칠이나 구역질을 했다. 내가 한 마리 말이었다면 재빠르게 뛰어다니며 마음대로 발길질을 날려도 되고, 브로콜리라면 어차피 똑같이 생겨 개별성이라고는 없는 다른 브로콜리 뒤에 숨어버리면 그만일 것 같았다. 그러나 이게 다 무슨 이상한 농담인지 모르겠다. 어쨌든 여름이 지나가긴 했다. 그리고 금세 겨울이 왔다.

이 나라 최고의 관광도시라는 이곳에 온 지 하루. 오래된 성당 주변의 도로 바닥은 갈색으로 바짝 말라붙어 있다. 어디서나 독한 씨가 냄새와 찝찔한 굴 냄새가 진동을 했다. 17, 18세기까지 거슬러 올라가는 이 도시의 역사를 나는 아직 아무것도 모른다. 스페인 땅이었다가 다시 프랑스 땅, 또다시 스페인 땅이 되었다는 것 정도만 알고 있다. 보도블록에 떨어져 부서진 아이스크림콘, 파티용 가면에 붙어 있던 색색의 깃털, 담배꽁초, 구겨진 광고지 들을 밟으며 지나갔다.

홈리스들은 작은 비닐봉지 여러개를 손에 말아쥐고 제자리에서 뱅글뱅글 돌았다. 그러다가 불쑥 다가와 어깨를 들이밀며 말을 붙였다. 지금 나한테 뭐라고 했어요? 나는 얼굴에 주름이 잡히도록 힘을 주어 대답했다. 그러나 어차피 나는 그들의 말을 알아듣지 못한다. 지나고 보니 담배가 있냐고 물었던 것 같다. 금세 돌아봤지만 홈리스의 흰색 비닐봉지는 보이지 않았다. 동양인이 많지 않아 사람들의 눈에 잘 띄는 걸까. 깊고 검은 입속에서 쏟아져나오는 그들의 말은 한없이 느리거나 몹시 빨랐다. 그들의 말은 가끔 의미 없는 리듬처럼 들렸다. 금세 또다른 홈리스가 내게 뭐라고 말을 붙였다. 내가 아침을 먹었느냐고 물었더니 한 손을 들어 가로저었다. 어차피 그들도 내 말을 알아듣지 못했다. 지폐 한 장을 꺼내주었다. 고마워하지도 미안해하지도 않으며 그냥 웬일이냐는 듯 비닐봉지에 집어넣었다. 붉디붉은 흙을 가진 동남아의 한 나라에 갔을 때 발걸음을 옮기기만 하면 어린 여자애들이 돈을 달라고 줄줄이 따라왔다. 책 한 권을 사라고 먼 길을 걸어 따라오던 어린 남자애들의 눈빛엔 결국 한 가닥 노여움이 엿보였다. 거긴 가난한 나라고 여긴 부자 나라다. 그런데 여기도 거지들 천지. 건너편 노천까페에서부터 진한 커피향이 몰려와 골목으로 퍼졌다.

그냥 무단횡단을 해버렸다. 까페에 앉은 관광객들이 아무에게나 아침인사를 건넸다. 인사를 받긴 했으나 정말 싱거운 사람들 다 보겠다는 표정을 지을 수밖에 없었다. 모두가 방긋방긋 웃는 얼굴로 이른 아침 노천까페에 앉아 안녕 잘 잤니, 날씨 정말 좋지 않니, 오늘도 행복하게 지내 따위의 말들을 지껄이며 즐겁고 밝게 하루를 시작할 수 있다니. 최소한 내가 아는 사람들은 그러지 못했다. 내가 사는 곳에는 봄이면 늘 황사바람이 불었다. 재해도 아닌데 늘 재해처럼 들끓고 사람들은 앓고 자살하고 분노했다. 겨울이 와도 눈이 내리지 않았고 모두들 흰 눈 따위는 까먹고 산성비를 맞으며 크리스마스를 보냈다. 분통 터지는 일을 당한 사람들은 새해 해돋이를 보러 바다로 갔다. 그리고 차에 가족들을 태운 채 바닷속으로 질주해 들어갔다. 끝없는 자학, 모멸감, 자기비하로 어린 학생들도, 노인들도 저 높은 고층아파트 꼭대기에 올라가 스스럼없이 몸을 던졌다. 자학은 가학으로 바뀌고 나날이 새로운 사건이 터져 앞의 일들은 금세 잊혔다. 얼마나 다이내믹한지 제대로 숨을 쉴 수조차 없었다. 광장에 사람이 많아질수록 길 위에 쌓은 거대한 씨멘트 장벽이 높이 올라갔다. 사람들은 장벽에 대고 낙서를 했다. 이게 뭐야, 장벽은 깨진 지 오래잖아. 이게 뭐냐고.

그런데 정말로 큰 재해를 당한 이 도시는 왜 이렇게 유쾌할까. 스페인풍의 건물을 지나 불어오는 바람에서 막 녹기 시작한 갈색 설탕 냄새가 났다. 베이스 트럼본 소리가 프렌치 시장 골목 쪽에서 들려왔다. 달고 진한 설탕이 입속에서 녹고 있는 것 같았고 내 몸조차도 갈색으로 녹여버릴 듯한 공기가 나쁘지 않았다. 셔츠에 검은 조끼를 입은 남자가 걸어왔다. 우유를 잔뜩 넣은 커피와 흰 가루에 파묻힌 도넛 두 개가 담긴 접시를 탁자에 놓고 갔다. 한바탕 바람이 불고 식탁보가 뒤집히고 흰 도넛 가루가 사방으로 흩어져 날아갔다. 일시에 작은 새 떼가 몰려와 씨멘트 바닥에 떨어진 도넛 가루를 쪼아 먹었다. 새 떼가 부러웠다. 나도 새 떼처럼 머리를 땅에 박는 연습을 해보고 싶어졌다.

까페 건너편을 봤다. 백년 전에 지었다는 호텔 문 앞에 관광객들이 몰려 서 있었다. 레이스 모양을 한 철제 발코니가 아름다웠고 붉고 화사한 문 안에 있는 사람들은 이른 아침부터 카드를 돌리고 있었다. 문밖에 서 있는 사람들은 공항 셔틀버스가 도착했는데도 버스에 관심을 보이지 않고 앞사람과 떠들기만 했다. 한 여자가 버스에 타기는 했지만 그렇다고 버스가 금세 출발하지도 않았다. 드럼과 쌕소폰, 베이스와 건반이 버스를 지나 까페 앞으로 이동하는 중이었다. 모두 한가족, 생계형 재즈 악단이었다. 아들은 아버지를 닮았고 딸은 오빠를 빼닮은 것 같았다. 그들이 연주할 무대를 차리는 걸 쳐다보는 사이 무섭게 큰 까마귀 한 마리가 까페 안으로 날아들었다. 여행자들이 비명을 질렀고 연이어 한바탕 바람이 들이쳤다. 어느새 내 옷과 가방 모두 흰 도넛 가루 천지가 되었다. 물휴지로 닦아도 지워지지 않고 입김으로 불어도 날아가지 않고 점점 더 깊이 옷 속으로 침투하는 기분 나쁜 도넛 가루.

항구를 끼고 달리는 붉은색 전차가 종소리를 내며 달려왔다. 내리는 사람도 없고 타는 사람도 없다. 전차정류장 위쪽 공터에 버스가 한 대 서 있다. 내가 타야 할 투어버스가 분명했다. 항구 쪽에 붙어 있는 작은 매표소에서 표를 샀다. 항구에 정박중인 유람선에서 음악이 흘러나왔다. 하룻밤 식사와 공연, 환상적인 밤경치 속에서 펼쳐지는 잊지 못할 순간들, 유람선은 과장된 광고 문구를 매단 채 아주 조금씩 흔들리고 있었다. 왜 배만 보면 어지러운 걸까. 한 흑인 남자애가 자전거를 타고 기차 건널목을 건너고 있다. 처음으로 큰 도시에 갔던 때가 생각났다. 손에 주소를 들고 누군가를 찾아가고 있었다. 지금 이 도시에도 주소를 들고 누군가를 찾아나선 어린 애가 있을까. 고개를 돌렸다. 그때 횡단보도 앞에 서서 도시 한가운데로 약속이나 한듯 동시에 밀려나오는 많은 사람들이 보였다. 그리고 심한 멀미를 했다. 누군가 내 입속에 팔다리의 힘을 일시에 다 빼버리는 약을 꾹꾹 쑤셔넣은 것 같았다. 나는 잘못한 게 없다고 비명을 질렀지만 아무도 듣지 못했다. 정박된 배만 봐도 목구멍을 타고 넘어오는 흐릿한 신물, 그때 본 도시도 지금 내 눈앞에 있는 배처럼 그렇게 흔들렸다. 자전거를 탄 소년이 항구에 자전거를 세운 채 물끄러미 나를 쳐다봤다. 그때도 등 뒤에서 나를 물끄러미 쳐다보던 한 소년이 있었다. 그가 훗날 내 첫사랑이 된 싸가지 없는 그 자식이었는지도 모른다.

오늘도 저희 재해지역투어버스를 이용해주시는 관광객 여러분께 진심으로 감사드립니다. 이 투어는 앞으로 총 세시간 동안 진행될 예정입니다. 그러나 아마 절대 지루하지는 않으실 겁니다. 화장실, 생수, 휴대전화 충전, 어떤 문제든 저에게 말씀해주시면 다 해결해드립니다. 이 순간부터 여러분은 저와 함께 재해지역투어를 떠나게 됩니다.

버스 안은 다양한 연령대의 관광객들로 빈자리 없이 꽉차 있었다. 흑인 운전기사는 일일이 자리를 돌아다니며 어느 나라에서 왔는지 친절하게 묻고 그 나라 말로 인사도 했다. 그가 자리에 앉아 시동을 걸고, 마이크를 통해 안내 멘트가 나오면서 투어는 시작되었다. 씨티투어버스를 타는 건 나의 오래된 여행 습관 중 하나였다. 나는 어디를 가나 일단 그 지역의 씨티투어버스가 있는지를 알아봤다. 똑같은 지역이라고 해도 밤과 낮은 천지 차이였다. 절대 잊을 수 없는 버스는 유럽의 어느 나라에서 탔던 게이들만의 씨티투어버스였다. 차에 오르자마자 잘생긴 남자들이 꽉 들어차 있어 깜짝 놀랐지만 이내 그들이 게이라는 걸 알 수 있었다. 매표소 직원이 괜찮겠냐고 하면서 뭔가를 설명했는데 그 말이었다는 걸 나중에 알고 웃었다. 황홀한 게이 청년들과 탔던 씨티투어버스는 정말 근사했다. 바깥 풍경은 하나도 기억나지 않고 오로지 오뚝한 콧날의 멋진 남자들 얼굴만 기억에 남았으니 돈만 버린 셈이었다. 소설책에서 읽은 대로 한번은 자살관광버스를 찾아본 적도 있었다. 그러나 진짜 자살관광버스는 없었고 자살관광버스의 원작을 흉내낸 모의 자살관광버스만 운행했다. 웃고 떠들고 키스하고 자살은커녕 모두들 신이 나서 좋아죽겠는 얼굴들이었다.

버스는 금세 널찍한 외곽도로로 접어들었다. 길 옆으로 대형마트와 익숙한 이름의 햄버거가게들이 휙휙 지나갔다. 저만치 시선 끝에 거대한 공장지대를 둔 채 다리를 건넜다. 다리를 다 건너도 공장지대는 차창 프레임 안에서 사라지지 않았다. 운전기사의 멘트가 거듭되었다. 지독한 방언이었다. 지난여름 광장에서 들었던 소리들도 방언이었다. 얼굴을 보고 말하는데 서로 무슨 말을 하는지 알아듣지 못했다. 다들 화가 나서 가슴을 치고 자기만 아는 언어로 주문을 외우고 또 외웠다. 유모차에 탄 아기들이 촛불을 손에 쥐고 흔들었다. 방언, 지독한 방언이었다. 다들 똑같은 언어로 자기주장을 하고 있었지만, 그 똑같은 언어로 한여름의 전쟁을 막을 수 없었다. 다들 집으로 돌아가지 못했고 길거리를 뱅글뱅글 돌며 밤을 새웠다.

그날은 8월의 마지막 월요일이었죠. 이른 아침 이 도시의 광장에 그것이 찾아왔습니다. 새벽 잠결에 환한 빛을 본 저는 깜짝 놀라 침대에서 벌떡 일어났습니다. 물론 그전부터 내린 폭우로 이미 많은 사람들이 대피하긴 했었죠. 그러나 그때까지 사람들은 그냥 도시에 남아 있었어요. 너무 가난해 자동차가 없는 사람들은 대피

할 수가 없었거든요. 그게 다 자동차 때문이었다면 믿으시겠습니까. 이 나라에 자동차가 없는 사람들이 있다는 걸 상상해보셨습니까. 그런데 정말 우리한테는 짐을 싣고 떠날 자동차가 없었어요.

귀신이었습니다. 광장 전체가 빵빵한 바람에 둘러싸여 터질 듯이 부풀어오르고 있었으니까요. 귀신이 아니었다면 이 도시를 그렇게까지 만들지는 않았을 겁니다. 아, 잠깐 오른쪽을 보시죠. 저기가 바로 그 유명한 항공우주국 건물입니다. 저런 건물이 우리 도시에 있다는 것이 아이러니 아닙니까. 어쨌든 그날 아침 빠른 드럼 소리처럼 거친 비바람이 휘몰아쳤습니다. 그때 문득 옛날에 할머니가 해주었던 얘기가 떠올랐습니다. 이 세상에서 가장 무서운 건 성난 바다가 뿜어내는 기침이다. 할머니도 아마 무서운 일을 겪었던 모양입니다. 할머니가 살아 계셨다면 온몸으로 허리케인의 냄새를 느꼈겠죠. 아, 우리 할머니가 보고 싶군요.

거대한 비바람을 빨아들여 빵빵해진 도시는 여름 한철만 보는 재난영화의 한 장면처럼 삽시간에 물에 잠겨버렸습니다. 왼쪽에 주경기장 건물 보이십니까. 바로 저곳이 우리의 마지막 대피장소였습니다. 나중에 여기저기 신문에서 말하길, 저곳을 대피장소로 지정한 것 자체가 큰 실수였다고 했습니다. 관광객 여러분, 저 앞에 말을 타고 있는 사람의 동상 보이시죠. 이 지역 출신의 유명한 군인이었어요. 저 동상도 그때 댕강 부러져버렸습니다. 바로 지금부터 여러분이 가시게 될 지역은 그때 허리케인의 피해를 가장 많이 입은 곳입니다. 오늘 정말 날씨가 환상적입니다. 하늘 좀 보십쇼.

넓고 나른한 바다가 버스 차장 앞에 성큼 다가와 있었다. 바다는 해안도 없이 그냥 바로 길옆이었다. 차 문을 열어둔 채 키스하는 연인들, 벤치에 앉아 유모차에 발을 걸치고 책을 읽는 여자들, 의자 세 개를 나란히 놓고 다리를 뻗은 채 바다를 바라보는 노인들의 뒷모습. 하도 평온하고 고요해서 현실이라고 믿기 어려운 풍경이었다. 나는 평온한 풍경을 볼 때도 불행한 장면을 겹쳐놓는 유전자를 갖고 있는 것 같다. 행복하고 느긋해 보이는 풍경 위로 온통 황폐한 그림들이 겹쳐졌다. 깨진 유리조각들, 씨멘트 바닥과 흰 운동화에 점점이 떨어진 피, 소금을 끼얹은 듯 따끔거리는 피부, 버둥거리며 죽어가는 소들, 암 환자의 등을 비추는 긴 거울, 불에 타죽는 사람들, 여자들의 통곡 소리, 내리는 산성비 그리고 천지사방으로 흩어지려는 내 몸뚱이. 지난여름, 몸이 사방으로 터져나갈 것처럼 아팠다. 그러나 그것도 어쩌면 나의 나쁜 습관이었던 건 아닐까. 실제로는 아프지 않으면서 아프다고 통각을 호소하고 소리를 질러대야 살아 있는 듯 느끼는 오래된 습관.

관광객 여러분, 오른쪽을 봐주십시오. 저기 호수가 보이십니까? 저 호수로 이어지는 운하가 시내까지 뻗어 있습니다. 시내가 물에 잠긴 지 일주일쯤 되었을 때 지원 병력은 운하에 모래주머니를 쌓아 차올랐던 물을 저 호수로 빼냈습니다. 운하가 넘치고 맨 먼저 물에 잠긴 것은 성당 수녀원 마당에 세워둔 성모마리아 조각상이었어요. 가장 낮은 곳에 있었으니까요. 또 그다음에 잠긴 것은 제기랄, 바로 자동차들이었습니다. 그리고 기타도 트럼펫도 피아노도 식탁도 농기구도 다 물에 잠겼습니다. 아주 삽시간에, 땅콩버터 빛깔의 누런 물이 광장을 통해 우리 마을로 몰려들었습니다. 단층짜리 집들은 말할 것도 없고 대부분 2층 건물인 작은 교회들까지 다 물에 잠겼죠. 제가 좋아하는 친구들, 약하고 힘없는 흑인들을 도와준 성당의 백인 수녀님들, 제가 사랑했던 여자들이 그 시간에 모두 두려움에 떨며 전화기를 찾았겠죠. 지금도 저는 제가 사랑했던 친구들의 목소리를 잊지 못합니다. 그 공포, 아무도 듣지 못하는 절규, 다리를 움직일 수조차 없이 밀려드는 땅콩버터 빛깔의 물, 사라진 희망…… 그러나 여러분은 저처럼 슬퍼하실 필요는 없습니다. 이 버스는 그냥 재해지역투어버스니까요.

지독한 방언이 랩처럼 쏟아졌다. 관광객들은 운전기사에게 압도되어 오! 아! 하는 탄식을 쏟아내며 귀를 기울였다. 간신히 빠져나왔습니다. 간신히 빠져나왔다고밖에는 다른 말을 할 수가 없습니다. 도시의 팔십 퍼쎈트가 물에 잠겼어요. 모두 지붕으로 올라가 담요를 뒤집어쓴 채 물이 빠지기만 기다렸습니다. 가족이, 친구가 지붕으로 올라가다가 발을 헛디뎌 떨어져 누런 물속에서 허우적거려도 소리를 지르며 울기만 할 뿐, 아무것도 할 수 없었습니다. 일주일을 우리는 그렇게 버텼습니다. 너, 이 나쁜 개자식, 허리케인. 우리는 그 말만 되풀이했습니다. 그런데 여러분, 정말 슬픈 일이 뭔지 아십니까? 말도 할 줄 모르는 개들, 고양이들이 한날한시에 단체 소풍이라도 간 것처럼 모두 사라져버렸다는 겁니다. 물론 머리 좋은 녀석들은 화장실 세면기에 들어가 앉아 있다 목숨을 구하기도 했지만 말입니다. 자, 이제부터 본격적으로 피해지역으로 이동할까요. 북유럽에서 온 어떤 할머니는 손수건으로 조용히 눈물을 찍어냈다. 다들 진지한 얼굴로 운전기사의 랩을 경청하고 있었다.

버스는 해안가의 주택 밀집지역으로 이동했다. 단층집들이 가지런히 줄을 맞추어 서 있었고 버스는 바깥 차선에 붙어 집들 옆을 바짝 따라갔다. 대규모 주택가이고 대낮인데도, 좀처럼 왔다 갔다 하는 사람을 볼 수 없었다. 집 앞에 내놓은 다리 부러진 의자들, 외벽에 쓰인 일련번호들, 현관에 걸린 검은색 해골바가지, 그리고 날아가버리고 없는 지붕들, 반파된 창틀, 아예 통째로 날아가려다 만 듯한 기우뚱한 집 모양. 그때 제가 신문에서 읽었던 자료를 말씀드릴까요. 허리케인이 지나가고 많은 사람들이 이사를 갔습니다. 아무리 돌아오라고 해도 돌아오고 싶지 않다고 했죠. 도시 전체 인구의 삼분의 일이 죽었거나 이사를 갔거나 실종되었던 겁니다. 집들은 그렇게 버려졌고 아무도 고치려 하지 않았어요. 그 황폐한 기억은 사람들로 하여금 이곳을 영원히 떠나게 만들었습니다. 다들 그냥 버리고 떠났어요. 절대로 뒤돌아보지 않았죠.

버스는 각각 다른 모양으로 훼손된 채 버려진 집들 앞에 멈춰섰다. 각각의 집들마다 다 이야기가 많았다. 운전기사의 직업적인 상상으로 만들어진 이야기라 해도 상관없었다. 관광객들은 몸을 일으켜 차창 가까이 대고 카메라 셔터를 눌러댔다. 나도 가끔 카메라 셔터를 눌렀다. 셔터 소리가 들릴 때마다 몸이 조금씩 흔들렸다. 여름 이후 나는 더이상 사진을 찍지 않았다. 사진으로 돈을 버는 것도 싫었고 사람들에게 사진을 찍는다고 말하는 것도 싫었다. 그러나 그는 사진 찍는 나를 좋아했고 나는 유일하게 그에게만 내 사진을 보여줬다. 사랑을 나눈 후 확대경 루페를 들고 내가 찍은 필름들을 같이 들여다보는 게 우리만의 의식이었다. 타이완의 시골길들, 뉴질랜드의 끝없는 목장 풍경, 영국 공장지대의 섬뜩하게 차갑고 툭 트인 풍경들을 봤다. 그리고 광장 사진이 나왔다. 사람들이 줄줄이 경찰에 맞으며 질질 끌려가고 있는 필름들이었다. 그가 내 엉덩이를 끌어당겨 무릎 위에 앉히며 말했다. 이런 인간들은 확 쓸어버려야 하는데, 정말 시끄러워서 못살겠다.

얼마 후 나는 그와 헤어졌다. 그가 이유를 물었고 나는 우리의 언어가 서로 다르기 때문이라고 말했다. 그는 나에게 좀더 성인답게 행동하면 좋겠다고 충고했다. 성인들은 그런 이유로 헤어지지 않는다고 덧붙이면서. 머리는 괜찮았는데 몸이 아팠다. 몸이 부서질 것처럼 아파서 하루종일 이불로 온몸을 친친 감고 다녔다. 비행기 안에서나 길에서나 심지어 목욕탕 안에서도 온몸을 꼭 조여야 했다. 그리고 그후로 사진 찍기가 싫어졌다. 루페도 어딘가로 던져버렸다. 술을 마셨고 폭언을 했고 사람들과 싸웠다.

개 두 마리, 고양이 한 마리, 그리고 도와달라는 글자가 적힌 빈집의 바람벽이 맨 먼저 눈에 들어왔다. 제가 이 집에서 있었던 일에 대해 말씀드릴까요. 운전기사가 차를 조금 움직여 앞과 뒤가 뻥 뚫려 있는 집 앞으로 이동했다. 지금 저기 뒷벽이 뚫려 있는 거 보이시죠. 한 흑인 여자가 아들 둘을 데리고 이 집에 살고 있었어요. 일을 하지 않으면 아이들을 가르칠 수 없기 때문에 그녀는 하루종일 일했습니다. 피신은커녕 일자리를 잃을까 그것만 걱정했죠. 그녀는 밖에 나간 아이들이 자기를 걱정할까봐 지붕 위에 글을 남겼습니다. 엄마는 살아 있다. 그러나 그녀는 죽었습니다. 물에 퉁퉁 불어오른 그녀는 저 뒷문에 허리가 끼인 채 죽어 있었습니다. 여러분 그거 아십니까. 우리는 대대로 노예였습니다. 한달에 이십 달러를 받는, 이름과 나이만 간신히 기억되는 노예였어요. 작은 키, 중간 키, 큰 키, 그게 우리를 부르는 이름이었죠. 지금 저기 성당 옆 박물관에 가보십시오. 그 당시 노예를 사기 위해 낸 신문광고들이 즐비합니다. 도대체 이 집에 살던 가난한 흑인 여자는 무슨 잘못을 했을까요.

버스는 일정한 속도로 움직였다. 버스 안은 출발할 때와 달리 이상하게 고요해졌다. 운전기사의 멘트는 점점 더 빨라졌다. 몸으로 그때의 모든 시간을 매번 재현해야 하는 그는 얼마나 고통스러울까. 나는 운전석 앞에 달린 거울에 비친 그의 얼굴을 쳐다봤다. 그러나 웬걸, 그는 아주 신이 나 보였다. 보트가 지나다니면서 지붕 위에 있는 사람들에게 물과 담요를 주는 게 다였어요. 군용 헬리콥터는 시계와 물, 방수 쌘드백을 떨어뜨려주었죠. 그러나 몹시 부족했어요. 일부 물이 빠진 시내 거리에 전세계 미디어가 총집결해 있다는 소리를 듣긴 했지만 우리를 도와주러 오는 사람은 많지 않았어요. 다 아시지 않습니까. 우리 대통령은 그때 우주정거장에서 보내온 허리케인 위성사진이나 들여다보며 여름휴가중이었습니다. 만약 귀신이 찾아온 게 이 도시가 아니라 다른 곳이었다면 어땠을까요. 그는 휴가중 질 좋은 뉴질랜드산 양고기를 뜯어먹으며 돈 많은 친구들과 오랜만에 질펀한 농담을 하고 있었을 겁니다. 아, 여러분 혹시 그거 아십니까. 뉴질랜드의 수많은 동물들이 1080이라는 치명적인 독극물에 노출되어 있다는 거. 운 나쁘게 그걸 먹은 양이 도살되어 휴양지에 있는 우리 대통령의 식탁에까지 놓였다면 어떻게 되었을까요. 생각만 해도 식은땀이 나는군요. 어쨌든 이 나라는 위대한 나라임에 틀림없습니다.

허리케인이 강타한 지 일주일이 지나면서 조금씩 물이 빠지기 시작했습니다. 도시 전체에서 물이 다 빠져나가려면 길게는 석달이 더 걸릴 거라고 했습니다. 물이 빠진 도시는 카오스 그 자체였죠. 길거리를 그냥 걸어다닌다는 것 자체가 고통이었어요. 박살난 집들, 질서가 깨진 스카이라인, 부러진 전신주들, 길에서 나뒹구는 식민지 시대의 앤티크 소품 시계들, 깨어진 간판, 들쑤셔진 보도블록, 모든 게 다 땅바닥에 납작 엎드려 있었어요. 우리 딸들이 다니던 학교가 무너졌고 트럭이 땅에 처박혀 집 기둥을 뿌리째 뽑아버렸죠. 화장터도 묘지도 비석과 꽃 들도 다 뒤집어지고 길거리엔 어찌해볼 수 없이 모래가 가득 찬 자동차가 즐비했어요. 도시는 균형을 잃었어요. 우리의 마지막 피난처였던 주경기장도, 도시의 자랑거리였던 대규모 롤러코스터도 절묘한 균형감을 잃고 흐물흐물 무너져버렸죠. 운하 근처에 매어놓은 보트들은 뒤범벅이 된 채 종잇장처럼 구겨지고 물고기들은 허연 배를 드러낸 채 죽어버렸어요. 길은 온통 버려진 냉장고, 자동차, 가구 들의 무덤이었죠. 그리고 또 하나, 지금 여러분이 지나가고 있는 이 거리, 이 거리는 음악가들의 작업실이 많기로 유명한 곳입니다. 저희 투어버스는 여기서 잠깐 멈추겠습니다.

희미하긴 했지만 바람벽에 쓰인 글자들이 보였다. 고양이 여덟 마리, 개 두 마리, 너 나쁜 허리케인 미친 자식, 지옥에나 가라. 그리고 서툴게 그린 트럼펫 그림. 물이 빠지고 우리 눈앞에 드러난 게 뭔지 아십니까, 여러분. 바로 우리 이웃들의 처참한 시신이었습니다. 시체보관소로 임시 지정된 천막으로 옮겨지는 시신들이 눈앞으로 지나갈 때마다 사람들은 일어서서 울었습니다. 바로 이 지역에서 작업을 하다가 살아남은 음악가들은 담요를 뒤집어쓴 채 하루종일 연주를 하며 울었습니다. 시신들이 옮겨질 때마다 우리의 설움을 그렇게 표현했고 그게 우리의 기도였고 주문이었습니다. 우리가 할 수 있는 일이라고는 노래를 부르며 울거나 강을 따라 줄지어 이 도시를 떠나는 행렬에 동참하는 것뿐이었습니다. 나중엔 정말 눈물도 안 나오더군요. 우리는 사랑하는 사람이 떠났을 때 늘 마지막에는 신나는 재즈를 연주하며 깔깔거리고 웃습니다. 웃으며 보내는 거죠. 그러나 그때는 아무도 신나는 재즈를 연주하지 않았답니다.

수많은 사람들이 아직도 그때의 고통에서 벗어나지 못하고 덜덜 떨고 있습니다. 저기 시내 거리로 나가보십시오. 그때의 충격으로 머리가 돌아버린 사람들이 길거리를 배회하고 있을 겁니다. 제 친구 중 하나는 버려진 냉장고 숲을 뒤지고 다니며 자기 냉장고를 꼭 찾겠다고 소란을 피우기도 했습니다. 많은 노인들이 호흡기 질환, 피부병, 백내장에 걸렸어요. 그러나 어쩌면 그런 건 중요한 문제가 아닙니다. 아이들은 말을 잃고 여자들은 웃음을 잃었어요. 수많은 사람들이 그때 본 시체들의 모습을 여전히 잊지 못하고 불안과 우울 증세에 시달리고 있습니다. 아, 제가 너무 무거운 얘기들을 했군요. 우리 버스는 이제 공원에서 좀 쉬다가 가겠습니다. 여러분 버스가 공원으로 우회전을 하는데요. 지금 눈앞에 보이십니까.

늙은이의 수염 같은 나뭇잎이 매달린 저 커다란 나무들, 저게 바로 우리 도시의 명물인 스페인 나무입니다. 저희 투어버스는 이 공원에서 잠시 쉬도록 하겠습니다.

흰 수염처럼 늘어진 나뭇잎을 단 나무들이 빼곡한 숲은 동화 속 나라의 이른 아침처럼 반짝반짝 빛나고 있었다. 호숫가에 몰려 있는 오리 주변에서 노는 인형 같은 백인 아이들의 모습이 보였다. 스페인풍의 가지런한 기둥이 늘어선 시원한 건물에 앉아 등에 가슴을 포갠 채 사랑을 속삭이는 노인들도 보였다. 할 일 없이 손에 든 물건을 공중으로 던져올리며 수다를 떠는 남자애들도 보였다. 바람이 불면 흰 수염 같은 나뭇잎이 고개를 떨군 채 천천히 흔들렸고 나는 왠지 흰 나뭇잎들이 머리로 떨어져내릴 것만 같아 자꾸만 위를 쳐다보았다. 할머니와 인형처럼 예쁜 여자애가 손을 잡고 나무 아래서 놀고 있었다. 나무에서 흰 손이 내려와 너를 잡아간다. 할머니가 말하자 아이가 무섭다고 소리 지르며 도망을 쳤다. 공원 담장 저쪽 끝으로 서늘하게 툭 터진 하늘이 보였고 그곳이 바로 바다였다. 저 멀리 있는 그림 같은 바닷속에서 커다란 해일이 일어 비를 만들고 운하를 넘치게 하고 도시를 빨아들였다는 것이 잘 믿어지지 않았다. 갑자기 몹시도 목이 말랐다. 가슴이 뛰고 목 주위가 뻣뻣해졌다. 할머니와 함께 있던 아이가 내 쪽으로 뛰어오고 있었다. 순간 아이를 향해 뭐라고 말을 건넸지만 아이는 나를 잠깐 돌아보는 듯하다가 금빛 머리카락을 휘날리며 재빠르게 호숫가로 달아났다. 눈이 시리고 피곤이 몰려왔다. 휴게소 쪽에 있던 투어버스 승객들이 하나둘 버스로 오르는 모습이 보였다.

자, 여러분 우리 도시의 명물인 아이스크림 맛보셨습니까. 정말 끝내주는 아이스크림이죠. 아마 여러분이 평생 맛보지 못할 최고의 아이스크림일 겁니다. 자, 그럼 일단 버스는 다시 공원을 빠져나가 아까 돌아보신 주택가의 반대편 쪽으로 이동하겠습니다. 아, 스페인 나무 가지가 버스 지붕에 걸렸군요. 자, 제 운전 실력을 믿으시고 조금만 기다려주십시오. 아, 이제 안전하게 빠져나갔습니다. 잠깐만 공원을 다시 돌아보실까요. 바로 저기에 저희를 도와주러 온 자원봉사자들의 캠프가 있었습니다. 엄청나게 많은 사람들이 우리를 도와주러 왔었죠. 우리보다 가난한 나라 사람들이 더 많은 걸 보내줬습니다. 그러니까 우리를 도운 건 우리의 정부나 군인들이 아니었습니다.

어느 토요일 아침, 물이 어느정도 빠지고 아무 일 없던 것처럼 태양이 떠올랐어요. 온몸이 걸레처럼 너덜너덜해진 사람들은 할 일 없이 광장 계단에 모여 있었죠. 도시 주변 도로는 다시 개통되었고 도로 곳곳에, 해안 근처 산책로 바닥에, 전차 유리에 '우리는 살아남았다.'라는 글귀가 넘쳐나기 시작했습니다. 상점 유리창에 적은 글귀들도 드러났습니다. '9월 11일, 건물 안에 한 여자가 있었다. 금요일까지 있었다. 여자가 자기 개를 끓여 쑤프를 만들어 먹는 걸 봤다.' '우리는 모든 고통을 잘 참아냈다.' '건드리지 마라, 나는 지금 자고 있다.' 다양한 글귀들이 넘쳐났어요. 아주 간결하고 명료한 문장들이었죠. 마치 시처럼요.

자, 이곳 주택가가 보이십니까. 여기가 바로 가장 많은 피해를 입은 곳입니다. 그때 이쪽을 향한 교차로의 표지판들은 모두 부러

저 있었어요. 동쪽으로 가면 위험하다는 표시였죠. 지금은 집들이 아주 말짱해 보이죠. 주당국에서 새로 지었습니다. 저기 보이는 저 전신주들이 모두 쓰러졌고 공터마다 천막들이 들어차 있었죠. 집 집마다 렌트를 한다는 플래카드가 붙어 있었지만 역시 집들은 텅 비어 있었다. 그때 누군가 운전기사에게 질문을 했다. 다시 집으로 돌아오는 사람들은 없었나요? 운전기사는 고개를 여러차례 저을 뿐 별다른 대답은 하지 않았다. 가끔씩 지나다니는 고양이들, 한 손 에 다른 자전거를 쥔 채 자전거를 타고 달려가는 남자 한 명을 본 게 전부였다. 생뚱맞게 주택가 골목에 세워진 보트가 한 대 보였다. 그때 이곳까지 흘러온 보트 같았다. 온통 누런빛이 나는 녹슨 보트 가 바다처럼 적막한 주택가에 이상한 각도로 놓여 있었다.

도시 한가운데서 구호품을 서로 가지겠다고 언성을 높이다가 싸움이 벌어진 건 그날 밤이었습니다. 모두들 러시아에서 보내온 커다란 담요를 하나씩 뒤집어쓴 채 시내 중심가 구호물품 지급쎈 터 앞에 서 있었죠. 그날 저는 운 좋게 참치가 가득 든 상자 하나를 발견했고 마을 사람들과 같이 나눠 먹고 있었기 때문에 그곳에 가 지 않았습니다. 만약에 갔다면 제가 지금 어떻게 되어 있을지 모를 일입니다. 물건은 금세 동이 났고 흑인들이 서로 몸싸움을 벌였다 는 얘기를 듣긴 했습니다만 누구도 그렇게 심각한 상황이 벌어질 거라고는 예상하지 못했죠. 그런데 정말 일이 커졌습니다. 바로 다 음날 아침, 엄청난 수의 주 방위군이 약탈을 막겠다며 트럭을 타고 도시로 진입해왔으니까요. 그중에는 남의 나라에서 벌어지는 미친 전쟁에 참가하고 막 돌아온 병사들도 있었습니다. 그 전쟁에 돈을 쏟아붓느라 이 도시를 복구할 비용이 없었다는 건 사실이었습니다. 그들은 검은 썬글라스를 낀 채 군복을 입고 도시 중심부로 걸어들어와 눈에 보이는 대로 흑인들의 목덜미를 잡아끌었습니다.

자, 이제 신흥 주택단지에서 조금 더 나아가볼까요. 사태는 점차 이상하게 흘러갔습니다. 어느 대낮, 엄청나게 더운 날씨에 도심에서 큰불이 났습니다. 펑 소리와 함께 시내 중심부 쪽 하늘로 거대한 불기둥이 치솟았고 소방차와 방위군이 싸이렌 소리를 내며 달려갔습니다. 더위에 지친 주 방위군들이 화재를 진압하다 기진해 쓰러졌어요. 흑인들은 미친 듯이, 성난 불처럼 방위군들에게 덤벼들었어요. 병을 던지고 쓰레기를 던지고 육박전도 마다하지 않았죠. 흑인들은 재해지역에서 약탈을 일삼는 악당들로 규정되었고 다음날부터 도시는 주 방위군의 점령지가 됐죠. 우리는 우리 마음대로 아무것도 할 수 없었습니다. 그때부터 도시의 벽면에 붙는 모든 문구의 주제는 약탈과 죽음으로 바뀌기 시작했지요. 정말 지옥이 따로 없었어요.

아까와는 반대편 측면에서 바다를 보고 계십니다. 바다는 언제 봐도 아름답죠. 주 방위군은 흑인들을 미친 듯이 때렸습니다. 흑인들은 절대로 굴하지 않았죠. 흑인들은 심지어 총을 쐈습니다. 백인들은 주 방위군을 향해 총을 쏘는 흑인들을 이해할 수 없다며 정부편을 들었죠. 허리케인은 더이상 이슈가 되지 못했고 흑인폭동만이 이슈가 되었습니다. 흑인들은 모두 가난했어요. 대피도 못할 정도로 가난했죠. 오랫동안 억눌려온 분노가 허리케인보다 더 강렬하게 폭발했어요. 심지어 허리케인조차도, 자연재해조차도 우리

흑인들에게 이토록 가혹한가. 그들은 울다가 웃다가 결국 절규했어요. 수년 전부터 이 도시에 허리케인 발생 가능성이 있다는 보도가 여러차례 나왔지만 아무도 대책을 세우지 않았죠. 대통령은 골프를 쳤고 정부는 미친 전쟁을 치르느라 돈이 없었어요. 신문기사에서 본 걸 말씀드릴까요. 한 정부 당국자가 그런 말을 했답니다. 이 정부의 재정 상태로는 이 도시의 허리케인 피해 복구비용을 감당하기 어렵다는 것이 솔직한 나의 판단이다.

우리가 그때 어떻게 그 시간을 견뎠는지 지금 생각해도 잘 모르겠습니다. 몇달이 지났습니다. 사람들은 항구에 모여 앉아 서로의 머리를 잘라주기도 하고 구급차 앞에 늘어서서 피부병 약을 받았습니다. 심리치료도 같이 받았죠. 모두들 멍하니 하늘만 쳐다봤어요. 시간이 지나고 크리스마스가 되었죠. 날씨는 추워졌고 우리는 구호식품을 받기 위해 담요를 뒤집어쓰고, 아까 이 버스가 갔던 공원에서부터 이곳 바닷가 앞까지 엄청나게 긴 행렬을 이루어 줄을 섰습니다. 바로 여기 여러분의 눈앞에 우리가 서 있었습니다. 바닷가에는 빈 접시들만이 가득했죠. 뭔가를 원하는 듯한 표정의 빈 접시들, 켜켜이 쌓여 있는 빈 접시들만 보였어요. 끔찍했습니다. 흙이 묻은 신발들, 아무데나 나돌아다니는 아이들의 가방, 배가 홀쭉한 채 죽어버린 불쌍한 개와 고양이 들, 슬픔만을 간직하게 된 가여운 사람들. 우린 그때 아무것도 원하지 않았습니다. 다만 누군가 우리를 도와주길 바랐을 뿐이죠. 우리를 억누르지 않고, 우리를 때리지 않고, 우리를 그냥 조용히 도와줄 손길을 기다렸습니다. 어쨌든, 해가 바뀌어 1월이 되었습니다. 시간은 계속 흘러갔죠. 언제 허리케인이 왔었냐는 듯 바다도, 운하도, 호수도 모두 철면피처럼 맑기만 했습니다.

투어버스는 어느새 시내 진입로로 들어가는 다리 위를 지나고 있었다. 졸고 있는 승객도 보였고 어쩌다 눈이 마주치는 사람들도 조금은 멍해 보였다. 다리를 건너고 시내 진입로에서부터 차가 조금씩 막히기 시작했다. 버스는 수많은 앤티크숍과 화랑과 레스또랑 들의 거리로 들어섰다. 운전기사는 이제 아무런 안내의 말도 하지 않았다. 그리고 이내 특유의 갈색 설탕 같은 냄새가 도시에서부터 풍겨오기 시작했다. 버스는 관광객들을 도시 한가운데 내려놓았고 사람들은 아주 천천히 흩어졌다.

해산물을 잘게 썰어 걸쭉하게 끓인 쑤프에 밥이 곁들여져 나오는 요리가 이 도시의 대표적인 음식이었다. 나는 거리 지도를 손에 든 채 구획을 따라 시내를 뱅글뱅글 돌다가 비교적 한가해 보이는 레스또랑에 들어갔다. 음식이 나오기까지 거의 한시간이 걸렸지만 화가 나지는 않았다. 레스또랑에서 나와 어둠이 들기 시작하는 시내 거리를 멀뚱히 내다봤다. 잔돈 좀 바꿔달라는 사람, 라이터 있냐고 묻는 사람, 중국사람이냐고 물어보는 사람, 이 도시에는 유난히 말을 시키는 사람이 많다. 나도 시장에 가면 할머니들에게 뭘 많이 물어봤다. 할머니 왼손에 낀 반지의 내력을 묻기도 하고 치마폭 앞에 내놓은 나물이며 잡곡을 사기도 했다. 늦여름의 삼청동 길을 좋아했고 정독도서관 앞길과 청국장집과 실핏줄처럼 갈라졌다 다시 이어지는 작은 골목들을 좋아했다. 한 백인 남자가 다가와 말을 시킨다. 아시안 걸을 좋아한다며 시간 있느냐고 묻는다. 시간은 있는

데 결혼했다고 말했더니 반지를 보여달란다. 반지를 집에 두고 왔다고 둘러대자 거짓말하지 말라며 자기네 집으로 가자고 조른다. 나는 잘생기고 멋있고 집도 있거든. 그가 침을 튀기며 말한다. 나는 피식 웃으며 돌아선다. 그의 몸에서 달착지근한 알코올 냄새가 풍겼다.

갈색 어둠이 더욱 짙어졌고 불빛은 몹시 희다. 사람들은 모두 즐겁고 유쾌하다. 성인숍 앞으로 몰려가 고함을 치는 남자들, 그 남자들에게 벗은 몸을 휙 보여주고는 얼른 가게 안으로 들어가 숨어버리는 여자들. 길거리에서 오줌을 싸고 경찰에 끌려가는 취객, 몸과 얼굴에 납칠을 하고 부동자세로 서 있는 삐에로들. 가게들은 모두 문을 활짝 연 채 문가로 삐져나오는 웃음과 춤을 주체하지 못한다. 거리의 모든 음악이 뒤섞여 엇박자가 되고 길도 사람도 다 뒤섞인다.

1901년에 태어나 이 도시에서 음악을 시작한 재즈 뮤지션의 옛 공연장을 찾아가는 중이다. 마치 불에 탄 자국처럼 머리 위 건물 입구에 찍힌 설립연도. 사람들이 벌써부터 허름한 공연장 입구에 모여 서 있다. 티켓을 산 뒤 홀 안으로 들어간다. 어둡고 천장이 낮은 홀이 하나 있고 긴 의자가 몇줄 놓여 있다. 피아노 위에 놓인 목 부러진 선풍기, 덕지덕지 스티커를 붙인 낡은 악기 네 개가 보인다. 아직 공연은 시작 전이다. 복도로 나가 주변을 돌아본다. 출입금지 팻말이 붙은 철조망 너머에 뮤지션들이 서 있다. 그들은 물을 마시기도 하고 전화를 걸기도 한다. 잠시 후 어린아이가 흑인 남자의 손에 매달려 철조망 문을 열고 무대 쪽으로 걸어나온다. 많은 사람들이 의자에 앉고 그보다 더 많은 사람들이 뒤에 서 있다. 관객들은 국적도 관계도 연령도 다 다른 것 같다. 입심 좋은 사회자가 나와 밴드를 소개한다. 연주자들은 이 홀처럼 하나같이 다 늙었다. 딱한 사람, 아까 그 아이를 데리고 나온 검은 셔츠의 흑인만 나이가 어려 보인다.

연주가 시작되고 사람들은 숨죽인 채 어깨를 들썩인다. 서서히 박수를 치고 흥에 겨워 머리를 흔든다. 연주가 이어질수록 홀의 색깔은 점차 붉어지고 깊어진다. 연주는 매번 그 맛이 다르고 연주자들의 표정도 시시각각 다르다. 내가 CD로 들었던 익숙한 선율도 여기서 연주되는 순간 전혀 다른 음악이 된다. 카메라 플래시가 터지고 누군가는 연주자들 앞으로 나가 지폐를 꺼내놓는다. 다리를 저는 한 노인은 무대 앞으로 걸어나가 스윙댄스를 춘다. 밤은 깊어가고 공연은 계속되고 사람들은 음악에 빠져든다.

뮤지션들의 연주를 지켜보던 어린아이가 결국은 밴드 리더의 무릎에 올라앉아 드럼을 치기 시작한다. 아무렇게나, 자기 마음대로 친다. 이빨이 몇개 빠져 조금은 우습게 보이는 밴드 리더가 어린아이의 드럼 소리에 맞춰 자기의 드럼을 친다. 완벽한 어울림의 시간이다. 뮤지션들은 그냥 웃는다. 바보처럼 웃고 노래한다. 언제 우리 조상이 전일제도 아닌 파트타임 노예였냐는 듯이, 언제 우리가 허리케인 같은 재해를 당했느냐는 듯이 그냥 입을 벌리고 웃는다. 슬프고 장중한 장례식 뒤에, 깔깔거리는 웃음이 나오는 밝은 재즈곡을 연주한다는 사람들이었다. 나도 그냥 그들처럼 입을 벌리고 웃어본다.

공연의 막바지, 어린아이를 데리고 걸어나온 뮤지션이 자리에서 일어난다. 그의 굵은 입술이 트럼펫을 불기 시작한다. 나직하고 부드럽다. 1963년에 내가 사는 도시에 왔었다는 유명한 재즈 연주가, 어린 시절 부모의 이혼 후 홀로 소년원에 들어간 그는 소년원 밴드에서 처음으로 음악을 시작했다. 마흔살이 되도록 자기만의 크리스마스트리를 가져본 적이 없는 사람, 모든 사람을 행복하게 해주고도 흑인 광대라는 말을 들어야 했던 사람, 그가 불렀던 노래 「What a Wonderful World」.

그린란드

나는 생애 통산 세 명의 남자와 연애했고 그
중 세번째 남자와 결혼했다. 외교적 발언이
아님에도 직장동료들은 내가 그 말을 할 때
마다 입에 손을 대고 웩웩거렸다. "팀장님,
세상에 어떻게 그렇게 깜찍한 거짓말을 하실
수가 있나요?" 내가 생각해도 좀 억울하긴
하다. 겨우 세 명이라니. 그러나 이건 정말 동
쪽에서 해가 뜨고 서쪽으로 해가 지는 것처
럼 내가 어떻게 해볼 수 없는 사실에 속하는
일이다.

나는 생애 통산 세 명의 남자와 연애했고 그중 세번째 남자와 결혼했다. 외교적 발언이 아님에도 직장동료들은 내가 그 말을 할 때마다 입에 손을 대고 웩웩거렸다. "팀장님, 세상에 어떻게 그렇게 깜찍한 거짓말을 하실 수가 있나요?" 내가 생각해도 좀 억울하긴 하다, 겨우 세 명이라니. 그러나 이건 정말 동쪽에서 해가 뜨고 서쪽으로 해가 지는 것처럼 내가 어떻게 해볼 수 없는 사실에 속하는 일이다. 난 어쨌든 끝까지 세 명인 것이다.

내가 하려는 얘기는 세번째 남자인 내 남편에 관한 것이다. 아니 조금 거창하게 말하면 그즈음의 지구는 어떤 위기상황에 빠졌고, 내가 낳은 아이들은 뭘 먹었으며, 어떤 TV드라마가 유행했는가에 관한 얘기들이다. 아니 그보다는 언제 잃어버렸는지도 모르게 잃어버리고 만 귀고리 한쪽에 관한 얘기라고 말해두는 것이 나을지도 모르겠다.

그는 언제나 친구들에 둘러싸여 지냈고 나도 결혼과 더불어 그들을 가끔 만났다. 주유소 사장, 횟집 사장, 편의점 사장 등 그의 친구들은 나이가 어려도 다들 사장이었고, 호칭은 실장이고 이사인 사람도 실질적으로는 다 사장이었다. 그들은 모이면 주로 당구를 치거나 카드놀이를 했고 분위기가 무르익으면 양주를 마셨다. 자기들은 굳이 노래방이라고 우겼지만 마지막에는 늘 룸쌀롱에 갔고 유흥비는 정확히 n분의 1로 나눠 부담했다. "모두 사장이면서 누가 그 술값 하나 못 내?" 내가 그런 식의 불만을 쏟아내면 그는 빙그레 웃으며 말했다. "대대손손 잘 먹고 잘사는 게 목표인 자식들이거든." 그러면 나는 입술을 비죽거리며 다음 질문으로 넘어갔다. "그래서, 그 룸쌀롱에서는 뭘 하면서 놀아?" 그는 줄로 간 손톱에 후후 바람을 불고 있었다. "상상하는 모든 걸 다 한다고 보면 돼." 그는 나를 바보천치로 아는 게 틀림없었다. 룸쌀롱에 관한 나의 상상력은 한계에 달한 게 사실이긴 했다. 밤새 꼬시고 또 꼬셔도 절대로 룸쌀롱의 내부 모습을 알려주지 않던 그가 온갖 간지럼과 잔소리에 못 이겨 남긴 한마디는 이랬다. "벽에 봉이 달려 있어. 그 봉에 누가 매달리겠어." 그래서 나는 그때까지만 해도 남자들이 룸쌀롱에서 봉체조를 하는 줄만 알았다. "아, 그러니까 봉체조를 하면서 술을 마시는구나!" 그는 호기심 어린 내 얼굴은 쳐다보지도 않고 발톱만 깎았다.

그는 공부를 많이 시키기로 소문난 고등학교에서 늘 중간 정도의 성적을 유지했다. 알뜰한 부모 밑에서 늘 따뜻한 밥을 먹으며 학비 걱정 없이 성장한 그의 성격은 솔직한 편이어서 어딘가 꼬여 있거나 뒤틀려 있다는 느낌은 없었다. 그가 얼마나 유순한 사람인 가는 그를 낳고 기른 어머니의 증언과 그의 납작한 뒤통수를 보면 금세 알 수 있었다. "무슨 애가 먹고 자고 먹고 자고, 울지도 않고 하루종일 누워만 있었단다. 거저 키웠다니까."

결혼 후에도 나는 그의 배려 덕분에 계속 직장에 다닐 수 있었 다. 여기서 말하는 배려라는 것은 다녀라, 다니지 마라 구체적으로 언급한 적이 없었다는 뜻일 뿐, 그 외에 다른 의미는 전혀 없다. 심 지어 직장의 창립기념 행사 등으로 며칠씩 밤을 새우고 집에 들어 가 화장도 못 지우고 잠이 들어도, 나보다 더 늦게 들어온 주제에 느긋하게 캔맥주를 마시고 어떤 때는 과일주까지 찾아 마시고서야 잠드는 사람이었다. 그런 그를 보고 있으면 아무래도 나는 그에 비 해 내공이 달린다는 생각을 떨쳐버릴 수가 없었고 내 인생은 이제 성격 느긋한 이 남자와 더불어 한평생을 같이 가겠구나, 짠하게 깨 닫곤 하는 것이었다.

우리는 그 와중에도 가족 수를 늘려보겠다고 열심히 진지하게 노력했지만 예상치 못한 난관에 봉착했다. 짠짜짜! "정자 수가 부 족하십니다." 그는 비뇨기과 의사의 처방대로 정자 수를 회복해준 다는 약을 먹었고 허벅지를 꼬집으며 술을 끊었고 그동안만큼은 친구들도 만나지 않았다. 그 결과 첫아이는 황사로 하늘이 뿌옇던 봄날 쌍둥이좌로 태어났다. 그즈음 밤마다 우리집 주변 하늘을 빙 빙 돌며 '다음번에는 어느 집에서 태어날까?' 고민하던 아기 천사가 또 있었으니 바로 미래에 우리집에 태어날 둘째였다. 정자 수도 부족하고 월급도 많지 않은 상황에 아이는 이제 그만 낳겠다고 눈만 뜨면 외치던 때였으니, 턱을 고인 채 하늘을 날아다니던 둘째 아이가 또 태어나게 될 줄은 까맣게 몰랐다.

소형승용차를 사고 생명보험에 가입해 매달 불입해나가는 동안 내 머리 모양은 뽀글이파마에서 스트레이트파마, 짧은 단발에서 쎄팅파마로 유행 따라 변했다. 계속된 임신과 출산 덕분에 등판은 널찍해졌지만 그래도 포기하지 않고 열심히 직장에 다녔다. 그의 친구들 또한 우리처럼 하나둘씩 아기가 생겼고 모임 시기와 장소는 자연스레 아기들의 돌잔치로 이어졌다. 돌잔치가 끝나면 모두들 유모차를 앞세우고 갈빗집이나 순댓국집으로 몰려갔다. 오랜만에 외출한 여자들을 배려하겠다며 남자들이 아기 유모차를 중심으로 모여 서서 수다를 떠는 사이, 여자들은 탁자 앞에 모여 앉아 격렬하게 소주잔을 꺾었다. 여자들은 화장실에 다녀올 때마다 갈지자걸음으로 유모차 앞으로 가 머리를 흔들며 재롱을 떨었다. 유모차 안의 아이들은 정장 재킷 아래로 미어터져 나오려는 허릿살을 애써 감추려는, 눈 화장이 까맣게 번진 엄마들을 보고 알 수 없는 옹알이를 해댔다. 여자들이 한 명씩 들고 날 때마다 자갈밭인 마당에 모아놓은 소주병 이삼십 개가 일시에 쓰러지기까지 했다.

남자들은 유모차 앞 담화를 통해 여자들과 아이들을 하룻밤 재울 수 있는 조건이 되는 집을 정하고 택시 몇대를 불러 모두들 그 집으로 달려갔다. 유모차와 취한 여자들을 꾸역꾸역 집 안으로 밀어넣은 남자들은 손을 털며 드디어 봉체조 집으로 출발할 수 있었다. 여자들이 양주와 맥주로 폭탄주를 만드는 사이 아기들은 제 기저귀를 물어뜯으며 자학하거나 옆에 누운 아이의 머리나 볼때기를 잡아보려 애쓰는 일로 시간을 보냈다. 식당에서 먹은 돼지갈비며 삼겹살은 다 어디로 가고 여자들은 또 탕수육과 팔보채를 시켰다. 아장아장 걷기 시작하는 아이들이 굴러다니는 땅콩을 밟고 뒤로 넘어져 응급실에만 가지 않는다면 그나마 성공적인 주말이었고, 대개 주말은 그런 식으로 소란스럽게 보내거나 혹은 반대로 하루종일 침대 위에서 뒹구는 것으로 흘러가곤 했다.

금융구제설이 나돌 정도로 온 나라가 어려울 때도 그들은 다 멀쩡했다. 멀쩡한 정도가 아니라 위험을 무릅쓴 투자로 오히려 돈을 더 벌었다고 했다. 그 잘나가던 사장 친구들이 한둘씩 문제가 생기기 시작한 건 오히려 모든 위험요소가 사라진 몇년 뒤였고 누구도 그 원인을 파악할 수 없었다. 널뛰는 기름값에 정유회사가 돈을 스펀지처럼 빨아들이던 시절이었지만, 무슨 일인지 주유소 사장이 가장 먼저 실업자가 되었다. 그러나 워낙 재력이 있던 그는 금세 새로운 사업체를 차려 사장 직함을 유지했다. 상장 이후 단 한번도 주가가 요동쳐본 적이 없는 튼튼한 중소기업의 이사직을 갖고 있던 친구는 끝없이 가도 논밭만 나오다가 저 지평선 끝에서야 비로소 사옥이 발견된다는, 약간은 외진 도시에 있는 같은 계열의 중소기업 이사직으로 자리를 옮겼다. 커다란 매장을 여러개 갖고 있던 의류회사 사장은 디자인 실장을 갈아치우더니 두 계절을 못 버티고 매장 수를 반으로 줄여야 했지만, 여전히 사장은 사장이었다. 그들은 항상 칼 같은 주름이 잡힌 양복에 이태리제 수제 구두를 신은 자칭 영국신사들이었다.

그런 친구들에 비하면 워낙 집안 배경도 그렇고 돈도 없는 편인 남편과 나는 처음부터 줄곧 일반 회사원이었다. 가장 비전 없는 직종 종사자인 우리더러 가장 안정감 있는 직업을 가졌다고 레벨을 상향 조정해준 것도 그 무렵이었다. 전문대 출신에, 돈도 없는 집 딸에, 그냥 회사원인 두 살 연상의 평범한 여자와 결혼하겠다고 했을 때 그 친구들은 이상한 방법으로 남편에게 항의했다. "너 왜 그래? 너 왜 그러는 거야?" 친구들은 그렇게 말하며 계속해서 남편을 꼬집었다고 했다. 문화 관련 일을 하는 사람은 태어날 때부터 엄청난 트라우마를 짊어졌거나, 사회적으로 마이너리티 중의 마이너리티라고 여기던 남편 친구들은 사업에 조금씩 문제들이 생기자 그때부터 우리를 무슨 대단한 철학이라도 있는 사람들로 재평가하여, 우리는 단숨에 문화 콘텐츠에 해박한 문화 분야 전문가로 등극했다.

큰아이가 말이 트일 무렵, 큰아이를 전담해 키워준 우리 엄마가 시름시름 앓기 시작했다. 딸년 자식 키워주다가 제명에 못 죽겠다며 '씽크대 전사설' 즉, 씽크대 앞에서 설거지하다가 죽겠다는 설을 펴던 엄마가, 아픈 와중에도 둘째 얘기를 꺼냈을 때 나는 세상 여자들의 미련함에 대해서 다시 한번 통탄했다. 아직 첫아이 출산의 기억과 젖몸살의 고통이 채 가시지 않은 상태여서 또다시 짐승이 되는 일은 하고 싶지 않은 게 솔직한 심정이었다. 그러나 씽크대 여전사의 말씀, "아들 하나만 낳아라, 내가 키워줄게." 분명 '낳아라.'였는데 왜 나한테는 그 말이 '낳아줘.'로 들렸는지 모르겠지만 결국 문제의 핵심은 아들이었고 그 핵심은 사실 엄마의 평생 콤플렉스였다. 아무리 자기가 출산 가능성이 없다고 회사일로 지친 딸에게 전가하다니. 처음에 엄마의 희망은 이루어질 것처럼 보였다. 그러나 엄마의 기대와 달리, 어느날 우리집 지붕 위를 떠돌던 작은 덩어리 하나가 내 몸속으로 쏙 들어온 순간, 나는 그 작은 덩어리가 엄마가 원하는 물건을 매달고 있지 않은 여자애라는 것을 직감적으로 느낄 수 있었다.

남편 친구들 간에 돈거래가 시작된 것도 그즈음이었다. 임신한 나를 자극하고 싶지 않았는지 그는 전화만 오면 밖으로 나갔다. 가끔 남편 친구 부인들 중 누군가와 통화할 때면 누구네 집이 좀 어렵다고 하더라, 누구네 집 부모가 이번에 집을 팔았다고 하더라 등등, 내가 듣기에는 그래봐야 파이 크기가 좀 줄어드는 정도일 뿐 뉴스거리도 안되는 부동산 매매와 소소한 주식 투자 실패에 관한 소식들이 들려왔다.

그런데 그즈음 내가 다니던 단체도 재정 확보에 커다란 어려움이 발생하고 말았다. 매해 적지 않은 돈을 기부하던 기업체 창업주가 병으로 사망한 지 얼마 되지 않아 새로운 경영진으로부터 기부를 끊겠다는 연락이 온 것이다. 같이 일하는 선배들 말로는 서울올림픽 이전까지만 해도 외국의 기부금 원조를 기대해볼 수 있었지만 개인소득 이만 달러를 외치는 한국에 돈을 줄 외국단체는 눈을 씻고 찾아도 찾을 수가 없다고 했다. 모두들 당장 내년 사업비를 만들어야 한다며 머리를 맞대고 술만 퍼마셨다.

그러거나 말거나 아기는 금세 열달을 채우고 세상 밖으로 나왔고 나는 또 아기 체중만 쏙 빠진 상태로 씨름선수만한 넓은 등짝으로 열심히 직장에 다녔다. 대규모 기부금이 빠진 상태에서 사업기금을 마련할 방책은 개인들 호주머니를 여는 길밖에 없었는데, 세상에서 가장 어려운 일이 남의 호주머니에서 돈 나오게 하는 일이라는 걸 뼈저리게 체험한 시간이었다. 이벤트랍시고 판을 벌여놓으면 신문기사만 근사하게 나고 정작 실속이 없는 경우도 생기고 하물며 날씨나 케이터링 업체조차 신통치 않아 낭패를 보는 경우도 있었다. 경제 상황이 나쁠 때는 너나할 것 없이 지방자치단체의 공익사업에 몰려들었고 정해진 예산을 서로 타내려다보니 늘어나는 건 공무원들과의 전화질과 반복되는 입씨름뿐이었다. 그러는 사이 폭탄주도 제법 마시게 되고 좋은 일인지 나쁜 일인지 나도 모르는 사이에 저절로 살이 빠지기 시작했다.

방송과 신문마다 위기가 기회라는 둥 바닥을 쳤다는 둥, 약속이나 한 듯 반성과 전망을 쏟아내는 사이 크리스마스가 지나갔고 얼마 안 가 백화점 중역으로 일하던 남편 친구 어머님의 칠순잔치가 열렸다. 우리는 다들 또 저 선릉역 주변의 어느 건물 지하에서 열리는 그 잔치에서 오랜만에 얼굴을 봤다. 몇몇 아이들은 이제 부모 도움 없이도 혼자 밥을 떠먹게 되어서, 양복에 나비넥타이를 매고는 저희끼리 테이블 하나를 차지하고 앉아 콜라잔으로 브라보를 외치며 파티를 즐겼다. 덩치 큰 아들 친구들이 대거 몰려가자 칠순을 맞은 친구 어머님은 흥분해서는, 한 명씩 돌아가며 입을 맞추고 일어나서 춤을 추고 그야말로 시끌벅적한 잔치를 벌이셨다. 오후 세시쯤 시작된 행사가 밤 아홉시가 되어서야 마무리되었는데 지하에 오랜 시간 갇혀 있다보니 다들 눈동자가 빨갛게 변해 있었다.

오랜만에 만난 남자들은 주인공인 어머님이 타신 차가 멀어질 때까지 손을 흔들고는 건물 밖으로 나가 재떨이 주변을 에워쌌다. 아무리 머리를 짜내도 선릉역 주변에서는 마땅히 갈 집이 없었는지 여자들과 아이들을 격리할 곳을 찾지 못한 눈치였다. 할 수 없이 어른 아이 할 것 없이 다들 가까운 보쌈집으로 들어갔다. 그때 환한 불빛 아래에서 본 남자들 그리고 그 아내들은 전에 만났을 때 와는 다르게 얼굴이 조금씩 찌그러지고 키도 줄고 무엇보다 말수가 준 것 같았다. 남자들은 아이들이 옆에서 자고 있거나 말거나 담배를 입에 물고 또 매번 만날 때마다 꺼내는 고등학교 시절 얘기를 하며 키득거렸다. 그때 갑자기 남편 친구 하나가 나에게 "제수씨, 몰라보게 살 빠지셨네."라고 말했다. 그때부터 제수씨가 아니라 형수님이라는 둥, 주민등록증을 보자는 둥, 늘 하는 얘기가 또 이어졌다. 그때 저 구석에 앉아 아까부터 소주잔을 들이켜던 잘나가는 어느 사장 부인이 훌쩍거리기 시작했다. 분위기는 일순 냉각되어서 불판 위의 찌개가 끓는 줄도 모르고 다들 허둥거렸다. 그 남편이 우는 아내를 데리고 나가자 남아 있는 남자들이 모두들 비장한 얼굴로 고개를 숙인 채 담배만 피워댔다. 그날의 술자리는 그렇게 이상하게 끝이 났다. 생각해보니 그들이 다 모여놓고도 봉체조 집에 가지 않은 건 그날이 처음이었다.

눈 내리는 풍경 한번 감상할 여유도 없이 겨울이 이어졌고 전국의 산부인과에서 한 해의 첫날, 가장 먼저 태어나는 아기들의 첫 울음소리가 텔레비전을 통해 전국에 생중계될 때 나는 훌라후프를 돌리고 있었다. 새로운 아기들이 태어나는구나, 또 시간이 가는 구나, 조금은 감상적인 기분이 들기도 했다. 잠자리에 엎드려 다이 어리를 펴놓고 새해에 대한 기대와 희망을 적어보려고 했지만 이 상하게 연필만 잡으면 당장 필요한 돈 액수만 적게 됐다. 남들보다 잘해먹고 사는 것도 아닌데 조금씩 빚이 늘어가는 건 사실이었고 늘 아슬아슬했지만 그렇다고 죽을 지경도 아니었다.

큰아이가 다니는 유치원의 학부모 참관 수업에 갔을 때, 선생님 질문에 큰아이가 손을 번쩍 치켜드는 모습을 보고 무슨 대단한 일 이라도 일어난 것처럼 심장이 벌렁벌렁 뛰었다. '어린것이 밥값은 하는군.' 내 기분은 그 정도였다. 그런 소소한 기쁨이 아니라면 한 국사회에서 삼십대 후반은 고되고 또 고된 나이였다. 모든 게 불확 실한 때일수록 자기 자신에게 투자해야 한다며 영국으로, 미국으 로 유학을 떠나는 미혼의 친구들을 만날 때마다 나는 진심으로 뼈 를 깎는 아픔을 느꼈다. 유학은커녕 회사에서도 집에서도 여기저 기 치여 입만 점점 부루퉁해지는 것이었다.

그즈음 재미있는 일도 있었다. 이메일이라고는 각종 청구서와 스팸메일만 날아오고, 읽는 글이라고 해봐야 제대로 된 책은 없고 각종 문서와 계약서, 보고서, 팸플릿 들뿐이던 어느날 정말이지 낭 만적이고 철학적인 메씨지가 담긴 읽을거리가 간절하게 필요한 순 간이 찾아왔다. 이름만 봐도 금세 얼굴이 기억나는 초등학교 동창 으로부터 이메일을 받았기 때문이다. "친구들아, 보고 싶다."로 시 작하는 메일은 그 유명한 동창찾기 싸이트를 통해 나한테까지 온 것이었다. 도대체 내 이메일 주소를 어떻게 알고 보냈을까 고심하던 끝에 모든 일의 발단은 늘 자기 자신에게서 비롯한다는 걸 또 깨닫게 되었다. 언젠가 심심해죽겠을 때 내가 그 싸이트에 가입해 이름을 올려놓았고 나처럼 이름을 올려놓은 동창들이 열 명 정도 되었던 모양이다.

듣던 대로 초등학교 동창 모임은 흥미진진했다. 성별 구분 없이 편하게 이름을 부르며 놀아도 된다는 것도 그렇고, 이해관계를 따지지 않고 사람을 만날 수 있다는 게 어쨌든 참 신기했다. 그러나 다행인지 불행인지 이 모임은 이제 누군가 부모님 상을 당했을 때, 갑자기 안 좋은 일을 당했을 때만 소집된다. 옛날처럼 흥미진진하냐고? 만나는 날을 잡기도 쉽지 않고 전처럼 다 나오지도 않는다. 이제 그 동창 싸이트의 아이디와 패스워드조차 잊었다. 처음엔 다들 반짝거렸지만 회가 거듭되면서 다들 또 사는 얘기를 하기 시작했고 크게 다를 것 없는 일상사를 거기서까지 반복하는 건 지겨웠다. 누군가는 늘 죽는소리만 해대고, 누군가는 늘 자랑만 해대고 만날 때마다 먹는 식당 메뉴마저도 반복이었다.

주식에 투자했다가 실패한 얘기를 많이 듣긴 했지만 그때까지만 해도 가까운 사람들 중에 그런 일을 당한 사람은 없었다. 한밤중에 남편 친구 부인 중 한 사람이 전화를 했다. 이런저런 안부 끝에 주식 실패 때문에 집을 줄여 이사하게 되었다고 하면서 남편과도 사이가 좋지 않다고 했다. 간간이 긴 한숨이 먹먹하게 섞여들었고 울화에 가득 찬 목소리였다. 그러면서 남자들끼리 요즘도 자주 만나느냐고, 자기가 보기에는 그런 것 같지 않다고 말했다. "친구도 다 옛날 친구죠." 여자는 알 수 없는 얘기를 했고, 나는 누구를 만나는지 일일이 얘기하지 않기 때문에 잘 알 수 없지만 친한 사람들이니까 만나지 않겠느냐는 맥 빠진 대답을 하고 전화를 끊었다.

그리고 설을 한주 앞둔 주말, 남편이 오랜만에 친구들을 만나 카드를 하기로 했다며 집을 나갔다. 아이들을 씻기고 잠자리에 누워 날짜 지난 신문이나 읽으려는데 집 전화가 울렸다. 남편은 취하지 않은 말짱한 목소리였고, 집에서 멀지 않은 식당에 친구들과 같이 있다며 당장 차를 가지고 나오라는 것이었다.

이게 얼마 만에 보는 홍콩 느와르인가. 그 이름마저도 부산식당이었다. 주방에 선 주인아주머니는 화가 난 얼굴로 허리에 손을 얹고 가게를 난장판으로 만든 손님들을 노려봤다. 멀쩡하게 차려입은 영국신사들 넷이 의자에 비스듬히 앉아 말없이 담배만 피우고 있었다. 그중 태권도 선수 출신에 늘 싸움을 잘했다고 자랑하던 친구 한 명이 흰 천으로 감싼 오른손을 왼손으로 꼭 쥔 채 식당 바닥에 대고 침을 찍찍 뱉고 있었다. 무스를 바른 머리칼은 번들거렸고 셔츠가 바지 위로 아무렇게나 빠져나온 상태였다. 작살이 난 은색의 거울 조각들은 날카롭게 반짝거렸고 어떤 방식으로 엎었는지 탁자는 깨끗한 채 맥주잔과 접시들만 바닥에서 나뒹굴었다.

난 사태를 금세 알아챘지만 거울 말고는 누가 또 맞은 것인지 알 수 없어서 아무 말도 하지 않고 남편 얼굴만 쳐다봤다. 그는 긴장했을 때 습관대로 큰 눈동자를 계속 깜빡거렸다. 그들은 여전히 불손한 태도로 두 다리를 쭉 뻗고 눕듯이 의자에 기대앉아 있었는데 그중 한 명이 허리를 펴며 온 인상을 찌푸리고 한마디했다. "현실과 이상의 괴리는 점점 커지는 거야, 자식들아." 도무지 무슨 소리인지, 주식 투자에 실패했다는 바로 그 친구였다. 한쪽에선 바닥에 찍찍 침을 뱉고, 주인아주머니는 장사 못해 손해난다고 계속 구시렁거리고, 이 영국신사들은 무슨 점령군처럼 부산식당을 통째로 차지하고 앉아 갈 생각들을 안했다. 눈치 빠른 내가 할 일은 서둘러 술값을 계산하고 영국신사들을 데리고 식당에서 나가주는 것이었다. "제수씨, 계산은 하지 마세요." 지갑을 찾느라 주춤거리다가 주식 투자에 실패한 친구에게 밀려났고 그가 벌떡 일어나 계산대로 갔다. 갖고 있는 카드 두 개 다 승인이 안 나자 그는 고개를 숙인 채 커다랗게 한숨을 쉬고는 갑자기 돌아서서 사람들이 보는 앞에서 카드 두 장을 바닥에 던지고 발로 밟아버렸다. 영국신사들이 우르르 일어나 계산대로 몰려오는 사이 나는 지갑에 있는 현금을 꺼내 얼른 계산을 끝냈다.

종합병원 응급실로 가는 차 안 분위기는 썰렁하고 조용했다. 나는 히터를 켰다가 껐다가, 괜히 와이퍼를 작동시키기도 하고 라디오 볼륨을 높였다 내렸다, 간간이 주파수를 돌려 분위기를 바꾸려고 애썼다. 남편도 손을 다친 친구도 아무 말이 없어서 그들 사이에 무슨 일이 있었는지는 정확히 알 수 없었다.

복도까지 간이침대가 놓인 종합병원 응급실은 발 디딜 틈 없이 환자들로 북적거렸다. 우리는 극심한 복통 때문에 응급실에 왔다는 한 초등학생 옆자리에 앉아서 한참을 기다려야 했다. 빈 침대도 없어서 그 초등학생이 항문에 관장약을 넣고 나와 다시 일이분을 기다렸다 화장실로 뛰어가는 모습을 전부 지켜보았다. 초등학생 엄마는 배 아파 죽는다고 해서 새벽에 응급실에 데려왔더니 애

창자 속에 똥이 꽉차 있다며 그 시간에 휴대폰을 붙들고 떠들었다. "저 아줌마가 장도 아니고 창자란다." 남편 친구의 말에 우리는 키득거리고 웃었다. 새벽의 응급실 풍경은 참으로 볼만했다. 치료 순서를 기다리는 사이 남편 친구의 손을 감싸고 있던 흰 손수건은 분홍색 면적이 커지며 점차 피에 물들어갔고 창밖의 길은 짙은 안개 뒤로 숨어버렸다.

내 직장생활은 그리 평탄하지 않았다. 그러고 보면 특별한 재능이라고 할 만한 것도 없고 어려운 순간에 수완을 발휘해 조직에 도움이 된 일도 별로 없었다. 죄가 있다면 그냥 순순히 나이를 먹은 것뿐이었다. 몇개의 외국어를 구사하는 동시에 일상생활도 즐기면서 조직이 부여하는 여러가지 일을 무리 없이 진행해가는 젊은 직원들은 왜 그런지 살 만큼 산 노인네들 같았다. 갈등은 되도록 피하고 야망은 크게 가지지 않으며 가족 따위의 복잡하고 끈끈한 관계를 만들어 엮이고 싶지 않은 게 그들의 모토 같았다. 그 신입들 때문에 난 직장생활에서 소외되는 느낌이었다. 게다가 문자메씨지라고는 막 초등학교에 들어간 큰아이 학교에서 과제물 준비 때문에 보내오는 게 대부분이어서 사회적인 관계도 단절되는 기분이었다. 뭔가 새로운 돌파구가 필요했다.

어느날 신규 프로젝트에 응모할 제안서를 쓰고 있는데 주스병을 든 남편이 사무실로 찾아왔다. 연인에게 초콜릿이나 사탕을 주는 날도 아니고, 차를 쓸 일이 있는데 내가 말없이 가지고 나와버린 날도 아니고 실로 몇년 만에 있을까 말까 한 이상하고 황당한 일이었다. "사람이 몇명인데 그렇게 작은 걸 사와?" 주스병을 가지고 잔소리를 하는 사이 그는 내 자리에 기대앉아 의자를 빙빙 돌려가며 농담을 했다. "생각보다 좋은 데서 일하시네." 어쨌거나 그는 잠시 후 일어나 가버렸는데 삼천만원짜리 대출통장 안에 '대신 빚을 갚아주세요. 미안합니다.'라고 쓴 포스트잇이 붙어 있었다.

마땅히 사무실에서 처리할 일도 없고 해서 나는 당장 남편이 돈을 빌려준 그의 둘도 없는 친구인 의류업체 사장 K를 찾아갔다. 내가 듣기로 그는 어릴 때부터 피아노를 잘 치는 남자애였고 부모의 성실한 음악교육 덕택에 웬만한 클래식은 거의 다 아는 수준있는 친구라고 했다. 그 수준있는 K는 아직 입주가 시작되지 않은 영등포의 신축 사무실 빌딩 1층의 로비에서 점심인지 저녁인지 모를 자장면을 먹고 있었다. 고춧가루통과 단무지 접시는 바닥에 놓여 있고 남자들 뒤로는 종이박스가 가득했다.

어떻게 말을 꺼내야 하나 떨리는 입술을 물고 남자들이 자장면을 다 먹을 때까지 건물 밖에서 기다렸다. 잠시 뒤에 다행히 K가 담배를 들고 밖으로 나왔고 나는 어색한 표정으로 인사를 했다. 그는 나를 보자마자 당황했는지 일시에 얼굴이 굳어버렸다. 멱살을 잡을 수도 없고, 각서를 받을 수도 없었다. 그렇다고 피아노는 얼마나 쳤느냐고 물을 수도 없었다. 그때 먼저 입을 연 건 K였다. "제수씨, 제발 집사람한테만은 비밀로 해주세요." 다들 일 저질러놓고는 쿨한 단답형으로 일관하고 있었다.

다음날 오후 나는 K의 와이프에게 전화를 걸어 "하필이면 지금 내가 자기네 집 앞에 와 있네."라고 거짓말을 하고 쳐들어갔다. 남자애들 둘이 온 집 안을 뛰어다니며 놀고 있었고 K의 와이프는 대낮부터 맥주병을 쌓아놓고 병나발을 불고 있었다. 아이들은 내 손에 들린 아이스크림을 받아들고 저희 방으로 들어갔다. 여자는 차분했다. "언니, 우리 그지 다 됐어요. 애들 학원도 못 보내고 대낮에 저렇게 집에서 놀리잖아요." 뭔가 세게 얘기를 하려면 술기운이 필요해서 나도 맥주를 한 잔 마시고 입술을 지그시 눌러 닦는 순간이었다. "언니, 요즘에 옷 사요? 요즘에 누가 옷을 사요? 언니 옷 사요? 게다가, 여자옷도 안 사는데 누가 남자옷을 사요? 그러니까 우리는 망할 수밖에 없다니까." 장롱 한가운데에 충격에 의한 흠집이 있고 집 안 여기저기 깨지고 망가진 곳투성이여서 부부싸움도 꽤나 한 것으로 짐작되었다. "옷 사지 왜 안 사." 위로랍시고 내가 뱉은 말이라는 게 그거였다. 걸려든 것일까, 그녀는 더욱 기가 나서 반바지 아래로 드러난 허벅지를 달달 떨며 소란을 피웠다. "그러니까 언니는 아직 안 어려운 거예요. 우리는, 언니 우리는 진짜 애들 보험까지 다 깨버렸다니까. 그 인간이 가진 거 그거 다 쓰레기야. 그 종이박스 안에 있는 것들 개당 오백원짜리도 안된다니까. 안 팔려서 이리저리 끌고 돌아다녀서 다 망가져버린, 상품가치가 없는 쓰레기라니까." 돈 받으러 간 주제에 아이들에게 용돈까지 주고 나온 나는 정말이지 그들보다 살 만한 걸까.

K가 결국 부인과 별거를 시작하고 사무실에서 박스를 덮고 잔다는 얘기를 들려준 건 남편의 또다른 친구 A의 와이프였다. 알고 보니 A도 B에게 돈을 빌려줬고 C는 D의 빚보증을 섰다. 이 인간들은 둘씩 둘씩 짝을 이뤄 돈거래를 한 뒤 각자의 와이프들과 바로 옆에 있는 친구들에게는 비밀로 한 채 지내온 것이었다. 나는 드디어 여

기저기서 얻어들은 정보로 그들의 돈거래 관계를 하나의 도표로 정리해 남편에게 내밀었다. 남편은 자기도 몰랐던 돈거래를 어떻게 이렇게 일목요연하게 파악할 수 있느냐며 감탄했다. 이래저래 잘못한 것이 있어서인지 남편은 잘 때도 내 옆에 오지 않았고, 내가 하는 말은 무조건 다 옳다고 해서 싸움을 할 필요도 없었다. 조금씩 차차 불어나버린 집안 빚에 남편 친구의 빚까지 대신 갚느라 내 태도나 말투는 전보다 더 거칠어졌고 세상에 무서운 것도 별로 없어졌다. 돈이 돈 같지 않고 꿈을 꾸어도 대규모 유전 발굴 현장에 들어가 진두지휘하거나 황금 돼지를 안는 황당한 꿈만 꾸었다.

그러던 어느날 역시 재력이라면 부러울 것 없는 전직 주유소 사장 부인이 저녁 초대를 했고 마음이야 부글부글 끓든 말든 오랜만에 스트레스라도 풀겠다 싶어 다들 예쁘게 차려입고 그 집에 모였다. 맛있는 음식 냄새도 나고 뭔가 더운 기운이 느껴져야 하는데 문이 열리고 다른 집 두 배쯤 되는 길이의 현관을 통과하는 동안 서늘한 기운이 등줄기를 때렸다. 쏘파 주위에 모인 사람들은 우연인지 모두 검은 계열 옷차림이었고 옆방에서 노는 아이들조차 평소처럼 떠들지 않고 조용했다. 주유소 사장 부인은 키가 훤칠한 미인에 미국 유학파 출신이었는데 그새 얼굴도 좀 상한 것 같고 분위기도 보통 여자들처럼 평범해 보였다. "오늘 이렇게 언니 오빠 들을 다 모이라고 한 건요." 그때 옆에 앉아 있던 그녀의 남편이 갑자기 허리를 펴고 앉더니 다짜고짜 와이프한테 소리를 질렀다. "그만하랬지, 지지배야." "언니 오빠 들, 제가 이렇게 살아요. 저는 돈 없는 건 괜찮아요, 그건 괜찮지만 지지배라뇨, 이런 욕은 정말 참을 수가 없어요. 자존심까지 버릴 수는 없다구요.” 그러자 다른 여자들도 가세했다. “오빠, 그러지 마, 유진 엄마한테 왜 그래요?” 주유소 사장 와이프는 거드는 사람이 생기자 금세 표정이 달라졌다. “언니, 고마워요. 그런데 제가 오늘 언니 오빠 들을 모이시라고 한 건 오빠들이 우리 남편한테 빌리신 돈 때문이에요.”

알고 보니 이 고등학교 동창들이 남편과 K처럼 둘씩 짝지어 돈을 빌리고 받은 게 다가 아니었다. 사정이 어려워지면 파트너를 바꿔가며 돈을 빌린 것이었다. 그렇다면 주유소 사장은 왜? 그는 서로 파트너를 바꿔가며 돈을 빌리기 이전에, 그러니까 애초에 거의 모든 남자들에게 최소한 한 번 이상은 돈을 빌려준 것이었다. 누구보다 재력이 있었으므로 그는 나름의 의리는 지킨 셈이었다. “우리가 부모님한테 물려받을 재산이 좀 있기는 하지만 어떻게 친구분들이 이렇게 악랄하게 우리를 뜯어먹으려고 하죠? 솔직히 유산은 언제 받을지도 모르겠구요, 우린 현금이 없어 가스비도 못 낸다니까요.” 주유소 사장 와이프야말로 정말로 제대로 된 목록을 갖고 있었다. 그녀는 복사한 목록을 가족별로 나눠주고는 실제로 돈을 갚을 수 있는 날짜를 적고 부부가 싸인을 한 뒤 돌려달라고 했다.

남자들은 연필만 돌리고 앉아 있고 여자들은 그런 남편 손끝만 내려다보고 분위기는 진짜 이상했다. “엄마, 우리 피자 먹을래.” 한 녀석이 방에서 나와 소리를 질러도 어른들은 아무도 대꾸를 하지 않았다. “엄마, 우리 치킨 먹을래.” 또 한 녀석이 방에서 나와 소리를 질러도 모두들 침묵했다. “자자, 이건 나중에 얘기하고 애들도 배가 고픈 모양인데 밥이나 먹으러 나가죠.” 잘한 거 하나 없는 남자들 중 누군가 입을 열자 그들은 자리에서 일어나기도 하고 휴대폰 확인도 하고 화장실도 가고 분위기를 역전시키려는 기세가 역력했다. "오빠들, 누가 싸인 안하고 일어나래요. 오빠, 거기 앉아요." 주유소 사장 와이프가 오빠들에게 삿대질을 했다. "아니 남자들이 한 일에 우리가 무슨 책임이 있는데." 한 여자가 스카프를 풀며 언성을 높였다. "언니, 그렇게 나오면 안된다는 거 아시죠?" 모두들 조금씩 흥분 상태로 빠져들어가는 중이었다. "제수씨 얘기 우리가 다 알아요. 너무 잘 알아요, 아니까 밥이나 먹고 얘기하자니까."

나는 그날 태어나서 처음으로 진짜 권총을 보았다. 어느새 전 주유소 사장은 자신의 머리를 총으로 겨눈 채 눈을 부릅뜨고 사람들을 노려봤다. "진짜, 다 조용히 안해! 내가 망했다고 이제 내 앞에서 다 기어오르냐?" 세상에 총을 보고 조용히 하지 않을 사람은 없었다. 우린 모두 다 가만히 있었다. 자극하지 말고 최대한 침착해야만 했다. 주유소 사장의 얼굴이 심하게 일그러진 순간 나는 눈을 감았다. 총소리가 들린 것도 같았다. 그때였다. "여보, 당신 아침에 코스닥 확인했어요? 이그, 또 안했죠?" 엄마아빠놀이를 하는 아이들 방에서 흘러나온 여자아이의 목소리였다. 잠시 후 모두들 키득거리며 웃기 시작했고 그날은 다행히 아무 일도 일어나지 않았다.

사실 내가 딱 세 명의 남자와 연애를 했다는 건 거짓말이다. 그러나 나는 남편을 내 인생의 세번째 남자인 동시에 마지막 남자로 생각했다. 그런데 내 인생의 마지막 남자가 그날 밤의 권총 소란 이후로 세상에서 사라져버렸다. 내 남편뿐만 아니라 그 집에 모였던 여섯 명의 남자들이 모두 다 어딘가로 사라져버렸다. 와이프들이 서로 남편 찾는 전화를 걸어온 게 시작이었다. 나는 바로 인근 파출소에 신고했다. 집단으로 배를 타는 선원으로 팔려가거나 하기 전에는 여러명의 남자들이 동시에 사라지는 일은 수사한 적이 없다는 게 경찰의 입장이었다. "낚시 갔나." 경찰들이 말했다. 곧 돌아올 걸로 알았기 때문에 우리는 얼마 만에 찾을 수 있을까 서로 돈을 걸고 내기까지 했다. 그때까지만 해도 우리는 그저 그것들이 다들 스트레스가 쌓여서 술 퍼먹고 어딘가로 놀러갔을 거라고 추측했다.

우리는 남자들을 찾기 위해 틈만 나면 그들이 잘 가곤 하던 맥줏집, 삼겹살집을 찾아가 손님들 틈에 앉아 소주잔을 기울였다. 남자들과 똑같은 옷을 입은 또다른 남자들이 탁자에 앉아 맥주와 소주를 마시며 머리를 흔들고 웃었다. 그렇게 술집을 돌아다니다 술에 취한 채로 집에 들어와보면 남편은 가스레인지 앞에 내복 차림으로 서서 태연히 라면을 끓이고 있거나 얼굴 위에 신문을 얹고 쏘파에서 자고 있었다.

그러나 달이 바뀌어도 남자들은 돌아오지 않았다. 여자들 중 누군가는 그들이 돈을 빼돌려 어딘가에 섬을 사서 저희끼리 그대로 신나게 놀고 있을 거란 얘기까지 했다. 사라진 남자 중 한 명의 가방에서 지구 최북단의 섬 그린란드에 관한 여행 안내책자가 발견되자, 모두 그곳으로 몰려갔을 거라고 추측했다. 개썰매를 끌며 그 아름답다는 오로라에 둘러싸여 있을 남자들. 왠지 그 추측은 신빙성이 있어 보였다. 더구나 웬만해선 입을 열지 않는다는 입 무겁기로 소문난 그린란드 사람들은 그들에게 아무것도 묻지 않을 테니까.

나는 남자들이 홍콩 느와르를 찍던 그 식당에도 가보았다. 거울은 이번에도 깨져 있었는데 쫄쫄이 청바지를 입은 대학생 녀석들이 영화의 주인공들이었다. 욕쟁이 주인아주머니의 입술은 퉁퉁 부어올라 있었고 바닥에 깨진 유리조각은 여전히 반짝거렸다. 똥을 누지 못하던 초등학생 여자애는 아직도 똥을 시원하게 누지 못해 그 새벽 시간에 관장을 하기 위해 응급실 대기의자에 앉아 휴대폰을 만지작거렸다. 엄마가 응급실 진료비를 계산하러 간 사이 제 친구에게 전화를 건 초등학생의 말, "의사가 관장하면서 내 엉덩이를 만진 것 같다니까."

그렇게 싸돌아다니다 집에 돌아와보면 남편은 아이들과 엉덩이로 이름 쓰기를 하다가 방귀를 뀌고 넘어갈 듯 웃으며 현관에 서 있었다. 그러나 달이 또 지나가도 옛날의 그 멋진 남자들은 집으로 돌아오지 않았다.

그러던 어느날 우리는 마지막으로 이제 단 한 곳, 그들이 늘 기분이 좋아지면 가곤 하던 봉체조 집에 가보기로 했다. 우리는 각자의 집에서 철 지난 카드전표, 명함을 모두 뒤져 그들이 갔던 룸쌀롱을 어렵게 알아냈다. 그러나 첫날, 우리는 입장을 거부당했다. 양복을 입은 건장한 남자가 나와서 하는 말, "여기는 여성들이 모여 차 마시고 얘기 나누는 곳이 아닙니다." 룸쌀롱을 차 마시고 잡담하는 곳으로 아는 천치쯤으로 여겨도 어쩔 수 없지만 우리는 기필코 그곳에 들어가야 했다. 두번째 날에는 사정을 솔직히 얘기했지만 소용없었다. "문제가 있으면 경찰을 부르십시오." 그들은 완고하게 말했다.

추운 겨울이었다. 아이들은 아빠가 있으나 없으나 무럭무럭 자랐고 나는 아직 잘리지 않고 회사에 그대로 다녔다. 전처럼 어떤 프로젝트 전체를 책임지는 막중한 업무는 머리 좋은 후배들에게 넘어갔고 나는 그들이 놓칠 만한 것들을 미리 알아서 챙겨주는 보조 스태프 업무를 담당했다. 한 기관에서 오래 일했다는 것은 프리미엄이 되는 바가 적지 않은 게 사실이었지만 아무리 길게 다녀도 앞으로 일이년 정도일 것 같았다. 물론 당장 나가라는 사람은 없지만.

주말 오후, 마트에 다녀오는 길에 신호를 기다리고 서 있다가 횡단보도 앞에 멈춰서는 나이트클럽 홍보용 버스를 봤다. 썬글라스를 끼고 하와이풍 티셔츠를 입은 남자들 사진은 어디선가 많이 본 듯한 모습들이었고 나는 순간 깜짝 놀라 휴대폰을 이리저리 눌렀다. 분명 그들이었다. 몸매 하며, 머리 스타일은 달라졌지만 분명 그들이었다. 유쾌하고 신나게 살고 있는 그들의 모습은 부럽기까지 했다. 신호가 바뀌자 쏜살같이 달아나버리는 버스 꽁무니를 보며 나는 가슴을 쳤다. 그들은 도대체 어디로 간 걸까.

다음 주말의 아침, 아이들은 아침도 먹지 않고 놀이터로 나갔다. "엄마, 아빠 눈 왔어!" 아이들의 목소리가 온 아파트를 울렸다. 나는 아침 밥상을 차리다 말고 아이들을 따라 밖으로 나갔다. 정말 엄청난 눈이었다. 발이 푹푹 빠지고 코끝이 짱했다. 아이들은 눈을 치운다, 눈사람을 만든다, 하며 장갑이 젖는 줄도 모르고 정신없이 뛰어다녔다. 큰애는 아빠 눈사람을, 작은애는 엄마 눈사람을 만들겠다고 했다. 아이들은 집에 들어와 넥타이와 모자를 가지고 나가 아빠 눈사람을 잔뜩 치장했다. 엄마 눈사람은 달랑 스카프 하나만

목에 둘렀다. 찬 바람과 매서운 날씨는 오후까지도 계속되었고 아이들은 땀을 뻘뻘 흘리며 눈에서 뒹굴었다.

다음날 아침, 나는 재활용쓰레기를 버리러 나갔다가 눈사람을 보러 갔다. 아빠 눈사람이 있던 자리에 남편은 없었다. 물론 그 옆의 내 눈사람도 없었다. 강한 아침해에 눈사람은 다 녹아버렸고 아빠 눈사람이 있던 자리에는 넥타이와 모자만 남아 있었다.

불안한 도시

그 여자가 집을 나갔다는 전화를 받은 날 그
는 회사 동료들과 회식을 한 뒤 대학로의 노
래방에 들어가 몇시간을 보냈다. 그때까지만
해도 머릿속에는 당장 다음날 오전까지 작성
해 발표해야 하는 기획안 생각으로 꽉차 있
었다. 늘 친근하게 어머님이라고 부르던 그
여자의 엄마 목소리를 들었을 때 그는 약간
상체를 세운 채 자기 주변에 누가 앉아 있는
지부터 살폈다.

그 여자가 집을 나갔다는 전화를 받은 날 그는 회사 동료들과 회식을 한 뒤 대학로의 노래방에 들어가 몇시간을 보냈다. 그때까지만 해도 머릿속은 당장 다음날 오전까지 작성해 발표해야 하는 기획안 생각으로 꽉차 있었다. 늘 친근하게 어머님이라고 부르던 그 여자의 어머니 목소리를 들었을 때 그는 약간 상체를 세운 채 주변에 누가 앉아 있는지부터 살폈다. 불안을 감추지 못하면서 힘이라고는 없이 혹시 같이 있지 않느냐고, 전화 통화는 언제 했느냐고, 그런 걸 물어봐서 미안하다고 덧붙이는 어머님의 목소리가 몇년 전과 똑같다고 그는 생각했다. 그는 그냥 안심하시라는 말만 여러 번 반복했다. 늘 그랬듯 친구들이 차에 태워 바다로 데려갔거나 누군가의 집에 파묻혀 수다나 떨고 있을 거라고 생각했기 때문이다.

누군가 천장으로 뿌린 맥주가 노래방에 멍청히 앉아 있는 그의 얼굴로 떨어졌고 무방비 상태이던 그는 순간적으로 오른쪽 볼따구니 살을 씹고 말았다. 생일을 맞이한 동료에게 맥주를 뿌려대고 웃고 울고 노래방은 아수라장이 되어버렸다. 건강이 어떠신지, 집에 별다른 일은 없는지 좀더 부드러운 톤으로 노인의 전화를 받지 못한 게 마음에 걸렸지만 그걸로 또 다였다. 그는 동료들과 헤어져 택시를 탔고 집으로 돌아가자마자 양치질만 하고는 이불 속으로 들어갔다.

주말이 왔고 그다지 황사가 심하지 않은 포근한 날씨였다. 일하지 않는 주말은 정말 오랜만이었기 때문에 그는 제대로 쉬고 싶었다. 그때까지만 해도 그는 그 여자에 관해 별로 생각하지 않았다. 나쁜 생각은 하고 싶지 않았다. 토요일, 일요일 이틀 내내 푹 자고 집 앞 공원에 나가 가볍게 달리기를 한 뒤 싸우나에 갔다. 황토색 찜질복을 입고 뜨거운 돌멩이가 가지런히 깔린 방에 들어가 누웠다. 수건 양쪽을 동그랗게 말아 머리에 뒤집어쓴 사람들이 하나둘 들어와 소곤거렸다. 회사일이 많아질수록, 만나는 사람이 늘수록 그는 싸우나에 자주 갔다. 목요일 오후쯤 되면 몸이 딱딱하게 굳는 느낌이 들었고 그렇게라도 몸을 이완시키지 않으면 죽을 것만 같았다. 악순환이었다. 컨디션이 좀 나아지면 몸이 풀렸다는 생각에 또 무리를 하고 다시 싸우나에 가서 몸을 푸는 악순환. 뜨거운 돌들이 점점 더 뜨거워졌다. 잠깐 존 것 같기도 하고 소곤소곤 얘기하는 소리가 커다란 웃음소리로 번지는 것 같기도 했다. 그는 머리가 빙빙 돌고 눈앞이 희미해지는 느낌이 들어 천천히 몸을 일으켰다. 온몸이 땀에 젖어 있었다. 비로소 그는 그 여자에게 무슨 일이 생긴 건 아닐까 걱정하기 시작했다. 그는 보관함을 열고 휴대폰을 꺼내 그 여자의 집에 전화를 걸었다. 어머님은 역시 비슷한 목소리로 아직 아무런 소식이 없다고만 대답했다.

그로부터 일주일 후의 일요일에도 그는 찜질복을 입은 채 뜨거운 돌멩이들이 가득 찬 그 방에 누워 땀을 흘렸다. 그러다 무슨 생각이 들었는지 벌떡 일어나 찜질복을 훌훌 벗고 샤워를 한 뒤 싸우나 밖으로 나갔다. 그 여자가 살고 있는 옥인동까지 가는 동안 그는 여러가지 생각을 했다. 옥인동 집은 몇년 전 그대로였다. 이제 일흔다섯 정도가 되었을 노인은 흰색 베개를 받치고 누워 텔레비전을 보고 있었다. 현관문을 열어준 건 나이도 이름도 잘 기억나지 않는 그녀의 남동생이었다. 누나냐? 텔레비전을 보던 어머님이 일어나 앉으며 무슨 말을 하려고 했으나 목소리가 잘 나오지 않는 듯했다. 외따로 떨어진 작은 섬들처럼 세 사람은 아무 말도 하지 않고 가만히 앉아 있었다. 잠시 후 남동생이 방으로 들어가 그 여자의 휴대폰을 가지고 나왔다. 그와 함께 살 때 쓰던 낡은 휴대폰 그대로였다. 최근엔 전화도 안한 거 같아요. 몇달 전에 매형하고 통화한 기록만 있어요. 어머님은 우는지 웃는지 알 수 없는 표정으로 얼굴을 잔뜩 일그러뜨렸다. 어떻게 보면 웃는 것도 같았다. 애가 어딜 갔을까. 그 말을 하는 아주 짧은 시간이 흐른 뒤 노인의 표정은 묘하게 일그러지며 고통스럽게 바뀌었다. 그는 아무 말도 할 수 없었다. 저도 좀 찾아보겠습니다. 연세도 있으신데 기운 잃지 마시구요. 잘 있을 테니 걱정하지 마세요. 그는 집 앞 큰 골목 입구에 있는

‘파리크라상’에서 산 케이크상자를 어머님 무릎 앞으로 살짝 밀어놓고 자리에서 일어났다. 생각은 했지만 왜 그런지 그 여자의 방은 들여다보고 싶지 않았다. 그는 현관 앞에서 노인을 돌아봤다. 노인은 그를 따라 나오는 대신 아무 말 없이 케이크상자 윗면만 손바닥으로 가만히 어루만지고 있었다.

그는 그 여자를 데려다주기 위해 처음 갔던 날처럼 여전히 어두운 옥인동 골목을 천천히 걸었다. 4월인데 날씨는 몹시 쌀쌀했고 안개 때문인지 황사 때문인지 쌀뜨물처럼 뿌옇게 흐린 하늘이 머리끝에 닿아 있었다. 갑자기 오래전, 옥인동 골목길을 함께 걸어내려올 때 들었던 그 여자의 또각거리는 하이힐 소리가 들려왔다. 몇번이나 하이힐을 신고 나왔을는지, 조금 친해진 뒤로는 계속해서 운동화만 신었다고 그는 기억했다. 구두를 신는다고 해봐야 아무런 장식도 없는 납작한 단화가 다였다. 화장품가게와 불 꺼진 공방 앞으로 유모차를 밀고 지나가는 커플을 따라 천천히 걸었다. 나중에 이 동네 얘기를 쓰고 싶어. 결혼 후 옥인동에 왔다 집으로 돌아갈 때마다 늘 하던 그녀의 말이 작은 골목 사이에서 불쑥 튀어나와 그의 등짝에 달라붙는 것 같았다. 길은 자연스럽게 시장으로 연결됐다. 막 난전을 치우는 상인들의 굳은 얼굴이 보였다. 그는 양푼 한가득 쌓인 조개와 생선, 과일가게, 신발 수선가게, 옷 수선가게를 지나 시장 입구의 정육점 앞까지 걸었다. 그리고 자기도 모르게 뒤를 돌아봤다. 그 여자의 어깨에 팔을 둘렀을 때 겨드랑이와 허리선으로 전해져오던 부드러운 느낌이 되살아나는 듯해 당황했다. 그는 순간 찜질방에 있던 뜨거운 돌멩이 하나를 삼킨 것처럼 그 자리에 뻣뻣하게 굳은 채 가만히 서 있었다.

집으로 돌아온 후 그는 그 여자의 휴대폰에 남아 있는 메씨지와 전화번호를 수첩에 하나씩 옮겨적었다. 배가 고프기는 했지만 직접 요리하고 싶지는 않았고 그렇다고 밖으로 나가 혼잡한 식당에 혼자 들어가고 싶지도 않았다. '고객님요청시당일즉시천만원대출 가능―해피금융김대리' 따위의 광고문자조차도 다 적었다. 아무리 생각해도 얼굴과 이름이 딱 맞아떨어지지 않는 사람의 문자메씨지도, 전화번호부에 등록되어 있는 전화번호도 모두 옮겨적었다. 삼주 뒤로 잡혀 있는 출장 전까지 연락이 닿기만 하면 아무 문제도 없다고 생각했다. 분명 누군가와 차를 타고 놀러 갔거나 친구네 집에 파묻혀 식구들이 걱정을 하거나 말거나 태평하게 DVD나 보고 있을 거라고 그는 확신했다.

그냥 나갔어요. 옷도 안 갈아입고, 그냥 있다가 나가서 뭘 입고 나갔는 지도 잘 몰라요. 추리닝인지 치만지 정말 기억 안 나요.

다세대주택 문 앞까지 따라나온 남동생이 다소 밋밋한 목소리로 전한 그 여자의 가출 풍경은 고요했다. 그는 약간 욱해서, 왜 즉시 실종신고를 하지 않았느냐, 왜 누나를 신경써서 잘 보살펴주지 않았느냐는 말을 하려는 자신을 억눌렀다. 그런 식의 말은 같이 살기 싫어 헤어진 그가 꺼내기 어려운 것이었다. 그는 컴퓨터 화면을 들여다보지도 않고 텔레비전을 켜지도 않았다. 막 시작된 탈모 때문에 출장길에 비싼 돈을 주고 구입한 앰풀 마싸지도 하고 싶지 않았다. 싸우나와 관계없이 몸은 다시 무거워졌다. 스웨터 주머니에 손을 넣은 채 옥인동 길기리로 막 걸어나오는 그 여자의 모습이 수십번도 더 떠올라 아무것도 할 수 없었다. 어떤 때는 왼발이 먼저 나오고 어떤 때는 발보다 상체가 먼저 나오고 또 어떤 때는 목소리가 먼저 들리는 식이었다.

월요일 오전부터 비가 왔다. 일에 빈틈이 생길까 오전 내내 잠시도 쉬지 않고 업무 처리를 한 그는 사무실에서 나와 곧장 택시를 탔다. 그 여자와 가장 친한 친구라고 알고 있던 K를 찾아갔다. 마포의 고층아파트 24층에 살고 있는 K는 거실 바닥을 기어다니는 아기를 보살피느라 정신이 없어 보였다. 거실 안으로 들어와 있는 커다란 빨래걸이 두 개에, 장난감이며 기저귀 봉지, 채 정리되지 않은 가재도구와 쓰레기까지 집 안은 몹시 어수선했다. 좀 진지하게 얘기를 하려고 하면 아기가 엉덩방아를 찧거나 입속에 물건을 넣었다가 꺼내들고는 빽빽거리며 울었다. 점심시간에 갑자기 사라져버린 그를 찾는 동료에게서 걸려온 전화는 통화 중간에 아무런 이유도 없이 뚝 끊어졌다. 창밖에 비가 내리는지 안 내리는지 빗소리도 잘 들리지 않았다. K가 식탁 앞에 붙어서서 커피를 타는 사이 아기가 천으로 만든 책이 놓여 있는 베란다 유리 앞으로 후닥닥 기어갔다. 회색 허공뿐인 베란다창 너머를 잠깐 넘겨다본 그는 아기의 허리를 두 손으로 달랑 안아 거실 안쪽으로 들여놓았다. 손에 남은 아기의 감촉은 고무인형처럼 말랑말랑하기도 했고 이물질처럼 징그럽기도 했다. 고층이다 보니 전화가 잘 끊어져요. 난 그 지지배 만난 지 정말 오래됐는데. 두 분 결혼하고 나서 몇번 봤나, 잘 모르겠어요. 하나도 안 변하신 것 같아요. 남자들은 잘 안 변하는데 여자들만 망가져요. 순간 어깨를 넘긴 긴 머리칼을 고무줄로 질끈 묶기 위해 팔을 올리는 K의 몸에서 비린내가 훅 끼쳤다. 땀 냄새인지 젖 냄새인지 알 수 없는 그 냄새가 그는 몹시 불편했고 그 집에서 빨리 나오고 싶었다.

1층 로비에 도착했을 때 무표정의 중년 여자들이 그가 채 내리기도 전에 엘리베이터 안으로 걸어들어와 각자 앞의 벽면을 바라보고 섰다. 그 아파트는 1층 없이 2층부터 시작됐다. 그래서 아파트 로비라고 하기에는 어려운 느낌의, 대형공장이나 관공서 로비 같은 삭막한 분위기의 1층 공간이 새삼 그의 눈에 들어왔다. 중앙의 기둥과 저만치 씨멘트 담벼락 아래 일렬로 세워놓은 알록달록한 재활용쓰레기 분리수거함이 장식의 전부였다.

어쩌조 전더알아볼 데도 없는데 에효

급하게 보낸 듯한 K의 문자가 도착했을 때 그는 막 고층아파트 단지 옆 한쪽에 죄지은 듯 낮게 웅크리고 있는 낡은 단독주택 몇채를 바라보고 있었다. 그는 아파트 단지를 빠져나오자마자 택시를 탔다.

이틀 후 그는 그 여자의 친구 중 한 명인 J를 만났다. J는 홍대 부근의 라면집에서 주방 보조로 일하고 있었다. 내성적이고 남 앞에 나서길 좋아하지 않는 그 여자에게는 좀 어울리지 않는 친구였다. 검은 두건을 쓰고 앞치마를 두른 J의 손에는 노란색 고무장갑이 씌

워져 있었다. 그는 밖으로 나오자마자 면발이 붙어 있는 지저분한
장갑을 벗는 J를 뚫어지게 쳐다봤다. 장갑을 벗은 그녀의 손은 진분
홍색으로 붉었고 연신 더운 김이 났다. J에게서도 그녀에 관한 얘
기를 들을 수 없기는 마찬가지였다.

먹고사는 게 바빠서 연락 안하고 지냈어요. 들어오세요. 라면 한 그릇
드시고 가세요.

J의 말에 그는 그냥 웃었고 명함을 건넨 뒤 나중에 다시 연락하
겠다는 말만 했다. J가 푸른색 천으로 된 일본식 커튼을 들치고 가
게로 들어간 순간 기다렸다는 듯 안에서 목청을 높여 외쳐대는 알
수 없는 일본어가 들려오기 시작했다. 그는 인파에 떠밀려 홍대 전
철역 입구까지 걸어내려갔고 허기에 지쳐 할 수 없이 분식집에 들
어갔다. 메뉴를 살펴본 그는 결국 라면을 시켰고 창밖으로 시선을
돌렸다. 그는 그녀를 찾는다고 해도 어느정도 모습이 변해 있을 거
란 각오를 하지 않으면 안되겠다는 생각을 하며 라면을 먹었다. 실
제로 얼굴을 본 건 삼년 전이었으므로.

출근해서 회사일을 하는 잠깐잠깐, 그는 여자의 휴대폰에서 옮
겨적은 번호로 전화를 했다. 몇개는 아예 존재하지도 않는 번호였
다. 그런 전화번호를 하나씩 지워나가다보면 이내 점심시간이 되
었고 그는 또 아무 일도 없다는 듯이 직원들과 거리로 몰려나가 점
심을 먹었다. 계절이 봄이라 거리를 지나가는 여자들은 벌써 발뒤
축을 드러낸 구두를 신고 있었고 치마 길이도 짧아진 게 확연히 느

껴졌다. 길거리엔 신분증을 목에 건 회사원들로 넘쳐났고 계절은 금세라도 뜨거운 여름으로 넘어갈 것 같았다. 그러나 밤이 되면 공기는 무섭도록 차갑게 식었다. 그런 밤이면 그는 그 여자의 휴대폰 전화번호부에 R이라고 저장된 자신의 단축번호를 길게 눌렀다. 그리고 마치 어디선가 전화가 걸려오기라도 한 것처럼 손바닥 위의 자기 휴대폰을 내려다보며 도무지 알 수 없는 부호처럼 낯선 미나, 라는 이름을 오래도록 내려다봤다.

출장일이 다가오고 있었다. 일의 성격상 대신 보낼 동료도 없었고 가야 하는 건 어쩔 수 없는 사실이었다. 그는 싸우나도 가지 않고 조깅도 하지 않았다. 아침마다 거울을 보기가 싫을 정도로 얼굴색이 누렇게 변했고 머리카락이 뭉텅이진 채 세면대로 떨어졌다. 보양식은커녕 별로 많이 먹지도 않는데 윗배가 나왔고 밥만 먹으면 급격히 피곤해졌다. 세탁소에 보낼 옷들이 늘어만 갔고 세탁실이며 화장실이며 점점 지저분해졌다. 퇴근하면 곧바로 돌아왔고 뭔가 생산적인 일을 해야 한다는 생각은 집에 도착하는 순간부터 무너져버려 손 하나 까닥하고 싶지 않았다. 겨우 한두주 사이에 그의 생활은 달라졌고 그걸 뻔히 알고 있으면서도 왠지 아무 일도 할 수 없었다. 그는 아무리 야한 상상을 해도 절대로 발기되지 않는 자신의 페니스를 사타구니 혹은 넓적다리 안쪽 어딘가에 있을 것 같은 구멍을 찾아 자꾸만 밀어넣다가 잠이 들곤 했다.

결혼하자마자 그 여자와 함께 살았던 서울 외곽의 한 아파트를 찾아갔다. 그녀가 거기 있을 거라는 생각 따위를 해서는 아니었다. 그냥 아무 일도 할 수가 없으니까, 이주 동안의 출장을 다녀와도 그녀가 돌아오지 않으면 일상이 매우 귀찮고 힘들어질 것 같아 충동적으로, 할 수 없이 가는 거라고 스스로를 향해 말했다.

그 아파트에 살 때 두 사람은 서울에 있는 직장에 다녔다. 그때 타고 다니던 작은 차는 나중에 처분해버렸지만 그 여자는 그 차를 자기 아들이라고 불렀다. 운전은 주로 그가 했고 차 안에서 먹을 김밥이나 순대, 쌘드위치 따위는 늘 그녀가 퇴근길에 사가지고 차에 탔다. 집에 도착해 저녁을 해먹으려면 너무 허기가 졌고 길은 자주 막혔다. 경기 북부지역의 군사시설이나 유사한 시설에 문제가 생기거나 지역축제가 열리면 갑자기 차가 막혔다. 그럴 때는 한 시간 반, 두시간씩 막히곤 했다. 물론 차에 타자마자 직장 상사나 동료 욕을 하기 시작해 한 삼십분씩은 수다를 떨었다. 그러다 또 차가 서행하면 둘 중의 누가 더, 얼마나 더 많이 사랑하는가를 놓고 말씨름을 하다가 싸우기도 했다. 우연히 88고속도로 주변에서 펼쳐지는 불꽃놀이 광경을 보면 누가 먼저랄 것도 없이 웃었고 다른 차들이 보거나 말거나 상관없이 깊은 키스를 나눴다. 그러다 마음이 급해질 때는 셔츠 속으로, 스커트 아래로 손가락을 넣어 러시아워의 지루함을 견디기도 했다. 그때만 해도 그는 시간이 그토록 빨리 갈 거라고는 생각하지 못했고 지금처럼 무기력하게 늙기 시작하는 지점에 도달할 것이라고는 상상도 하지 못했었다.

그는 한참을 두리번거렸다. 5층짜리 낡은 연립주택들이 도로를 따라 줄지어 있던 흔적을 찾을 수 없어서였다. 도로 이쪽 풍경은 똑같은데 그가 살던 집이 있던 곳은 모두 사라지고 보도 폭이 전보다 훨씬 넓어진 것 같았다. 그는 길 건너편 아파트 담벼락 아래 버스정류장 벤치에 앉아 턱을 괸 채, 기다리는 사람이라도 있는 것처럼 버스가 오는 쪽과 길 건너편 쪽을 번갈아 보았다. 그곳이 틀림없었다. 거기에 그들이 살던 낡은 연립주택이 있었다는 증거는 그 앞을 지나가는 살벌하고 튼튼한 고압선과 전신주뿐이었다. 그는 허공에 손가락으로 네모 모양을 그리고 어떤 한 지점에 점을 찍었다. 먼지를 뒤집어쓴 버스들이 끊임없이 달려왔고 책가방을 멘 아이들은 아이스크림을 먹으며 정류장 앞을 지나갔다. 주변은 금세 어두워졌다. 그는 한참 만에야 몸을 일으켜 길을 건넜고 길 안쪽으로 들어가 공사가 한창인 아파트 신축현장에 볼일이라도 있는 사람처럼 주변을 배회했다. 그는 인부들이 쓰는 안전모를 모아 걸어놓은 진열장 앞으로 가 안전모를 만지작거렸다. 막 높아져가는 건물 꼭대기에 안전모를 쓰고 서 있는 사람들은 개미처럼 작아 보였다. 덤프트럭 몇대가 지친 개처럼 헐떡거리며 건축자재를 실어나르고 있었다. 그는 자기가 살았던 곳을 가늠해보려고 했지만 정확히 알 수 없었다. 새로운 아파트와 새로 난 보도블록에 반쯤 걸쳐진 곳쯤이라고 짐작할 뿐이었다. 그러나 그곳은 이미 그가 살았던 곳이 아니었다.

출장을 떠나기 전, 부서 직원들과 식사하는 자리가 있었다. 무슨 일 때문인지 다들 좀 예민했지만 언제나 그렇듯이 발단은 엉뚱한 곳에서 터졌다. 간단한 호칭을 잘못 부른 것 때문에 식당 바닥에 맥주병이 나뒹굴었고 같이 식사하던 여직원들은 비명을 지르며 뛰어나갔다. 그는 터진 입가를 손바닥으로 누르며 지갑에서 돈을 꺼내 계산했다. 먼저 주먹을 날린 건 그였지만 주먹은 다시 돌아왔고 그는 다시 한 방으로 동료를 쓰러뜨렸다. 동료는 양쪽에서 팔을 잡아 부축하는 다른 동료들에게 강하게 저항하며 식당 밖으로 끌려나가고 있었다. 도망치듯 나간 여직원들도, 나머지 동료들도 어디로 갔는지 보이지 않았다. 그는 불 꺼진 백화점 쇼윈도우 앞에 쭈그려앉았다. 피는 멈췄지만 눈가가 점점 부어오르고 있었다. 그는 가방 앞쪽 지퍼를 열고 그 여자의 휴대폰을 꺼냈다. 버튼 몇개를 눌러보다가 그는 포토앨범을 열었다. 봄이면 아무데서나 볼 수 있는 목련꽃들이 휴대폰 화면을 꽉 채우고 있었다. 앨범을 끝까지 뒤졌지만 그 흔한 쎌카 하나, 잘못 찍은 채 저장된 검은 바탕 사진 한장 없었다.

그로부터 이틀쯤 후, 그는 옥인동에서 걸려온 전화를 받았다. 경찰에 실종신고를 했지만 단순실종에 대해서는 별 반응이 없다는 게 남동생의 말이었다. 어머님은 어떻게 지내시느냐는 말에 그럭저럭, 그냥 계세요,라고만 했다. 그는 휴대폰 전화번호부를 눌러 혹시 자기가 아는 사람 중에 경찰 관계자가 있는지 살폈지만 경찰, 변호사 같은 직종에 있는 사람은 하나도 없었다.

그는 Y를 만났다. 밥을 먹고 차를 마신 뒤 늘 가곤 하던 작은 호텔로 갔다. 그는 Y가 건네준 선물상자를 열었다. 넥타이였다. 출장 때 하고 가. 그는 Y의 반쯤은 딱 마음에 들고, 또 나머지 반쯤은 마음에 들지 않았다. 하지만 그런 내색을 하고 싶지는 않았다. 따지고 묻고 싸우는 짓거리는 다시 하지 않겠다는 게 그의 신조였다. 왜 그렇게 힘들어 보여? 재밌는 얘기 해줄까? 그러고 보니 Y가 법무법인의 사무보조원이었다. Y에게 그 여자 얘기를 하는 상상을 하면서 그는 속으로 웃었다. Y는 전혀 티를 내지 않았지만 그녀를 기쁘게 해주지 못했다는 걸 그는 단번에 알아챘다. 관계를 하고 난 뒤에도 서먹함이 가시지 않는 건 바로 자신 때문인 것 같았다. 그는 머릿속으로 여전히 음경확대술 생각을 하고 있는 자신을 발견하고 또 피식 웃었다. 단지 그곳만이 핸디캡인 남자들을 구해줄 시술이 세상에 존재한다는 건 기쁜 일이라는 듯 그는 자꾸 웃었다. 여러가지 문제가 있음에도, 그럼에도 불구하고 아직 희망을 버리지 않는 자신이 대견하다고 그는 스스로를 위로했다.

다음날 저녁, 그는 혼자서 영화를 보러 갔다. 인사동 부근의 낡은 건물 4층에 있는 영화관은 그 여자가 무척 좋아하던 곳이었다. 아직 이런 건물이 남아 있다는 게 신기해죽겠어. 굉장히 멋진 건물이지! 이 건물을 지은 사람은 내가 아는 한 가장 훌륭한 건축가야. 물론 일찍 죽었지만. 이렇게 멋진 건물을 설계한 사람은 일찍 죽을 수밖에 없어. 얼마나 많이 생각했을까. 힘들었겠지. 계속 생각한다는 것처럼 힘든 일은 없으니까. 영화관은 건물 4층에 있었고 옆 건물의 외벽과 연결되었다. 그 연결통로이자 옥상은 영화관에는 관객들의 넓은 휴식공간, 옆 건물에는 출입구였다. 옥상에 그녀의 목소리가 스피커를 통해 나오는 것처럼 커다랗게 울려퍼졌다. 그는 그 목소리를 들으며 기우뚱하게 서 있었다.

자기는 건축이며 영화, 그런 걸 너무 모르더라. 그런 걸 모르는 사람은 불행해, 불행하다구!

그를 비웃던 여자의 목소리가 옥상 한가운데서 들리는 것 같았다. 그는 알록달록한 옷을 입고 영화를 보러 온 젊은 애들 틈에 끼어 멍하니 밖을 내다보며 커피를 마시고 있었다. 무료로 영화를 상영하는 날이라는 것도 몰랐고 일본영화를 상영하는 날이라는 것도 몰랐다. 그냥 줄 서 있는 사람들을 따라 줄을 섰고 앞사람을 따라 극장 안으로 들어갔다. 아무런 광고도 없이 비상대피로 그림 딱 한 장을 보여주고는 바로 영화가 시작됐다. 영화가 시작되자마자 그는 곯아떨어졌다. 최근 들어 그렇게 아무 생각 없이 푹 잔 건 처음이었다. 영화는 흑백이었고 지독한 가난이 배경이었다. 초반에 잔 탓도 있지만 중반 이후의 스토리는 그저 그랬다. 언젠가 시간이 나면 일본어를 배우고 싶다고 생각하던 때가 있었다는 게 기억났을 뿐이었다. 영화가 끝나고 밖으로 나왔을 때는 기온이 한층 식어버린 뒤였다. 그는 옥상 난간에 기대선 채 자동차가 오가는 길을 내려다보며, 담배를 피우는 아이들의 긴 머리카락이 바람에 휘날리는 모습을 바라보았다. 옥상은 반쯤은 조명에 의지해 밝았고 반쯤은 옆 건물의 그림자에 가려 어두웠다. 바로 그때였다. 그는 그 여자를 보았다.

그 여자는 한쪽 겨드랑이 아래 늘 붙어 있던 흰 천가방을 메고 옥상 한가운데 서 있었다. 영화관 출입구 쪽에서 나온 사람들이 황급히 계단으로 내려가고 옥상 끝에서 담배를 피우던 사람들도 계단 쪽으로 이동했다. 여자는 이쪽으로도 저쪽으로도 가지 않고 씨멘트 옥상 한가운데 가만히 서 있었다. 그러면 그렇지, 너 나한테 잘 걸렸어. 그는 갑자기 흥분해 균형감각을 잃고 말았다. 영화관 출입구 앞에 놓인 벤치에서 일어나 그 여자 쪽으로 다가가려는 순간 몸이 휘청거렸다. 그때 갑자기 여자가 몸을 돌려 관객들이 걸어내려간 계단 쪽으로 뛰기 시작했고 그도 황급히 걸음을 옮겼다. 4층에서 1층까지 순식간에 따라 내려갔지만 그 여자는 없었다. 대신 길거리 순댓국집 앞 난전에 내놓은 돼지머리들이 밤거리를 지키고 있었다. 그는 멍하니 길을 걷기 시작했고 피곤해 터질 듯 부푼 몸을 이끈 채 버스도, 지하철도 타지 않고 걸어서 집으로 돌아갔다.

다음날 그는 출장을 가기로 한 중국 공장으로부터 이메일을 받았다. 출장을 일주일 뒤로 연기해달라는 내용이었는데 그에게는 좋은 소식도 나쁜 소식도 아니었다. 그는 상사들에게 보고를 하고 결재를 받았다. 그냥 형식적인 인사 절차였지만 꼭 가지 않으면 안 되는 출장이었다. 그는 아직도 곳곳에 남아 있을 흰 눈을 생각했다. 침대기차를 타고 동북삼성을 지나 열일곱시간을 달릴 생각을 하면 벌써부터 지겨워졌다. 하지만 운이 좋으면 몇시간씩 굵고 흰 눈발이 날리는 걸 볼 수도 있다. 중국 컵라면은 생각보다 맛이 좋고 토막잠을 자다보면 열일곱시간은 또 그럭저럭 지나간다. 아직 상업화의 물결이 덜 당도한 곳의 풍경은 어떤 순간 그를 위로하기도 했다. 그가 공장까지 가는 풍경을 생각하고 있을 때 마포에 사는 K가 전화를 걸어왔다. 소식 있나 해서요. 여전히 옆에서 아이가 빽빽거리고 있었다. 걱정하지 마십시오. 베란다 창문은 늘 걸어두세요. 위험해 보였어요. 주제넘게 그런 말을 하려는 사이 전화는 또 뚝 끊어져버렸다. 몇초 후 K에게서 문자메씨지가 날아왔다.

미나가 왜 좋아했는지 이해가되네요 부디미나를 빨리 찾으시길 정말 착한 애죠

점심식사 후 커피를 한 잔 사들고 사무실로 돌아가는 길에 옥인동에서 전화가 걸려왔다. 괜찮으시면 매형이 좀 가주세요. 하필이면 경찰서에서 온 전화를 엄마가 받았어요. 확인을 해봐야 안다고 걱정 말라고 해도 하루종일 몸을 부들부들 떨고 아무것도 안 드세요. 저는 누나보다 엄마가 더 걱정입니다. 어쩌면 엄마가 제일 불쌍해요. 엄마를 붙잡고 있어야 해요. 그는 전화를 끊는 순간 자신이 떨고 있다는 걸 알았다.

이 사람 아십니까? 경찰서에서 사진 몇장을 보여줬다. 그는 빠른 속도로 사진을 넘겼다. 이 사람이 아닙니다. 나는 모르는 사람이라구요. 경찰은 실종자와의 관계를 물었다. 그는 너무 불쾌해서 그 순간 경찰서를 나오고 싶었다. 그가 정말 싫어하는 말투였다. 아무것도 모르면서 상식적인 선에서 남의 인생을 재단하고 툭 얘기해버리는 폭력이 싫었다.

팔자도 참, 헤어진 여자 걱정 말고 새 인생 찾아요.

사진 속 여자 얼굴이 쉽게 지워지지 않았다. 눈코입이 어떻게 생겼는지 그런 건 중요하지 않았다. 중요한 건 정황이었다. 그는 조금씩 어두워지는 서촌의 골목길에 있는 한 까페에 들어가 커피를 마셨다. 그 여자와 사귀기 시작해 결혼할 때까지만 해도 서촌은 그냥

청와대 옆에 붙은 조용한 저개발지대였다. 그런데 지금의 서촌은 근사한 까페와 레스또랑, 앤티크 가구를 파는 가게 들이 들어찬 분위기있는 동네로 변해 있었다. 커피를 연거푸 두 잔째 마시며 그는 서촌의 변화를 감상했다. 그러나 눈앞의 풍경은 그를 그리 오래 붙잡지 못했다. 사진 속에 있는 사람은 으슥한 공원 뒤쪽에서 발견되었는데 죽은 지 오래되어 몹시 훼손되어 있었다. 그는 최소한 여자가 그렇게까지 자신을 망가뜨리지는 않기를 바랐다. 누구나 자기 자신에 대해서 그렇게까지는 하지 않아야 한다는 게 그의 생각이었다. 그는 전화기를 꺼내 그 여자의 번호를 찾아 눌렀다. 역시 그의 가방 안에서 부르르 떨리는 전화기. 그는 화가 났고 또 화가 났다. 그는 전화기를 붙들고 혼자서 떠들기 시작했다.

그만 놀리고 이제 나와라! 난 출장도 가야 하고 우리가 겨우 이렇게 되려고 지금까지 온 건 아니잖아. 내가 다 잘못했다, 정말.

일주일 동안 그는 하루도 일찍 집에 들어가지 못하고 도시를 배회했다. 그는 옥인동 시장 골목에 있는 생선가게 앞에 서서 고무통 안을 오가는 미꾸라지를 멍하니 내려다봤다. 먹을 사람도 없는데 흰 스티로폼 용기에 담긴 떡도 사고 딸기를 사기도 했다. 서촌의 북까페에 들어가 이쪽 끝에서 저쪽 끝까지 진열된 책 제목을 일별하며 시간을 죽이기도 했다. 거기서부터 삼청동으로 북악스카이웨이 산책로까지 걷기도 하고 부암동 골목길을 걸어내려가 구기동까지 가기도 했다. 그녀와 함께 걸었던 곳은 흔적도 없이 사라지거나,

부수고 새로 짓고, 변신하는 중이었다. 변하지 않는 건 미련하고 힘 없는 인간들뿐이라고 그는 생각했다. 어디든 들어가면 맨 마지막 손님이 되어 나왔고 우산이나 휴대폰을 두고 오기 일쑤였다. 그는 얼빠진 사람처럼 도시를 떠돌아다녔다. 몸의 수분이 조금씩 줄어 들고 눈은 점점 더 침침해지는 기분이었다. 어쩌다 대형건물 로비 에서 전신거울을 보게 되면 몹시 당황했다. 거울 앞으로 걸어가고 있는 사람은 그가 전혀 모르는 딴사람이었다.

어느날 밤 그는 서울역사박물관 앞 버스정류장을 지나 구세군 건물 쪽으로 걸어가고 있었다. 걷기가 힘들 정도로 바람이 강했고 황사가 심해 대기가 온통 비둘기색으로 뿌옇게 흐린 날이었다. 길 모퉁이에 있는 오래된 커피숍 문을 열고 들어가는 그 여자가 보였 다. 분명 그 여자였다. 무조건 커피숍 문으로 돌진하던 그는 퉁 하 고 튕겨나가고 말았다. 안에서 놀란 종업원이 뛰어나왔고 유리문 을 막 밀고 나오려던 손님도 당황해서 어쩔 줄을 몰랐다. 순식간에 그의 얼굴에서 피가 흘렀다. 부러진 철테안경이 눈썹 옆을 깊게 찢 어놓았다. 안경 코받침도 부러지고 무엇보다 눈앞이 하나도 보이지 않았다. 그는 종업원이 내준 수건으로 상처를 누른 채 119구급대가 오기를 기다렸다. 구급대는 금세 도착했고 그는 고맙다는 말도 제 대로 못한 채 제일 가까운 강북삼성병원 응급실로 실려갔다. 파란 수술복을 입은 의사가 마치 경찰처럼, 다치게 된 상황을 상세하게 물었다. 상처는 계속해서 따끔거렸고 소독약 냄새는 지독했다.

정황을 알아야 치료를 하거든요. 상처 부위의 다친 정도를 알려면 무슨 일이 있으셨는지 알아야 해요. 눈을 찔리지 않은 게 정말 다행입니다. 운이 좋으셨네요. 아, 나쁜 거네요.

그가 그 여자를 다시 만난 건 광화문 신문로 근처의 청계천가에서였다. 그 여자는 봄가을이면 즐겨 입던 체크무늬 코트를 입고 청계천으로 내려가는 계단에 쭈그리고 앉아 있었다. 처음엔 눈을 의심했지만 분명 그 여자라고 확신했다. 황사가 절정에 이른 4월의 밤이었다. 그 여자는 몹시 지쳐 보였지만 장난기는 여전했다. 신발을 벗어 눈앞에서 흔들기도 하고 머리를 감싼 채 아아, 소리를 지르기도 했다. 그는 눈을 똑바로 뜨고 조금씩 그 여자 쪽으로 다가갔다. 광화문광장 쪽으로 P턴 하는 차들이 신호를 무시하고 마구 달려왔지만 그는 피하지 않았다. 그가 다리처럼 설치된 조형물의 은색 쇠기둥을 잡고 그 여자를 향해 막 말을 건네려 할 때 그 여자가 천천히 몸을 일으켜 걷기 시작했다. 그도 그 여자의 뒤를 따라갔다. 지금은 갤러리로 쓰는 오래된 신문사 건물 앞 횡단보도까지 가는 그 여자의 발걸음은 몹시 무거워 보였다. 늦도록 캠페인을 하고 있는 시민단체의 자원봉사자들이 목청껏 소리를 질렀다. 그러거나 말거나 그 여자는 천천히 걸어갔다. 신호등 앞에 도착한 그는 몇사람 뒤에 서서 그 여자의 한쪽 어깨를 내려다보았다. 신호가 바뀌고 그 여자는 아주 천천히 길을 건넜다. 뒤에 서 있던 사람들조차도 그 여자를 앞질러 모두 길을 건넜고 횡단보도 위에는 그 여자와 여자를 따라가는 그, 단둘뿐이었다. 그 여자는 교보문고 건물 모퉁이를 따라 천천히 걸었다. 미 대사관 경비병들이 왔다 갔다 하며 버스정류장 앞을 지키고 있었다. 얼마 후, 광화문광장 쪽으로 건너는 횡단보도에 다다른 그 여자는 갑자기 보도 턱에 주저앉았다. 머리칼은 꽤 자라 보였고 몸은 더 마른 것 같았다. 정말 십년, 아니 이십년은 늙어 보였다. 상체를 굽힌 채 그 여자는 앞을 보지 않고 씨멘트 바닥만 내려다봤다. 손을 뻗거나 머리를 돌리는 동작까지, 모든 동작이 매우 느렸고 힘이 없어 보였다. 그는 그것이 늙고 늙지 않고의 문제가 아니라는 걸 금세 알아챌 수 있었다. 그것은 열정의 문제였다. 그 여자의 몸에는 그런 것들의 찌꺼기가 하나도 없어 보였다. 신호가 바뀌고 여자가 광장 쪽으로 천천히 길을 건너기 시작했다. 광장에는 카메라를 든 여행자들과 데이트하는 커플들 말고는 별로 오가는 사람이 없었다. 그는 천천히 여자를 따라갔다. 그 여자가 움직일 때마다 무거운 발걸음 소리가 들렸다. 그 여자가 한 발짝씩 걸음을 옮길 때마다 광장의 씨멘트 바닥이 조금씩 흔들렸다. 어디선가 카메라 플래시가 터졌다. 깔깔거리는 웃음소리가 들리고 어느 나라인지 도무지 알 수 없는 외국어가 들려왔다. 그는 눈을 들어 한번도 본 적 없다는 듯 광장 주위를 둘러봤다. 번쩍거리는 광고판들이 하늘을 꽉 채우고 있었고 한쪽으로는 옛 궁궐 위 어두운 하늘과 새로 만들어놓은 세종대왕 동상이 보였다. 사람들은 신호가 바뀌면 지나가고 바뀌지 않으면 그 자리에 멈춰서 있었다. 금세 차량 통행량이 줄어들었고 그는 이제 몇걸음이면 그 여자를 따라잡을 수 있는 거리에 있었다.

　서! 거기 서! 멈추라구!

그가 소리를 질렀지만 그 여자는 걷기를 멈추지 않았다. 여자가 움직일 때마다 계속해서 무겁고 둔탁한 소리가 들렸고, 몸에서는 지독한 냄새가 풍겨나 광장으로 퍼졌다. 그는 가까스로 손을 뻗어 여자의 어깨를 잡으려고 했다. 순간 여자의 어깨는 바스러질 듯이 그의 손에서 빠져나갔다. 씨멘트 광장을 비추는 불빛은 점점 더 환해졌고 사람들은 광장을 측면에 놓고 부지런히 길을 건넜다.

제발 얘기 좀 해. 왜 여기서 돌아다니고 있니.

그는 그 여자를 향해 소리 질렀지만 여자는 점점 더 보폭을 빨리 했다. 어느새 광장은 아래로 푹 꺼지며 광화문역 구내로 이어졌다. 내리막길을 걷는 발걸음 역시 무거워 보이기는 마찬가지였다. 길 끝에 서서 전단지를 나눠주는 사람들이 그 여자에게 종이 한 장을 내밀었다. 여자는 종이를 받자마자 허공으로 가볍게 날려버렸고 그 종이는 신기하게도 그의 얼굴에 붙었다. 그가 안경에 붙은 전단지를 떼어내고 눈을 들어 앞을 봤을 때 여자는 없었다. 아주 순식간의 일이었다. 그는 주위를 둘러봤다. 사방이 씨멘트뿐이었고 씨멘트를 비추는 흰 불빛과 불안한 도시가 있을 뿐이었다. 그는 또 어디서 여자를 찾아야 하나, 저만치서 번쩍거리는 대형광고 화면들만 멍하니 쳐다봤다.

Припʼять
프리퍄트 창고

2006년 새해에 나는 서른살이었다. 2006년
도 여느 해처럼 365일이었고 유난히 봄과 가
을이 짧았다. 아무 일도 없었다. 키가 조금 작
아진 것 같고 정수리 부근의 머리카락이 줄
기는 했지만 몸이 아프지는 않았다. 그것만
으로도 다행이었다.

2006년 새해에 나는 서른살이었다. 2006년도 여느 해처럼 365일이었고 유난히 봄과 가을이 짧았다. 아무 일도 없었다. 키가 조금 작아진 것 같고 정수리 부근의 머리카락이 줄기는 했지만 몸이 아프지는 않았다. 그것만으로도 다행이었다.

2006년은 1986년 4월 26일, 분리 독립하기 이전 소련에 속해 있던 우크라이나의 체르노빌 원자력발전소에서 화재가 나 끔찍한 방사능 누출 사고가 일어난 지 딱 이십년이 되는 해였다. 그 일은 적어도 내게는 기념될 만했다.

다른 사람들도 봤을까. 그날 아침부터 하루종일 도심에 내린 산성비와, 비가 그친 밤하늘을 모노톤으로 뒤덮었던 지독한 황사를. 나는 그게 체르노빌로부터 날아온 어떤 메씨지일지도 모른다고 생

각했다. 어쩌면 사고 당시 하늘로 퍼져나간 방사능이 그때 막 서울
에 도착한 것인지도 몰랐다.

그날따라 지구의 멸망을 외치는 특정 종교의 신도들 여럿이 육교
위에 서서 지나가는 사람들의 어깨를 두드리며 말을 걸었다. 도심
상가의 식당 앞에 내다놓은 쓰레기봉지는 고양이와 비둘기 떼의
습격을 받아 어지럽게 흩어져 있었고 길거리 맨홀 뚜껑은 뭔가 역
류할 듯 자꾸만 들썩거렸다. 먹는 음식마다 목에 걸리는 이상한 현
상이 일어나 하루종일 굶었다. 부엌으로 난 작은 창문에 걸린 레이
스 커튼을 연 채 밤새 어둔 하늘을 내다봤다. 집이 무너지거나 산
이 무너지지는 않았지만 나는 분명 체르노빌로부터 날아온 어떤
메씨지를 온몸으로 받았다. 온몸이 습기에 젖어 축축했으니까! 나
는 그게 방사능의 흔적이라고 생각했다. 그건 꿈이 아니었다.

그리고 그후로 또 한 가지 중요하다면 중요한 일이 있기는 했다.
아버지의 기일이 지난 지 얼마 되지 않은 9월의 어느날이었다. 엄
마와 나는 점심을 잘 먹고 사무실로 돌아왔고 엄마는 평소처럼 맥
심 커피를 타달라고 했다. 나는 늘 하던 대로 커피를 두 잔 타 탁자
에 놓고 쏘파에 엄마와 마주 보고 앉았다. 그때 엄마가 내게 종이
한 장을 내밀었다.

　　나 김영출(올해 만 60세)은 내 딸에게 제일창고를 넘겨준다.

웃음을 참을 수가 없었다. 다른 건 다 괜찮았는데 괄호 열고 60세,
괄호 닫고는 좀 웃겼다. 김영출이라는 사람은 평생 창고일만 했다.

나는 엄마가 부엌에 있는 것보다 창고 사무실에 앉아 있는 걸 훨씬 많이 봤다. 창고 사무실 책상에 껌처럼 붙어 앉아 장부 정리에 혼신을 기울였다. 연필도 지우개도 같은 모양 같은 상표만 썼고 장부에 쓴 글씨체도 늘 똑같았다. 엄마가 쓰는 전자계산기조차도 엄마 얼굴과 비슷했다. 엄마는 창고 구석구석에 쥐덫을 놓고 덫에 걸린 쥐들을 처리하는 일도 즐겁게 했다. 기억력이 좋아 오는 손님 하나하나의 얼굴까지도 모두 알아보는 이상한 사람이었다. 그런데 그런 사람의 표정이 창고에 조금의 미련도 없어 보였다. 창고를 다른 사람에게 물려주다니, 참 갑작스러운 발상이었다. 나는 아무 생각 없이 싸인을 했고 싸인한 종이를 창고 관리에 필요한 서류를 넣어두는 비닐파일에 끼워 보관했다.

바로 그다음날부터 김영출씨는 최고급 등산복에 등산장비를 갖추고 산행을 하기 시작했다. 언제 그런 걸 준비했는지 나는 전혀 몰랐다. 산도 바다도 좋아하지 않는 나는 김영출씨가 갈 곳의 동선을 그릴 능력이 없었다. 저기 가만히 서 있는 산에는 힘들게 왜 올라가는 걸까. 내 상상력의 한계는 거기까지였다. 창고일에 관해, 창고 밖의 일에 관해 뭘 물어보려고 전화를 해도 통 받지 않았다. 그러다 통화가 되면 사장인 내 마음대로, 순리대로 거스르지 말고 하라는 말만 반복했다. 겨우 그런 상식적이고 뻔한 얘기만 하다니 그녀는 정말 나빴다.

먼저 창고의 이름을 바꿨다. H창고, C창고 어떻게 이름을 달아도 마음에 들지 않았다. 그렇다고 아버지가 살아 있을 때부터 썼고, 엄마는 그대로 받아 계속 썼던 '제일창고'라는 이름을 물려받고 싶지는 않았다. 그래서 생각한 것이 '프리창고'였다.

프리퍄트는 원자력발전소가 있던 체르노빌 근교의 도시 이름이다. 내가 아는 게 맞는지 모르겠지만 그곳은 공산주의 시절에는 지도상에도 표시되지 않은 기밀도시였다. 발전소를 돌리고 유지하는 데 필요한 사람들만 사는 아파트 단지뿐인 도시. 원전이 폭발한 후 아무도 살지 않는 도시가 된 프리퍄트의 앞 글자 두 개를 창고 이름으로 따왔다는 건 아무도 몰랐을 것이다. 누가 뭐래도 프리퍄트는 내 고향이었다. 나는 프리퍄트 출신이다.

언제부터, 누가 먼저 그렇게 말하기 시작했는지 모르지만 친구들은 우리가 서른살이 되면 모두 다 암에 걸리거나 원인 모를 병을 앓다 죽을 거라고 했다. 그건 어쩌면 영국을 포함한 유럽 쪽에서 나온 미래를 예측하는 수많은 뉴스에서 나쁜 내용만 따온 것인지도 몰랐다. 버릇없고 비전 없는 한심한 젊은이들에 대한 일침으로 출처도 분명하지 않은 채 각종 미디어상에 떠도는 말들.

영국의 십대, 향후 이십년 동안 불임률 높고 성인병 최다. 인류 역사상 최악의 실직 상태를 맞이할 가장 불행한 세대.

무책임하고 흔한 추측성 기사들의 한 구절 같은 일들이 실제로 내 주변에서 일어나기 시작했다. 결혼한 친구는 이유도 모른 채 자꾸만 유산을 해서 임신이 공포 그 자체였고 임신이 싫어 이혼을 했다. 또 누구는 갑상선암에 걸려 항암치료를 받다가 너무 지쳐서 모든 희망을 놓고 흰 벽만 응시했다. 실직은 무엇보다 큰 재앙이었다.

친구들 중에 제대로 된 직장을 가진 사람은 거의 없었다. 모두 다 불행했다. 불행만이 우리의 갈 길인 것처럼!

인류 역사상 가장 불행한 세대가 될 것이라는 주장의 근거로 체르노빌 사건을 갖다붙인 건 다름아닌 나였다. 나는 언젠가 체르노빌의 아이들처럼 갑상선암에 걸려 죽을 수도 있다고 아예 예상하고 살았다. 방사능에 오염된 후유증으로 얼마나 많은 사람들이 죽을지는 이삼십년이 더 지나야 알 수 있다고 하는데도 그랬다. 유럽에서 일어난 일이고, 거리도 먼 서울까지 방사능이 흘러왔을 리도 없는데 우리 세대에는 왜 그런 말이 퍼진 걸까. 알 수 없었다.

바람을 타고 왔겠지! 땅밑으로 흘러왔거나! 이십년 동안 아주 조금씩, 천천히 흘러왔을 수도 있잖아. 새들이 몸에 묻혀 왔을 수도 있지!

친구들이 맥주를 마시며 어깨에 잔뜩 힘을 주고 말했다. 다른 친구들이 이십대가 지난 후에도 줄곧 그런 생각을 했는지 안했는지 확인해보지는 않았다. 하지만 나는 우리 중 몇명은 체르노빌의 아이들처럼, 갑상선암 환자로 판명되어 비참하게 죽을 거라고 생각했다. 그렇게 마음먹지 않으면 오히려 내게 다가올 불행을 감당할 수 없을 것 같아서 불안감이 더 커졌다. 나 스스로를 잠재적 암 환자로 규정하는 것이 오히려 편했다.

청계천이 복개된 즈음에도, 2006년에도, 지금도 나는 황학동 주민이다. 청계천이 복개되기 이전의 황학동은 어지럽고 복잡해서 길을 잃기 쉬웠다. 지금은 가게들이 난전 형태를 벗어나 구획별로 잘 정리가 됐다. 그런데도 나는 요즘의 황학동에서 더 자주 길을 잃는다. 미로가 없어지고 일자로 잘 정리된 골목을 걷다보면 어느새 내 몸은 복개된 청계천에 닿는다. 구조가 훨씬 더 단순하고 깨끗해졌는데 왠지 인상적인 장면이 없다. 낮달이 걸린 황학동의 하늘은 내가 조금씩 늙어가는 것처럼 전보다 생기가 없고 밋밋해 보인다. 높은 신축건물의 옥상 모서리와 대치하고 있는 황학동의 또다른 하늘은 금세 터질 것 같은 얼굴일 때도 있다. 어쩌면 이건 그냥 편견이다. 아니 질투다. 사람은 늙고 병들지만 도시는 늘 새롭게 변모한다는 것에 대한 질투! 도시는 늙을 새도 없이 변화한다. 도시는 좋겠다.

프리창고를 찾아오는 손님들이 편하게 길을 찾게 해주고 싶어 오는 길을 설명하는 글을 썼다. 누가 봐도 쉽게 찾을 수 있도록 지하철역에서 걸어나오는 것부터 시작해 몇번이나 동선을 그렸다.

지하철 2호선을 타시고 신당역에서 내려 2번출구로 나옵니다. 나오자마자 기업은행이 보입니다. 기업은행 정문 앞을 바라본 상태에서 좌회전하신 후 그 길을 따라 몇발짝만 걸어가면 중앙시장 입구죠. 흔히 아시는 천막 친 재래시장의 모습과 똑같습니다. 시장 안쪽으로 들어가지 마시고 입구에 서서 조금만 눈운동을 하시면 노란색 바탕 위에 '신당창작아케이드'라고 적힌 간판이 보입니다. 그 간판 아래로 머리가 닿을락 말락 한 높이의 좁은 길이 나 있는데 그곳으로 걸어내려가서 출입문을 열면 놀랍게도 긴 지하통로가 나옵니다. 작고 신기한 유리문 너머에 울퉁불퉁한 돌이 깔린 길이 있죠.

출입문에서 가까운 쪽에는 횟집과 식당 들이 많습니다. 그러나 긴 지하통로를 따라 어느정도 걸어가다보면 작가들의 공방이 나옵니다. 공방을 다 구경하고 지하통로 끝까지 걸어오면 책상 앞에 앉아 있는 경비 아저씨가 보입니다. 아저씨와 눈인사를 나눈 뒤 왼쪽으로 돌면 지하통로의 마지막 출입구가 나오죠. 지하를 통해 중앙시장 끝까지 걸어가신 겁니다.

계단을 올라와 출입구로 나오면 주방용품을 파는 가게들이 보입니다. 거기서 좌회전해 들어가면 바로 황학동이죠. 그러나 저희 프리창고는 황학동 안에 있지 않습니다. 차도 반대편, 가구단지 안의 어린이놀이터 바로 앞에 있습니다. 잘 모르시겠거든 어린이놀이터 앞 공터에서 재봉틀을 놓고 옷 수선하는 분들을 찾으세요. 바로 그 수선가게 앞에 있는 2층짜리 흰색 건물, 건물 표면에 검은 줄이 죽죽 가 있는 곳이 프리창고입니다. 환영합니다!

잔뜩 복사를 해놓고는 어디에도 돌리지 못한 전단지가 창문을 열 때마다 책상 위에서 한 장씩 떨어졌다. 프리창고 바로 등 뒤에서는 고층빌딩을 짓느라 하루종일 포클레인 소리가 끊이지 않았다. 창고 뒤에 있던 낡은 건물을 부순 후 바로 건설사가 땅을 파기 시작했다. 현장 소음이 대단했다. 어떤 때는 내가 앉아 있는 벽을 뚫고 포클레인 주둥이가 들어와 나를 의자째 달랑 들어낼 것만 같았다. 나와 포클레인 사이에는 얇은 벽이라도 있었지만 창고 앞 놀이터에서 옷을 고치는 여자들은 얇은 천 한 장 가리지 않고, 패널로 된 벽 하나 없이 내내 길거리에서 그 소음을 들으며 끄떡도 하지 않고 버텼다. 저렇게까지 하면서 살아야 하다니, 여자들을 보면 가끔 화가 났다. 20층짜리 주상복합건물은 그러거나 말거나 기초공사를 끝내면서 나날이 높아졌다. 그 건물 지하에 최신식 싸우나가 생긴다니 일에 찌든 황학동 여자들이 모두 그리로 목욕을 가 몸을 풀고 기분이 좋아지면 그것도 나쁘지 않으리라. 매일 굳은 얼굴로 재봉틀을 돌리던 사람이 뽀글뽀글 끓어오르는 더운물 속에 표정 없이 앉아 있는 장면을 상상한다. 시간이 몇초 흐르고 서서히 입가에 퍼지는 미소!

프리창고의 원조인 제일창고는 처음에 얼마만했을까. 가구단지 쪽으로 이사 오기 전에는 아마도 다섯 평, 어쩌면 더 작았을지도 모르겠다. 말이 창고지 그냥 고물상이었는지도 모른다. 창고가 조금씩 수평으로 넓어진 건 다 엄마 덕분이었다. 엄마가 작은 고물상을 낡은 건물이나마 임대해 지금의 창고사업으로 키우기까지 장장 이십년이 걸렸다. 그런 기적이 있을까. 그건 기적이었고 대대적인 성공이었다. 나는 그런 기적을 내 생애 안에서 이룰 자신감이 조금도 없었다.

내가 이런저런 일들을 실패하고 엄마와 아버지 집으로 다시 들어갔을 때 아버지는 몸이 좋지 않은 상태였다. 집이 몹시 지저분했다. 낡은 빌라이긴 했지만 방이 세 개나 되었는데 여유공간이 전혀 없고 짐이 너무 많았다. 내가 들어갈 방이 없어서 집을 치울 수밖에 없었다. 치우기 시작한 지 몇분 지나지 않아 비위가 상했다. 아버지는 방 하나를 온통 쓰레기들로 가득 채워놓았다. 쓰지 않는 플라스틱을 담은 비닐봉지 안에서는 지독한 새우젓국 냄새가 풍겼다. 비닐봉지를 거꾸로 들고 플라스틱을 다 꺼낸 뒤 새우젓국통을 찾았지만 실패였다. 또 장롱 틈이며 옷장 아래에서는 종이가방을 딱지처럼 작게 접어 끼워둔 것들이 계속 쏟아져나왔다. 그뿐만이 아니었다. 용도를 알 수 없는 작은 스테인리스관들이 수십 개, 손잡이가 잘려나간 프라이팬, 연결호스 없는 낡은 가스레인지, 쓰지 않는 녹슨 칼 들도 수십 개였다.

병원에서 돌아온 아버지는 버리기 위해 현관문 밖 한쪽 구석에 내놓은 물건들을 보고 잔뜩 인상을 쓰며 크게 화를 냈다. 그러더니 묵념이라도 하는지 잠깐 동안 물건들 앞에 선 채 눈을 감고 있기까지 했다.

내가 치울 테니 넌 손대지 마라!

나에겐 쓰레기에 불과한 것들이 아버지에게는 그렇지 않았던 모양이다. 아버지는 그 물건들이 무슨 중요한 것들이라도 되는 양 보관하고 있었지만 그냥 쓰레기들이었다. 불같이 화를 낸 아버지도 그 물건들을 다시 집 안으로 들여놓지는 못했다. 그러기에는 기력이 너무 달렸다. 쓰레기들을 모으느라 몸이 닳아버린 아버지를 보고 있으면 어이가 없어서 웃음이 났다. 다른 사람이 버린 쓰레기가 아버지에게 와서 쓰레기가 아닌 무엇이 되다니. 그리고 아버지는 쓰레기가 되었다. 아니 한 줌 재로 변했다.

김영출씨가 운영하던 창고를 물려받아 처음으로 문을 열었을 때 귀여운 창고요정이라도 살고 있을 줄 알았던 나는 좀 실망했다. 그곳은 그냥 덩치가 큰 고물들의 집합소였다. 근처 주방용품 가게에서 공간이 부족해 옮겨다 보관중인 양은냄비, 식판 따위가 천장 끝까지 포개져 있고, 연극무대에서나 쓸 것 같은 화려한 색깔의 낡은 벨벳 쏘파들 역시 포개진 채 쌓여 있었다. 노끈으로 묶어 쌓아둔 야전점퍼더미는 흉물스럽기까지 했고 똑같이 생긴 인형 수백 개가 든 플라스틱 상자를 열었을 때는 동그란 눈동자들이 일제히 커지며 나를 노려보고 말했다.

언니, 우리를 꺼내줘요.

오래된 악기들부터 낡은 가구들, 화가를 알 수 없는 똑같은 그림 수십 점과 조악하기 짝이 없는 유리컵 수십 상자까지, 보관중인 물건은 다양했다. 온갖 앤티크 제품부터 고장난 시계에 놋쇠 고물, 손 때 묻은 레코드판, 내용을 알 수 없는 책들, 이상하게 생긴 전자기구, 너구리같이 생긴 용도를 전혀 알 수 없는 크고 작은 발전기들까지, 내가 보기에는 다 쓰레기들이었다.

일단 맡긴 물건을 찾아가라는 광고문을 붙였다. 엄마가 손으로 빼곡하게 작성한 장부를 뒤적이면서 물건을 맡긴 사람들에게 전화를 걸었다. 놀랍게도 엄마의 장부는 완벽했다. 맡긴 사람도 잘 기억하지 못하는 걸 엄마는 수량과 물건 상태까지도 정확하게 적어둔 것이었다. 창고 안에 있는 물건마다 매단 붉은색 노끈에 표시된 물건의 부피와 위치, 물건 한가운데 붙인 종이 라벨, 그리고 장부에 적힌 물건 내역이 완벽하게 맞아떨어졌다.

그냥 내버려요. 나 그 장사 접었어. 그래도 그때가 좋았네.

그렇게 말하는 분들의 물건은 죄송하지만 창고에서 꺼내 즉시 밖으로 내갔다. 그러면 엄마를 도와 일하던 황학동 고물귀신이라는 아저씨가 리어카에 물건을 실어 어딘가로 가져가버렸다. 아저씨가 그런 쓰레기들을 모아 비싼 값에 전위예술가들에게 팔아 을지로에 빌딩을 샀다는 소문은 사실일까? 아저씨는 리어카에 모터를 달아 많은 힘 들이지 않고 끌고 다니는 아이디어맨이기도 했다.

미안하지만 싸게 쳐줄 테니까 제일창고에서 살래요? 엄마한테 장충동 아줌마라고 하고 물어봐요. 엄마는 모르는 게 없잖아. 엄마 바꿔줘요.

그렇게 말하는 분들의 물건도 죄송하지만 그냥 밖으로 뺐다. 황학동에서 장사하는 분들은 물건을 몇주 지나지 않아 찾아갔지만 전화 연락이 되지 않는 사람도 많았다. 그 물건들 때문에 내가 오히려 처리비용을 지불해야 했다는 걸 주인들이 알게 하기 위해 일일이 영수증을 남겼다.

한달 동안 1층, 2층 창고를 열심히 치웠다. 마지막으로 2층에 남아 있는 물건들을 1층으로 다 옮겼다. 2층은 사무실과 텅 빈 창고 하나만 남았다. 매일 대걸레로 창고 바닥을 닦았다. 나중엔 하도 닦아서 반짝반짝했다. 스케이트를 타도 좋겠다고 말한 건 짜장면 배달 청년이었다. 운동화를 신은 청년이 창고 바닥을 뛰어다니며 좋아했다.

김영출씨에게 전화를 걸었다. 2층의 빈 창고에 뭘 하면 좋을지 물어보고 싶었다. 그러나 산으로 간 사람은 전화를 받지 않았다. 엄마의 친구들도 엄마를 본 지 오래되었다고 말했다. 그러거나 말거나 김영출씨가 물려준 통장에서는 꼬박꼬박 월세가 빠져나갔다. 반면에 들어오는 돈은 하나도 없었고 식비며 각종 공과금에 이런 저런 잡비까지, 물려받자마자 창고 문을 닫을 판이었다. 김영출씨가 돌아와 나의 무능력을 문제 삼아 싸인한 종이를 찢고 자존심을 건드리는 일은 일어나지 않아야 했다.

시장 사람들에게 돌린 전단지는 전혀 효과가 없었다. 누군가는 문구가 너무 길어서 읽기도 싫다고 했고 창고에 맡길 물건 따위는 가지고 있지 않다고도 했다.

석달 동안 창고 운영에 도움이 될 만한 아무 일도 일어나지 않았다. 황학동의 찜질방으로 피씨방으로 교회로 놀이터로, 청계천변의 오래된 건물들 안에까지 찾아들어가 전단지를 돌렸다. 나중엔 전단지만 봐도 구역질이 났다. 그러다가 텅 빈 창고 앞에 우두커니 서 있으면 다시 의욕이 생겼다.

그러던 어느날 밤 신당창작아케이드로 들어갔다. 걸어다니다가 한 식당에 붙어 있던 새우볶음밥이란 메뉴를 본 게 갑자기 떠올랐고 그걸 먹으면 허기가 좀 가실 것 같았다. 결론적으로 말하면 새우볶음밥에 새우는 몇개 들어 있지 않았지만 새우 향내만큼은 풍부해서 신경이 좀 느긋해졌다.

오가는 사람이 많지 않은 아케이드는 천장이 몹시 낮고 물고기 뱃속처럼 고요했다. 유니폼가게 앞에 서서 안을 보고 있으면 웃음이 났다. 세상의 모든 유니폼을 구경하고 길게 늘어선 공방들을 하나씩 다 들여다봤다. 등을 돌린 채 책상 앞에 붙어앉아 노트북 화면을 들여다보거나 눈앞의 재료를 명상하듯, 꿈꾸듯 노려보고 있는 사람들을 방해하지 않으려고 천천히 지나갔다. 기하학적인 디자인으로 인쇄된 포스터가 붙은 공방 앞에 서서 휴대폰으로 사진을 찍었다. 앙증맞은 귀고리의 제작을 끝내고 막 진열대 위 선반에 꽂으려던 여자가 나를 보고 씩 웃었다. 불그름하게 충혈된 눈이 잠시 마음에 남았다.

어떤 날 밤의 일이었다. 아케이드에 전기가 나갔다. 아주 짧은 시간이었는지도 모르겠다. 아무것도 보이지 않았다. 키득키득 웃음소리가 들리고 순간 나는 밤에 돌아다니는 아케이드 정령이 된 것처럼 양팔을 앞으로 내민 채 어두운 복도를 걸었다. 한 발짝씩 걸음을 뗄 때마다 눈앞이 조금씩 환해지면서 길이 드러났다. 내 목에는 방사능 오염 측정기가 장난감처럼 매달려 있었다. 어두운 길이 갈색으로 환해지고 프리퍄트로 들어가는 길목이 보였다. 울퉁불퉁한 진흙길. 목에 측정기를 매단 프리퍄트의 아이들이 퀭한 눈으로 날 쳐다봤다. 저만치 앞에서 덩치 큰 남자들이 디지털 방사능 오염 측정기를 손에 들고 하늘을 향해 높이 올린 채 버튼을 눌렀다. 숲은 가지만 남은 회색 나무들이 우거지고 어디선가 우수수, 소리가 들리며 땅이 흔들렸다. 발이 빠지고 발목까지 빠지고 아이들이 자꾸 나를 불렀다. 멀리서 눈을 반짝이며 늑대들이 나를 쏘아봤다. 아이들이 소리를 질렀다.

종소리가 들리니? 스무 번의 종소리가 들리니? 여기 오면 안돼.

여기저기서 천천히 라이터나 랜턴이 켜졌다. 누군가 랜턴을 흔들었다. 그러다 불이 켜졌을 때 나는 한복가게 유리창에 얼굴을 대고 있었다. 타월가게, 털실가게를 채운 촌스럽고 울긋불긋한 색깔들과 프리퍄트의 거리 풍경이 겹쳐졌다. 손바닥이 땀에 젖어 있었다.

저는 1986년 4월 26일, 구소련의 체르노빌 인근 도시 프리퍄트에 살고 있었습니다. 체르노빌의 원자력발전소 화재사고로 우리 모두 그곳을 떠났어요. 저는 어쩌다 어쩌다 바람을 타고 황학동까지 왔습니다. 프리퍄트는 이내 사람이 살지 않는 유령도시가 됐지만 많은 노인들이 다시 돌아갔습니다. 암에 걸렸지만 그곳에서 죽고 싶다면서 다시 돌아갔지요. 저는 프리퍄트의 이름을 딴 프리창고를 운영합니다. 제 운명은 암에 걸려 죽는 것입니다. 저는 다 알고 있어요. 저처럼 자신이 암에 걸려 죽을 거라 생각하시는 분들, 죽은 친구가 남긴 짐을 맡기실 분들, 어디론가 떠나 나타나지 않는 분들의 짐을 맡아줄 프리창고로 오세요.

포클레인 소음이 다른 날보다 지독하게 컸던 어느날 다시 전단을 만들었다. 지난번에 만든 것보다 분량은 짧지만 더 강렬해서 마음에 들었다. 그건 어쩌면 내가 할 수 있는 마지막 액션이었다.

전단지를 반으로 접어 손으로 누른 뒤 가방에 넣고 지하 아케이드로 내려갔다. 나를 구할 사람은 좁은 가게에 앉아 작은 무언가를 만들고 있는 예술가들뿐이라는 확신이 들었다. 열린 문틈으로 종이를 한 장씩 밀어넣기도 하고 아직 집에 가지 않고 작업중인 예술가들에게는 직접 전달하기도 했다. 전단지가 떡볶이받침으로 사용되든, 쓰레기통으로 들어가든 상관없었다.

전단지를 다 돌리고 밖으로 나갔을 때 황학동은 황사에 가려 잔뜩 어두웠다. 길을 건너 놀이터 앞을 지나갈 때 수선집 여자들의 재봉틀 위에는 주홍색 스탠드가 켜져 있었다. 재봉틀은 계속 돌아가고 여자들은 내가 내미는 전단지는 펴보지도 않은 채 계속해서 드르륵드르륵 힘차게 재봉틀만 돌렸다.

며칠 뒤 첫번째 손님이 찾아왔다. 나는 의자에서 벌떡 일어나 상체를 반쯤 숙인 채 공손하게 인사했다.

어서 오십시오. 뭘 도와드릴까요?

긴 밍크코트 아래 파란색 파자마를 입은 채 거리로 나온 여자였다. 머리가 큰 데 비해 몸은 아주 마른 것 같았다. 온몸에서 향수 냄새가 나고 담배 냄새가 나고 또 알 수 없는 이상한 냄새가 복합적으로 풍기는 좀 부담스러운 여자였다. 여자는 굵은 웨이브가 진 긴 머리를 손가락으로 빗으며 크고 검은 눈을 깜빡거리며 말했다.

트렁크 좀 맡아줘요. 삼개월 정도만.

나는 1층으로 내려가 계단 아래 놓인 두 개의 트렁크를 2층 창고로 끌어올렸다. 트렁크에 지역을 잘 알 수 없는 공항 수하물표가

덕지덕지 붙어 있었다. 전표를 쓰고 연락처를 입력하고 보증금을 지불하는 동안 여자는 계속해서 휴대폰을 만지작거렸다. 보관증을 내밀자 여자는 간단한 연락처를 적었고 내용물 칸에 굳이 영어로 'clothes'라고 썼다. 그리고 손을 들어 여러번 이마를 문질렀다. 왠지 생각이 많은 얼굴!

커피 드릴까요?

다음날 찾아온 손님도 역시 여자였다. 허리를 묶는 단정한 검은색 코트에 머리를 어깨까지 내린 차림새의 조용해 보이는 여자였다. 여자는 나를 데리고 내려가 뒤쪽 건물 공사장 안전울타리 옆에 주차한 차 트렁크를 열었다. 우리는 여러개의 가방에 담긴 짐을 들고 다시 창고 사무실로 올라갔고 여자는 두 다리를 붙인 채 바른 자세로 앉아 보관증을 썼다.

이혼을 했는데 처리하기 곤란한 짐이 남았네요. 부탁할게요.

커피 드릴까요?

2007년, 2008년, 2009년…… 숫자가 하나씩 물결처럼 겹치며 흘러 사라졌다. 나는 조금 더 늙었지만 아직 갑상선암에 걸리지는 않았다. 나는 가끔 밤에 내 고향인 프리퍄트로 걸어들어가는 꿈을 꾸었다. 짙은 먹구름 아래, 야생동물들이 서식하는 숲을 지나면 프리퍄트 지명이 적힌 안내판이 나왔고 도시로 들어가는 길은 내내 어둡고 강한 바람이 불었다. 방사능 오염을 피해 그곳을 떠났던 할아버지 할머니 들이 죽을 날만 기다리며 마른 빵을 뜯어먹고 있었다. 그들이 창을 열고 나에게 어서 오라고 손짓했다. 가도 가도 하늘은 어두웠고 먹구름은 점점 더 머리 위로 가까이 내려왔다. 숨은 가빴지만 이상하게 마음은 편했다.

산에는 왜 자꾸 가?

내가 엄마에게 물었다. 제일창고 창업 1세대인 김영출씨는 서울 근교를 벗어나 전국 규모의 등반을 하고 있었다. 어느날 보니 그녀는 나보다 더 건강하고 혈색도 좋았다. 처음에 산 등산복이 너무 낡았다며 새것으로 구입하기 위해 시장에 들렀다고 했다.

그럼 내가 이 나이에 교회에 가리? 아님 성당에 갈까? 너 같으면 어디로 갈래?

참 이상한 사람이었다. 김영출씨의 제2의 인생은 정말이지 이해할 수 없었다. 그녀는 맥심 커피 한 잔을 마시고 또 벌떡 일어나 산으로 가버렸다.

창고는 남아 있는 공간이 없을 정도로 성업중이다. 나도 성공을 한 것인지도 모르겠다. 이 일의 나쁜 점은 다른 사람의 인생에 관해 조금은 짐작하게 된다는 것이었다. 그러나 그것 말고는 별로 단

점이 없었다. 회원들 모두 연체 없이 임대료를 꼬박꼬박 냈고 지켜야 할 룰도 아주 잘 지켰다. 단 하나, 처음에 주의를 주었는데도 불구하고 잘 지켜지지 않는 건 창고 안에 촛불을 켜놓으면 안된다는 점이었다. 사람들은 창고에 들어오기만 하면 습관처럼 촛불을 켜놓았다.

한 고객은 연애하던 남자친구가 사고로 죽은 뒤 여행으로 세월을 보냈다. 일을 하고 돈이 생기면 또 여행하기를 멈추지 않았다. 그녀는 프리창고 2층 한 코너에 남자친구가 쓰던 책상을 날라왔다. 책상에는 남자친구가 쓰던 다이어리, 노트북, 컬러펜, 좋아하는 책들이 그대로 놓여 있었다. 휴대폰은 늘 거치대에 올려두어 배터리가 충전중인 상태였다. 그녀는 가끔 창고에 와 남자친구가 좋아하던 노래를 작게 튼 뒤 혼자서 즐거운 시간을 보냈다. 나는 그냥 커피를 한 잔 갖다주고 그녀가 춥지 않게 온열기를 들고 가 그녀 옆에 틀어주면 되었다. 그녀는 자꾸만 전화를 걸었다. 거치대에 놓인 휴대폰이 부르르 떨렸고 그동안 여자는 남자친구의 휴대폰 컬러링을 들으며 눈을 감았다.

또 한 고객. 그는 기타를 배우던 음악도였다. 그는 미국 유학 시절 늘 한국음악과 서양음악을 접목한 새로운 스타일의 기타 연주를 꿈꾸며 지독하게 힘들었지만 행복한 시간을 보냈다. 그러던 중 어느 겨울날 버스에서 내리던 순간이었다. 오른쪽 손끝이 마비되는 듯한 느낌이 들었고 환한 겨울 햇빛을 뚫고 소호 쪽으로 걸어가던 그는 자신을 짓누르는 이상한 운명의 예감 때문에 한쪽 골목길로 걸어들어갔다. 그는 걸음을 멈춘 채 마비된 듯한 손가락을 가만히 내려다봤다.

그는 공부할 때 쓰던 기타와 악보를 모두 옮겨다놓았다. 지금은 칠 수 없지만 그에게 기타는 버릴 수 없는 물건이었다. 그는 기타를 반질반질 윤이 나게 닦거나 줄을 조율하는 일로 시간을 보내다 돌아가곤 했다. 가끔 그가 고개를 돌려 오후의 햇빛이 비치는 창쪽을 내다볼 때면 나는 소름이 끼쳤다. 세상의 어떤 연주자보다 멋있어 보여서 하마터면 뒤에서 그를 안을 뻔했다.

채 꽃피우기도 전에 병으로 세상을 떠난 딸이 보던 책을 모두 맡긴 고객도 있었다. 다른 가족들은 딸을 잊었지만 그녀는 시간이 갈수록 기억이 더 생생해졌다. 부유하게 지내던 시절 부엌 찬장을 가득 채웠던 화려한 외국산 도자기접시와 옷장 속의 홈웨어를 한보따리 가져와 맡긴 고객도 있었다. 직장생활에 잔뼈가 굵은 한 남자 공무원은 대한민국 사람이라면 누구나 아는 한 여자 연예인의 기사만 모은 두툼한 스크랩파일을 맡아달라고 했다. 아내에게 들켜 싸이코 소리를 듣고 파일을 뺏기는 건 그 배우에 대한 예의가 아니라는 거였다. 파일의 내용은 기사 밑에 일일이 적은 신문명과 제목, 그리고 간단한 그의 감상이었다.

한 사진작가 고객은 아예 창고 한편 밀폐된 방에 암실을 차렸다. 그는 신당창작아케이드에 입주해 있던 한 금속공예 작가의 친구였다. 그의 수동 인화기는 어둠속에서는 그냥 고물덩어리였지만 그가 나타나면 다른 물건이 되어 반짝거렸다. 그가 다녀가면 창고 안은 알 수 없는 활기가 돌았고 무엇보다 그가 쓰는 향수 냄새가 창고 내부에 오래 남아 사무실 문을 여닫을 때마다, 창고로 들어갔다 나올 때마다 내 혼을 빼앗곤 했다.

　오랫동안 수집에 관한 명성이 자자한 황학동 주민들은 지역 특성인지 개성인지 좀 특이한 걸 맡겼다. 베트남전 참전기념 물품과 계급장 그리고 군복, 엽총 같은 조금은 무서운 물건들이었다. 아저씨들은 주름이 자글자글하게 다 늙었으면서도 아직도 군복을 입고 붉은색 계급장을 단 채 창고로 올라와 반질반질한 구두 앞코를 빛내며 어슬렁거렸다.

　물론 이 창고엔 프리퍄트 코너도 있다. 아무에게도 공개하지 않은 나만의 기념품들이 모여 있는 곳.

　원숭이 좀 받아줄래?

　집에서 키우던 악어가 있는데.

　의외로 주문이 많은 게 집에서 키우던 애완동물을 맡아달라는 부탁이다. 그러나 아직 그런 건 받아줄 수 없다. 하지만 곧 애완동물도, 혐오동물도, 오갈 데 없는 유골도, 멈춰버린 시계도 다 받아줄 생각이다. 죽음, 기억, 추억. 보관할 수 없는 것을 보관해주는 것이 프리퍄트창고의 영업방침이기 때문에.

어떤 싸움

영화 상영이 중단되려는 순간 여자는 구두 뒤축에 붙은 뭔가를 떼어내느라 몸을 낮춘 채 화면만 쳐다보고 있었다. 클라이맥스를 향해 치닫던 장면에서 여러번 필름이 끊어졌다 이어지기를 반복하다가 결국 끊어져버렸다. 크지 않은 소리였지만 순간 여자는 "이런." 하고 발을 구르며 짧게 불만 섞인 소리를 뱉어냈다.

영화 상영이 중단되려는 순간 여자는 구두 뒤축에 붙은 뭔가를 떼어내느라 몸을 낮춘 채 화면만 쳐다보고 있었다. 클라이맥스를 향해 치닫던 장면에서 여러번 필름이 끊어졌다 이어지기를 반복하다가 결국 끊어져버렸다. 크지 않은 소리였지만 순간 여자는 "이런." 하고 발을 구르며 짧게 불만 섞인 소리를 뱉어냈다. 서울에서 처음 상영하는 필름은 아니었지만 언제 또 상영할지 알 수 없는 일이었다. 영화 기획전이 열릴 때마다 여자는 늘 그 영화를 마지막으로 보는 것인지도 모른다는 심정으로 지켜봤다. 그래서 여자는 무척 당황스러웠다. 아니 그보다 훨씬 더 복잡하고 실망스러운 심리 상태여서 어떻게 해야 할 줄을 몰랐다.

상영관 밖 로비는 몹시 덥고 건조했다. 사람들이 로비에 나와 서서 영화가 다시 상영되기를 기다리며 시간을 죽였다. 여자는 멍하니 사람들이 들고 나는 출입문 쪽을 바라보고 있었다. 문을 여닫을 때마다 맵찬 바람이 밀려들어왔다. 여자는 화장실로 들어가 벽을 따라 여러 면에 걸쳐 붙어 있는 거울 앞에 섰다. 손목시계를 내려다보고 시간을 확인했다. 오후 여덟시. 영화는 겨우 한시간 정도 상영하고 중단되어버렸다. 불룩한 가방 안에서 화장품이 든 파우치를 찾기까지 꽤 시간이 걸렸다. 정리정돈을 해 가지고 다닌다고 해도 가방 안은 늘 지저분했다. 여자는 겨우 파우치를 꺼내 립글로스를 바르고 손을 씻은 뒤 거울을 들여다봤다. 아직도 관객들은 로비에 모여 서 있었다.

지금까지 여자가 그나마 쉬지 않고 해온 일이라고는 씨네마떼끄에서 영화를 본 것뿐이었다. 다른 사람들처럼 동남아의 가난한 나라, 아프리카의 가난한 나라 어린이들을 위해 매달 일이만원의 후원금을 보내거나 교회에 헌금을 하는 대신, 여자는 이 오래된 건물에 있는 씨네마떼끄를 후원하기 위해 해마다 십만원의 회비를 냈다. 그리고 씨네마떼끄에서 하는 모든 행사에 거의 다 참가했다. 장마철이 끝난 한여름, 모두가 휴가를 떠난 뒤에도 여자는 극장에 와 소수의 관객들과 같이 앉아 영화를 봤다. 여자에게 영화란 영화 이상이었다.

사람들이 데이트를 할 때, 호감이 가는 상대라면 어떻게 해서든 마음에 들기 위해 사전준비라는 걸 하듯이 여자도 영화를 보기 위한 나름대로의 준비를 했다. 지난주에는 백화점에도 갔다. 여자는 하루종일 백화점 매장을 층층마다 돌아다니는 다른 여자들을 미쳤다고 생각했었다. 하지만 그날은 여자도 1층 안내컴퓨터 앞에서 매장 지하부터 꼭대기까지 입점해 있는 가게들의 위치를 차례차례 일별했다. 사람들이 많이 모이는 곳에 가는 건 싫어하지만 많은 사람들 사이에 홀로 서 있는 것은 견딜 만했다.

그런대로 무난하게 입을 수 있을 것 같은 블라우스 하나를 골라 입어보고 구매하기까지 채 십분도 걸리지 않았다. 여자는 종이가방을 싫어해서 폴리비닐백에 옷을 넣어달라고 한 뒤 가방에 집어넣었다. 화장실에 다녀와 엘리베이터를 기다리던 여자는 갑자기 공포감에 빠져들었다. 밖이 보이지 않는 공간에 있다는 사실, 어느 순간 종잇장 구겨지듯 건물이 내려앉을 수도 있다는 공포감이 여자를 허둥거리게 만들었다. 여자는 엘리베이터를 기다리지 못하고 빠른 걸음으로 상점들을 지나 에스컬레이터를 탔다.

여자는 공포감을 이겨낼 수 있는 장면을 떠올렸다. 지금까지 간 곳 중 가장 좋아하는 장소인 매립지 언저리의 해양공원 풍경이었다. 여자는 가끔 그곳에 갔던 생각을 하면서 웃곤 했다. 주인이 버리고 간, 피부병에 걸린 개 한 마리만이 파르르 떨며 공원을 산책하고 있었다. 그 개 말고는 주변에 아무것도 없었는데 개마저도 곧 어딘가로 사라져버렸다. 작은 러그를 하나 가져가 모래 위에 깔았다. 그리고 그 위에 누워 책을 들고 매립도시를 연결해주는 활처럼 휘어진 다리와 빌딩 들을 뒤로한 채, 앞에서 찰랑거리는 바다를 보기만 하면 되었다. 그 흔한 까마귀 한 마리 없는 풍경이었다.

그곳에 있을 때 여자는 처음으로 머릿속에서 더이상 나쁜 장면이 떠오르지 않는 순간도 존재한다는 걸 경험했다. 늘 머릿속에 꽉

차 있던 죽은 사람의 박살난 얼굴, 대문에서부터 현관까지 철철 흘러넘친 핏자국, 시퍼런 멍이 든 늘어진 살갗, 눈알은 빠졌음에도 입은 방긋방긋 웃고 있는 봉제인형, 끌고가던 여행가방이 터지면서 떨어진 붉은 피가 묻은 신발 한 짝, 아무것도 모른 채 묵묵히 여행가방을 끌고가는 어깨가 넓은 남자. 폭력영화의 잔인한 장면처럼 불시에 공격해오던 나쁜 이미지들이 그곳에서는 더이상 떠오르지 않았다.

여자는 왜 그런지 늘 그런 쓰레기 같은 환영에 시달렸다. 처음엔 인터넷의 꿈풀이 싸이트에도 들어가보고 관련 책도 읽어보고 정신분석 책까지 찾아봤지만 소용없었다. 그 문제에 집중하면 할수록 나쁜 장면은 점점 더 자주 보였고 어느덧 서서히 여자의 일상 안으로 들어왔다.

그 매립지의 해양공원에서만은 괜찮았다는 게 신기했다. 시간이 갈수록 기온은 점점 오르고 살찐 해파리들이 자진해서 해안선으로 기어올라왔다. 손가락으로 투명한 몸을 찔러보고 발가락 끝으로 툭툭 치면서 놀았다.

저 멀리, 또 누군가 여자처럼 혼자서 옷을 홀랑 벗고 누웠다 일어섰다 하며 두 팔을 흔들며 놀았다. 저쪽에 있는 사람도 이쪽에 있는 여자도, 조용한 해안을 가로질러 산책 따위는 하지 않았다. 그저 자기 앞에 주어진 만큼의 해변, 자기 앞에 주어진 만큼의 햇빛만 홀로 받고 있었다. 평화로웠다.

여자는 적극적으로 그런 풍경 속으로 숨었다. 적어도 호기심 하나만 가지고 다른 사람의 시간에 불쑥 끼어드는 일 따위는 절대로 하지 않았다. 여자는 그런 사람들을 경멸했다. 그건 어쩌면 강도살인보다 더 나쁜 일일 수 있다고 여자는 늘 생각해왔다. 그래서 여자는 일정한 나이 이후에 언제나 혼자였다. 풍경이 있어서 외롭지는 않았다.

관객들이 아직도 로비에 모여 서 있었다. 여기저기서 휴대폰 벨소리가 울리고 커피머신 돌아가는 소리가 들려왔다. 복도로 나온 여자는 기둥 위 베르너 헤어조크의 흡혈귀영화 포스터를 물끄러미 바라봤다. 여자는 흡혈귀의 손가락 끝에 아슬아슬하게 붙어 있는 긴 손톱을 손으로 쓰다듬었다. 그때 씨네마떼끄 관계자인 한 남자가 영사실에서 나와 로비 한가운데로 걸어왔다. "관객 여러분, 오래 기다리시게 해서 정말 죄송합니다. 최선을 다했습니다만 오늘은 영화 상영이 더이상 어려울 것 같습니다. 빠른 시일 내에 재상영 일정을 잡아 이메일로, 문자메씨지로 알려드리도록 하겠습니다. 그럼 오늘은 편안히 돌아가십시오. 정말 죄송합니다."

하늘이 무너지는 것 같은 느낌으로 여자는 홀 천장을 올려다봤다. 아득한 기분이었다. 어느새 로비가 텅 비었는데 여자는 그때까지도 한가운데 우두커니 서 있었다. 누군가 실수로 떨어뜨리고 간 빨간색 장갑 한 짝이 탁자 끝에 걸쳐 있었다. 여자는 탁자로 다가가 장갑을 가로로 세로로 늘려보고, 닳아 해진 곳이 있는지 살펴봤다. 그러다 급히 몸을 돌려 극장 쪽을 쳐다봤다. 영사실에서 무슨 소리가 났기 때문에 여자는 극장으로 들어갔다. 약한 조명이 켜진 가운데 여자는 앞쪽 자리로 가 앉았다.

영사실 쪽에서 사람들의 부산한 움직임이 느껴졌다. 필름은 계속 돌아가고 있었다. 영화는 끊어진 부분에서부터 조금 앞으로, 조금 더 앞으로 돌아가 상영되다가 아까 끊어진 그 장면에 이르면 다시 끊어지길 반복했다. 그리고 그때 여자는 보았다. 저만치 앞자리에 앉아 영화가 다시 상영되기를 기다리는 한 남자의 뒤통수를.

"영화가 언제 또 상영될지 모르겠네요." 로비를 나와 씨네마떼끄 건물을 뒤로하고 걷고 있을 때 먼저 말을 시킨 건 남자였다. 그런데 여자는 자기한테 하는 말인지 혼잣말인지 잘 알 수 없어서 가만히 걷기만 했다. "허무하네요." 이어 다음 말을 먼저 한 것도 남자였다. 여자는 남자가 이상하다고 생각하면서도 어쩔 수 없이 엘리베이터가 있는 곳까지 함께 걸어갔다. 엘리베이터는 좀처럼 올라오지 않았고 남자는 서둘러 계단으로 걸어내려가기 시작했다. 여자도 계단을 이용할 수밖에 없었다.

남자의 갈색 랜드로바 뒤축에는 흙이 묻어 있었고 등에 멘 등산용 배낭에도 어딘가에 격하게 쓸린 듯한 회색 먼지가 묻어 있었다. 예상대로 엘리베이터는 1층에서 남자들 몇명이 짐을 싣느라 수동으로 조작해 고정해둔 상태였다.

두 사람은 약간 사이를 둔 채 길을 건넜다. "자, 그럼 또." 남자가 머리를 숙이며 인사를 했다. 남자는 벌써 저만치로 뚜벅뚜벅 걸어가는데 여자가 소리쳤다. "저기요, 잠깐만요."

남자는 산에 다녀오는 길이었다. 영화를 좋아하지는 않지만 산에서 내려오면 곧장 영화를 보러 갔다. 산이 목적인지 영화가 목적인지 분명하지는 않았지만 최근 들어 영화 보는 일에 취미를 붙인 건 사실이었다. 회사에 다닐 때만 해도 한낮에 영화관에 가 앉아 있을 수 있는 사람들이 무척 부러웠다. 그런데 이제는 회사원인 듯한 남자들을 영화관에서 만나면 반갑다기보다는 왠지 걱정스러웠다.

일주일에 몇번씩 산에 올라가는 게 남자가 하는 일의 전부였다. 산에 다니기 시작한 게 언제부터였는지, 회사를 그만둔 다음해 봄 무렵부터였다는 건 분명했다. 스산하던 바람이 등산화와 옷소매 틈으로 조금씩 조금씩 밀려들어왔다. 이제는 산에 가면 자기가 사람이 아니라 바람의 일부이거나 풍경의 일부이거나 산 그림자의 일부처럼 느껴졌다.

처음엔 숨이 차고 다리가 아파 600미터 높이의 산을 채 반도 올라가지 못했다. 물을 마시고 또 마시고 초콜릿을 먹어가며 겨우겨우 반쯤 올라가곤 했다. 삼삼오오 모여 앉아 커피를 마시며 올라온 사람들에게 농담을 건네는 나이 든 여자들과는 눈인사도 하지 않았다. 대학 산악반 학생들이 외치는 힘찬 구호 소리 역시 외면했다.

그는 산에 오르는 걸 즐기기 위해 산에 오른 게 아니었다. 말하자면 그는 낙오자였다. 어느날 눈떠보니 낙오자가 되어 있었다고, 자기 입으로 떠들고 다니며 맥주나 막걸리를 얻어마시고 사람들에게 동정을 구하는 짓거리만큼은 죽어도 하고 싶지 않았다. 나름대로 주변정리라는 걸 시작했다. 옷들을 솎아내고 CD들을 버리고 아끼는 책도 버렸다. 자산 부채 현황을 엑셀파일로 만들었는데 더 파악할 것도 없이 더하고 빼고 나니 그냥 제로였다. 보험증서도 모두 모아 비닐파일에 넣었다. 상식적이고 그렇고 그런 인사말이 적힌 카드와 연하장 등은 다 버렸고 어릴 때 학교에서 받은 통지표, 졸업장, 사진 등은 따로 비닐파일에 넣고 번호를 매겼다.

그렇게 해서 남은 것들을 다 모아보니 겨우 라면박스 세 개 정도였다. 라면박스 세 개면 정리될 것들을 지금껏 끌고다니며 지키느라 애썼다는 게 믿어지지 않았다. 한편으로는 이렇게 내 것이라고 할 만한 변변한 게 없다는 사실이 감정을 격하게 만들기도 했다. 그럼에도 남자는 자신이 아직도 가진 게 너무 많다고 생각했다. 어린 시절의 기억들, 친구들, 동료들 그리고 좋아하던 물건들의 이름, 성능, 제작사에 관한 정보 등등. 사실 남자의 머릿속은 아직도 정리되지 않은 채 회사원이던 그때의 상황과 다를 바 없는 것들로 꽉차 있었다. 그나마 자식도 아내도 없어서 천만다행이라고 생각했다.

죽은 사람이 누구인지 단 한번에 알 수 있게 주소가 인쇄된 주민등록증, 운전면허증, 퇴사한 회사의 명함을 지갑에 항상 넣고 다녔다. 그리고 어서 빨리 그날이 와 모든 걸 깨끗이 끝낼 수 있기만 기다렸다. 일기도 이메일도 아무것도 쓰지 않고 휴대폰도 없애버리고 전화도 걸지 않았다.

어떤 날은 입에서 심하게 악취가 나기도 했고 또 어떤 날은 귀에서 피가 날 것처럼 머리통의 측면이 몹시 아프기도 했다. 너무 힘이 들면 음악을 틀어놓고 소리 내어 울기도 하고 물구나무도 섰다. 그래도 참기 어려울 때는 소주 여러병을 마시고 술에 취해 죽은 사람처럼 누워 잤다. 그러고 나면 온몸에 기운이 다 빠지고 슬퍼할 기력조차 없어져서 울려고 해도 울음이 나오지 않았다. 알코올이 몸에 있는 수분을 다 가져가버린 거라고 남자는 생각했다.

너무나 말이 하고 싶어지는 어떤 날에는 하루종일 혼자서 떠들었다. 이게 말이 됩니까. 저도 할 말은 많습니다. 산에 올라가보셨습니까. 제가 도대체 뭘 잘못했다는 겁니까. 이럴 수는 없습니다. 미친놈처럼, 반병신처럼 매일 산에나 다니는 놈의 심정을 당신은 모릅니다.

부동산 사무실에 살고 있는 방을 전세놓은 게 몇달 전이었다. 오래된 집이기도 하고 워낙 후진 동네라 방이 금세 나갈지는 알 수 없다고 했다. 그러나 방은 금세 나갔다. 돈이 다 준비되지 않았다며 잔금을 치르기 전에 이사부터 했으면 좋겠다는 제안을 흔쾌히 받아들였다.

잔금을 받기로 한 날 남자는 자기가 살던 그 낡은 기와집 문을 열고 들어갔다. 은행계좌로 송금을 해도 되는데 남자는 언제 또 집을 볼 수 있을지 모른다는 생각에 굳이 찾아가겠다고 했다. 후텁지근한 늦여름의 열기와 달착지근한 음식 냄새에 가슴이 후들거렸다. 서울 외곽의 고속도로 주변에 머리를 맞대고 있는 기와집 몇채 중 한 집의 문 안으로 기어들어갈 때마다 그는 늘 죽으러 가는 느낌이었다. 아침이 되어 빨리 그 집에서 기어나오는 것만이 희망이었다.

그런데 그날은 그렇지 않았다. 남자는 저 집이 내가 살던 그 칙칙한 집이었나 눈을 의심했다. 창문을 통해 보이는 환한 불빛, 웃음소리, 활기, 온기. 그는 말할 수 없이 참담해져 안으로 들어가지도 못하고 문 앞에 가만히 서 있었다.

흰 스웨터를 입고 머리를 묶은 여자가 한 손에 냄비를 받쳐들고 나오다가 그를 보았다. “어머, 벌써 오셨네요.” 여자는 친척이라도 되는 것처럼 부동산 사무실에서 딱 한번 본 남자를 금세 알아봤다.
"들어오세요, 얼른. 저희랑 식사 같이하세요." 그리고 여자는 정말
아는 사람인 것처럼 남자의 팔을 잡고 바로 몇주 전까지만 해도 그
가 살았던 칙칙하고 어두운 동굴 같은 방으로 끌고 들어갔다.

분홍색 꽃무늬 벽지를 바른 방은 무슨 공주들 방처럼 허공에 붕
뜬 것 같았다. 그는 벌떡 일어나 인사를 하는 여자의 남편과 악수를
하고 밥상 앞에 같이 앉고 말았다. 그 두 사람이 다가 아니었다. 보
행기에 앉아 다리를 버둥거리고 있는 어린 아기가 먹고살겠다고,
손에 쥐여준 주먹밥 조각을 입속으로 들여가느라 정신이 없었다.

김치와 두부찌개, 구운 김에 간장이 반찬의 다였지만 남자는 그
때까지 그렇게 화기애애하게 맛있는 밥을 먹어본 적이 없었다. 스
페인 요리, 프랑스 요리, 온갖 퓨전 요리가 다 나오는 고급식당에서
친절한 종업원들의 써빙을 받으며 밥을 먹어도 봤지만 그렇게 먹
는 밥에 비할 바가 아니었다.

사람들의 향기도 이상했다. 아기는 아기라서 그렇겠지만 여자
도 볼이 발그레하고 피부가 팽팽했다. 물기를 잔뜩 머금은 주홍빛
나리꽃 같다고 남자는 생각했다. 남자는 그 여자처럼 목소리가 다
정다감하고 볼이 붉은 사람을 본 적이 없었다. 여자의 남편도 아직
때가 덜 묻은 풋풋함 같은 게 살아 있는 젊고 건강한 모습이었다.

'감사합니다'라고 작게 적어넣은 전세금 잔금 봉투를 받은 남자
는 문밖으로 나와서도 서성거렸다. 그리고 결국 대문 앞에 놓인 계
단에 올라서서 그 집의 환한 마당을 한참 동안 들여다보다가 발길
을 돌렸다.

다음날 산에 올라갔을 때 그는 평소와 달라 보인다는 느낌을 받았다. 산이라고 왜 아무 생각이 없을까. 아무 생각이 없어서 저기 저러고 가만히 박힌 듯이 서 있을까. 산에게 물어보고 싶었다. 한참을 바라보고 있어도 넓은 땅에 내린 굳건한 밑둥치는 그대로였다.

여자는 아침에 잘 일어나지 못했다. 머리를 쳐들 수도 없고 다리를 들 수도 없었다. 그게 저혈압 때문이라는 건 아주 나중에 알게 되었다. 여자는 하루를 겨우 삼등분해 두세 가지 일만 하면서 단출하게 살았다. 활동적으로 많은 일을 하면서 살기에는 에너지가 부족했다. 밥도 잘 먹지 않고 운동도 전혀 하지 않았다. 그나마 만나던 친구들도 연락이 거의 끊긴 지 오래였다.

하루 영화를 보러 가면 그다음날은 피로감 때문에 꼬박 쉬어야만 했다. 책을 읽기 시작하면 다 읽을 때까지 다른 일은 못하고 책만 읽었다. 미장원에 가서 머리를 잘라달라고 설명하는 게 너무 힘이 들어서 미용용품 전문상점에서 미용가위를 샀다. 시장에 가 물건값을 깎는 흥정 따위는 상상도 할 수 없어서 식료품도 대부분 인터넷으로 주문했다.

문제는 그런 일상적인 것들이 아니었다. 여자는 늘 안 좋은 상상에 시달렸다. 비가 내리고 눈 내리는 바깥 풍경은 아름답고 낭만적인데 눈만 감으면 악몽이 펼쳐졌다. 딱히 어디에서 연유한 것이라고 말할 수 없는 이상한 풍경들이었다. 여자는 그 풍경 안에서 칼로 다른 사람을 난자해 죽였다. 낯선 도시의 강변에서 구더기가 핀 시체를 내려다보며 서 있기도 했다. 누군가 계속 두 다리를 옭아매어 도망도 가지 못했다. 여러번 도망가려고 하다가 잠에서 깨어나 입술을 문지르면 손에 피가 묻어났다. 깜짝 놀라 거울을 보면 실내가 건조해 바짝 마른 입술이 찢어져 피가 흐른 것일 따름이었다.

가장 힘든 건 사람들을 만나는 일이었다. 아주 오랜만에 친구들을 만났다. 친구들은 자리에 앉자마자 누가 묻지도 않았는데 자기 자식들 얘기부터 시작해서 남편 얘기, 남편 가족들 얘기까지 쫙 늘어놓고 나서는 "넌 왜 결혼 안하니?"라고 물었다. 여자는 너무 화가 났고 도무지 개별적인 화제라고는 없는 이런 싸구려 인간들과는 다시 만나지 않겠다고 다짐했다. 차라리 말을 하지 않는 게 낫다고 생각했다.

더 화가 난 건 다음날 그 자리에 왔던 한 친구가 전화를 해서 "네가 결혼도 안하고 그래서 소외된 느낌을 받지 않았을까 다들 걱정했어."라고 말했을 때였다. 여자는 온몸이 떨리며 더이상 참을 수가 없어져 소리를 지르고 말았다. "너희는 결혼해서 살 만한 모양인데, 난 너희 같은 무식한 가족 이데올로기 신봉자들과는 상종하고 싶지 않으니까 다신 전화하지 마." 여자는 전화를 끊어버렸다. 그러고는 또 그렇게 직설적으로 속을 다 드러내고 말았다는 것에 화가 나 견딜 수가 없었다. 온 집 안을 왔다 갔다 하며 주먹으로 가슴을 치고 혼자서 난리법석을 떨었다.

평일에는 도서관, 주말에는 환경운동단체들이 개최하는 공원 콘써트에 갔다. 어린애들이 즐겁게 노래 부르고 펀치볼을 세워놓고 사정없이 두드려대는 모습을 보면 왠지 좀 느긋해졌다. 벼룩시장 순례, '아름다운가게' 순례 그리고 교보문고를 돌아다니면 한주가 거뜬히 흘렀다. 나쁜 꿈만 꾸지 않는다면, 나쁜 장면만 보이지 않는다면 여자는 단출한 일상 외에 더이상 바랄 것이 없었다.

여자와 남자는 커피빈으로 갔다. 그리고 각자 커피를 주문하고 계산을 했다. 여자는 금세 주문을 했는데 남자는 시간이 꽤 걸렸다. 커피에 대한 특별한 취향이 있군, 여자는 속으로 생각하면서 남자의 뒷모습을 살짝 훔쳐봤다. 도무지 개성이라고는 없는 외모라고 여자는 생각했다.

"커피빈을 우리말로 뭐라고 하는지 아세요?" 남자가 주문을 마치고 돌아와 여자에게 물었다. "글쎄? 전 그런 건 잘 몰라요." 남자가 손가락을 치켜들고 말했다. "콩다방." 여자는 기가 막혀서 웃지도 않았다. 그러나 잠시 후 자기도 모르게 피식 웃음을 흘리고 있었다.

남자의 커피는 진한 에스프레쏘였다. 남자가 뭐라고 커피에 대해 설명하는데 도무지 알아들을 수가 없었다. "그런 정보는 어디서 찾을 수 있나요?" 여자가 남자에게 물었다. "그냥요." 남자가 낮은 음성으로 대답했다. "영화가 딱 재미있어지려고 하는데 끊겼죠. 저는 그런 순간이 오면 내가 살아서 이 영화를 다시 볼 수 있을까, 생각하게 되더라고요." 남자가 딱 자기 입술을 가릴 정도의 크기인 작은 커피잔을 들어올리며 말했다. 순간 여자는 남자의 말이 너무 상식적이고 청승맞다는 표정을 지어 보이려고 애썼다. 하지만 자기랑 똑같은 생각을 하는 사람이 바로 앞에 있다는 사실에 깜짝 놀랐다. 시간이 가도 별로 할 말은 없었다. 점차 앞에 앉은 사람을 외면했다. 그러다 결국 둘 다 커피잔을 들고 옷깃을 잔뜩 여민 채 콩다방 앞을 지나가는 사람들 쪽으로 시선을 돌렸다.

한순간, 여자는 살갗을 타고 벌레가 기어오르는 듯한 근질근질한 느낌에 시달렸다. 이 사람이 날 이상한 곳으로 끌고 갈지도 몰라. 여자는 순간 덜컥 겁이 나 의자를 탁자에서 조금 떨어뜨려 앉았다. 그때부터 앞에 앉은 남자의 옷차림, 머리 스타일, 신고 있는 신발까지 모든 게 다 이상하게 보였다. 평일에 등산복 차림인 것도 그렇고 무엇 하나 이상하지 않은 게 없었다. 여자는 이 상황을 빨리 정리해버리고 싶어서 입술을 잘근잘근 씹었다. 그리고 얼마 지나지 않아 생각났다는 듯 입을 열었다.

"딱 한 번, 정말 딱 한 번 외국에 나가본 적이 있어요. 친척동생이 일본사람과 결혼을 하게 됐거든요. 그래서 초대받아 갔죠. 결혼식은 그냥 조용하다가 또 터무니없이 시끄러워지기도 하고 좀 이상했어요. 결혼식이 끝나고 이틀 정도 짧게 토오꾜오 시내를 돌아다녔죠. 토오꾜오에 대한 특별한 정보를 가지고 있지는 않았지만 그래도 그 유명하다는 토오꾜오필름쎈터는 꼭 가보고 싶었어요. 노인들이 작은 손가방을 무릎에 올려놓은 채 쎈터 로비에 가득 모여 있더군요. 굉장히 조용했어요. 진지한 예식에 참여한 사람들 같았죠. 상영 시간 이십분 전이 되자 관리하는 사람들이 관객들 줄을 세웠어요. 입장료가 오백 엔이었던 것 같아요. 걷기 힘든 노인들은 엘리베이터를 탔고 걸을 수 있는 노인들은 계단으로 걸어올라갔어요. 정말 모두들 무슨 의식에 참여하러 온 사람들처럼 도무지 입을 열지 않은 채 각자의 자리를 찾아 앉더군요. 영화는 상영 시간에 정확히 시작되었어요. 이마무라 쇼오헤이의 영화였던 거 같아요. 다른 이름은 떠오르지 않는 걸 보면 내 기억이 맞을 거예요. 영화 내내 조용한 한 가족의 일상이 펼쳐지다가 마지막에 원자폭탄이 터졌죠. 그때 우는 소리가 들렸어요. 흑흑흑흑. 할머니들이 울더라고요. 어쨌거나 스토리는 그랬어요. 영화가 끝나고 모두들 조용히 계단을 걸어내려와 지하철역으로, 건물 모퉁이로 사라졌죠. 그날은 평일이었고 비도 안 왔어요. 그때 생각했어요. 늙어도 내가 사는 도시에 저런 극장만 하나 있다면 좋겠다. 매일 갈 수 있을 텐데. 그렇게 생각했죠."

여자는 조금 전에 남자와 함께 내려온 씨네마떼끄를 가리키며 덧붙였다.

"저기가 거기예요, 나한테는. 저 먼저 갈게요."

여자는 자리에서 벌떡 일어나 커피숍에서 나와버렸다. 초스피드로 걸어가면서 혹시나 남자가 따라와 목덜미를 잡아채지나 않을까 두려웠다. 여자는 절대로 뒤를 돌아보지 않고 사람들을 지나쳐 마구 뛰기 시작했다.

버스정류장까지 한달음에 달려가 막 도착하는 버스에 올라탔다. 뒤쪽 빈자리로 간 여자는 마치 버스 꽁무니를 남자가 쫓아오기라도 하는 듯 앞만 바라본 채 절대로 돌아보지 않았다. 뒤를 돌아보면 남자가 버스를 따라 뛰어올 것만 같았다. 말을 많이 해서 입이 몹시 아팠다.

남자는 상갓집 한쪽에 앉아 있었다. 회사 다닐 때 제법 친하게 지내던 동료가 모친상을 당했다는 연락을 받았다. 회사에 다닐 때만 해도 수시로 드나들던 상갓집이었는데 누가 죽음을 맞이했다는 소식은 저 먼 우주에서 온 전갈처럼 낯설기도 하고 공기처럼 익숙하기도 했다. "얼굴 좋아졌는데. 우린 술에 찌들어서 말이야." 전에 함께 일하던 동료들이 한마디씩 했다. 남자는 땅콩을 집어먹으며 동료들이 하는 말을 들으면서도 눈은 자꾸만 사람들이 드나드는 입구 쪽을 향했다.

한 시간쯤 지났을까 남자가 기다리던 사람이 드디어 모습을 드러냈다. 미숙. 남자는 자기도 모르게 여자의 이름을 혀끝으로 반쯤 발음하고 말았다. 검은색 투피스에 흰색 셔츠를 받쳐입고 머리를 뒤로 묶은 여자가 빈소에 조문하러 들어갔다. 잠시 후에 조문을 마치고 나온 여자는 사람들이 앉아 있는 탁자들 사이를 휘 둘러봤다. 남자는 여자가 이쪽으로 올지, 혹시 다른 약속이 있어 바로 나가지는 않을지 생각하다 손에 들고 있던 땅콩을 놓쳐버렸다. "김 과장, 이쪽이야." 그때 누군가 소리를 질렀고 여자가 얼굴에 미소를 띠며 이쪽으로 걸어왔다.

남자는 여자가 다른 사람들에게 목례를 하고 자기와 인사할 차례가 되기까지 기다렸다. 정말이지 오랜 시간이 흐른 것 같았다. "어머, 오랜만이세요, 부장님." 여자가 드디어 남자에게 말을 붙였다. 남자는 웃지도 울지도 못하는 표정으로 목례를 한 뒤 접시에 손을 올려 땅콩을 쥐었다.

남자는 여자가 조금 늙었다고 생각했다. 입가에 들기 시작한 팔자주름과 조금은 휑해진 듯한 정수리 부근 그리고 무엇보다 전과 다르게 전체적으로 몸매가 펑퍼짐해진 느낌이었다. 그래도 남자는 머릿속으로 여자와 같이 지냈던 길지 않은 시간을 떠올리며 혼자 웃었다. 조문객들의 목소리는 사라지고 어디선가 여자의 껄껄대는 터프한 웃음소리만 커다랗게 들려오는 것 같았다. 남자는 무릎을 세우고 앉아 두 팔로 감싼 채 머리를 숙이고 혼자 웃었다. 여자와 함께 보낸 시간 속에는 늘 그 껄껄대는 듯한 웃음소리가 있었다는 게 떠올랐기 때문이다.

조문객은 끊이지 않았다. 어색하고, 또 한편으로는 지루한 느낌이 든 남자는 어느 순간 조용히 자리에서 일어났다. 다 똑같은 검은색 구두들이 현관 바닥을 가득 채우고 있는 걸 보자 어지러웠다. 유족으로 보이는 뚱하게 생긴 젊은 남자애가 집게를 들고 구두를 정리하고 있었다. 남자는 에스컬레이터를 타고 밖으로 나갔다. 밖의 공기는 안과 달리 무척이나 추웠다. 사람들이 재떨이 주위에 모여 서서 담배를 피우거나 멍하니 하늘을 올려다보고 있었다. 남자는 지금 나온 김에 아예 가야 하나, 아님 다시 들어가 전 동료들과 얘기라도 나눠야 하나 고민스러웠다.

"어색하죠?" 그때 남자는 바로 옆에 서 있는 김과장을 보고 깜짝 놀랐다. 여자는 핸드백에서 담배를 꺼내 입에 물고 불을 붙였다. "한 대 피우실래요?" 그는 고개를 저으며 웃었다. 담배를 피우는 김과장이 여자가 아닌 남자 같다고 그는 생각했다. "여전하네." 남자가 말했다. 여자는 담배연기를 휘 내뿜으며 말했다. "잘 지내죠? 언제 밥 한번 먹어요." "그러지." 남자는 여자가 왠지 전보다 황폐해졌다고 느꼈다. 툭툭 부러지는 말투, 날선 감정, 조금은 독해진 듯한 느낌. "별일 없는 거지?" 남자가 물었다. 여자는 머리를 들어 하늘을 올려다보며 대답했다. "별일 없죠, 뭐. 시시껄렁한 회사 인간들이 무슨 별일이 있겠어요." 남자는 두 손을 깍지 끼었다. 뭐라 말할 수 없이 어색하면서도 그 어색함을 깰 만한 좋은 얘기가 떠오르지 않았다.

"먼저 갈게. 정부장이랑 상무님께 집에 일이 있어서 갔다고 해." 여자는 재떨이에 담배를 눌러 끄며 팔짱을 끼었다. "그래요, 가세요." 여자가 상체를 약간 숙였다. "그래, 들어가. 추운데." 남자가 막 택시를 타려는 순간, 여자가 몸을 돌려 내밀며 남자를 향해 큰소리로 말했다. "집에 찾아갔었어요. 전에 한번."

남자는 택시 앞자리에 앉아 앞유리창으로 한 방울씩 떨어지는 빗방울을 바라봤다. 여자의 목소리가 계속해서 남자의 귓가를 맴돌았다. 몸 한가운데 돌덩이처럼 얼어붙어 있던 무언가가 툭 떨어져내리는 듯한 이상한 느낌이 들었다. 택시가 완만한 커브를 도는 것에도 마음이 흔들려 창문 밖을 내다보기가 두려웠다. 남자는 혀끝으로 다시 중얼거렸다. 미숙. 남자는 창 쪽으로 내리깐 시선을 내내 앞으로 돌리지 않았다.

'시네마테크의 친구들'이란 이름의 영화제 포스터가 걸렸다. 씨네마떼끄 앞 매표소에 다시 사람들이 모여들었다. 여자는 영화가 상영되는 내내 아는 머리통이 있는지 자꾸만 주변을 둘러봤다. 아는 머리통은 찾지 못하더라도 최소한 오늘은 영화가 중간에 끊어지지 않기를 바랐다.

영화는 순조롭게 상영되었다. 늘 그런 것처럼 명성에 딱 걸맞은 영화란 사실 그리 많지 않았다. 영화가 시작되기 전, 영화가 상영되기 며칠 전, 오히려 그런 시간이 더욱 흥미진진했다. 영화란 왜 이토록 사람을 잡아끄는 걸까. 여자는 늘 생각했다. 그러나 여자는 그 반대를 더 많이 생각했다. 난 왜 영화에 이토록 매달리는 걸까. 어느 날 영화가 날 배신하면 어떡하나. 극장이 사라져버리면 어디로 가야 하나. 아무도 영화를 만들지 않으면 어쩌나.

"오늘도 나오셨네요." 여자는 엘리베이터 앞으로 걸어가다가 흠칫 놀라 제자리에 멈춰섰다. "어머, 깜짝이야." 여자는 손으로 입을 가렸다. 남자가 지난번과 같은 검은색 등산복 차림으로 나타나 말을 걸었다. "차 한잔 하실래요?" 남자가 천연덕스럽게 말했다. 여자는 정말 이상한 사람도 다 있다고 생각하면서도 남자가 움직이는 쪽으로 따라가고 있었다. 하지만 왠지 지난번처럼 무섭다거나 거부감이 들지 않아 다행이라고 생각했다.

두 사람은 지하철역 앞에 있는 스타벅스에 갔다. 남자는 또 커피를 주문하는 데 오랜 시간이 걸렸다. 여자는 커피를 주문하는 남자의 바짓가랑이에 묻어 있는 흙을 보았다.

"스타벅스를 우리말로 뭐라고 하는지 아세요?" 남자가 주문을 마치고 돌아와 여자에게 물었다. "글쎄? 전 그런 건 잘 몰라요." 여자는 또 그렇게 대답했다. 그러자 남자가 손가락을 치켜들고 말했다. "별다방." 여자는 기가 막혀서 웃지도 않았다. 그런데 이번에도 잠시 후 자기도 모르게 피식 웃음을 흘리고 있었다.

그때 여자는 언젠가 봤던 영화의 한 장면을 떠올렸다. 두 남녀가 처음 만나 영화 같은 얘기로 말문을 연다. 오늘 우리는 처음 만났어. 처음 만난 사람들만이 할 수 있는 일이 뭘까. 우린 지금부터 처음 만난 사람들만이 할 수 있는 일을 하는 거야. 그리고 다시 만나지 않기로 해. 지금부터 우리는 그 얘기만 하는 거야. 밤새 걸을까? 아니면 호텔에 들어갈까? 우리는 오늘 처음 만났어.

이상한 영화였다. 여자는 그 두 사람이 최종적으로 뭘 했는지 잘 기억하지 못했다. 어떤 시간을 가졌는지, 그 시간이 주는 질감이 어떠했는지 잘 기억나지 않았다. 다만 두 사람이 끊임없이 얘기를 나눴다는 것, 사람들이 수없이 들고 나는 까페에 앉아 끊임없이 얘기를, 생각을 나눴다는 것 말고는 기억나는 것이 없었다.

남자는 앞에 앉은 여자와 조금씩 더 자주 눈이 마주친다는 걸 느꼈다. 매력적이거나 예쁜 얼굴은 아닌데 이상하게 천진한 얼굴이라고 생각했다. 나이도, 직업도, 쉽게 추측할 수 있는 성격도, 아무것도 모르겠다. 사실 남자는 낯선 사람을 만나 얘기를 나눠본 적이 거의 없었다.

여자와 남자는 스타벅스가 문을 닫는 열한시까지 띄엄띄엄 얘기를 나눴다. 다시 만나지 않을 사람이라는 전제 때문에 더 많은 얘기를 할 수 있었다. 그래서 가장 아팠던 얘기, 가장 화가 났던 얘기를 앞뒤 맥락 없이 뚝 끊어서 하이라이트만 털어놓을 수 있었다. 마음껏 과장도 하고 포장도 할 수 있었다. 덕분에 여자와 남자는 각자 한 가지씩, 처음 만난 사람끼리만 할 수 있는 일을 정할 수 있었다.

며칠 후 여자는 기차역에서 남자를 기다렸다. 간밤의 악몽 혹은 나쁜 환상 때문에 여자는 하마터면 기차 시간에 늦을 뻔했다. 남자는 늘 입는 등산복 차림에 점퍼만 덧입은 상태였다. 두 사람 다 잠을 설친 탓인지 좌석에 앉자마자 머리가 닿는 줄도 모르고 내처 잤다.

여자와 남자는 오후 세시가 지나 목적지에 도착했다. 내륙도 아니고 섬도 아닌 이상한 곳이라고 남자는 생각했다. 길고 잎이 좁은 나무들이 버스가 지나가는 길 한가운데 두세 그루씩 박혀 있었다. 여자와 남자는 난로를 피워놓은 다방에 들어가 차를 마시며 썬팅된 창밖으로 낯선 도시를 내다봤다. 사람들도 별로 없었고 차도 집도 많지 않았다. 그런 것들보다 오히려 간판과 플래카드가 더 많았고 군데군데 빈집들도 보였다.

여자는 어딘가로 전화를 걸었다. 전화가 잘 연결되지 않는지 남자의 얼굴을 가끔씩 넘겨다보았다. "사실은 나 이 지역에서 태어났어요." 여자가 남자에게 말했다. 전화는 내내 연결되지 않았고 여자는 이제 짜증이 났다. "먼 친척 아저씨가 절 만나고 싶대요." 남자는 그냥 고개를 끄덕였다.

찻집에서 나온 여자와 남자는 버스를 타고 강을 건너 산림청 앞에서 내렸다. 여자는 낮은 산림청 건물 옆을 두리번거리다가 부동산이란 간판이 붙은 작은 가게 문을 두드렸다. 한참을 두드려도 사람이 나오지 않았다.

여자는 다시 전화를 걸었다. 전화는 쉽게 연결되지 않았다. 여자는 잠시 후 또 부동산 문을 두드렸다. 그리고 한참 만에야 덜컹 소리를 내며 늙은 남자가 문을 열었다. "누구야?" 늙은 남자가 입을 여는 순간 역겨운 술 냄새가 확 끼쳤다. "저예요. 오라고 하셔서 왔잖아요." 여자가 늙은 남자에게 말했다.

부동산 사무실은 앉을 데라고는 작은 쏘파의 한 귀퉁이뿐이었다. 온갖 지저분한 물건들이 꽉 들어찬 사무실은 곧 무너질 것 같았다. "옷 입고 나올게, 기다려라. 그런데 넌 누날 하나도 안 닮았구나." 늙은 남자의 목소리가 안쪽 방에서 흘러나왔다. "저 사람은 누구냐? 신랑이냐?" 늙은 남자가 얼굴을 드러내고 앞니 빠진 자리를 환히 내보이며 말했다. "법무사예요. 제가 모시고 온." 남자는 여자의 목소리가 너무 차가운데다 법무사라고 거짓말까지 하자 기분이 좋지 않았다. 그러나 애인이나 남편보다는 법무사가 낫다는 생각도 들었다.

늙은 남자는 부동산 사무실 옆에 대놓은 낡은 자동차의 시동을 걸었다. 여자와 남자는 엉거주춤한 자세로 뒷자리에 탔다. 차 안에 술 냄새가 진동했다. "아저씨 지금 음주운전인 거 아시죠?" 여자가 늙은 남자에게 날카롭게 쏘아붙였다.

좁은 도로를 달리고 또 달려 차는 그 도시의 하나뿐인 화장터 진입로로 접어들었다. 울퉁불퉁한 길을 한참 달리자 눈앞에 옅은 안개 같은 것이 보이기 시작했다. "저기, 저기 앞에 산등성이 보이냐? 바로 저 땅이라니까. 저게 네 할아버지 명의라고." 여자는 늙은 남자의 말이 끝나기도 전에 모두가 다 들리게 후유, 하고 한숨을 내쉬었다.

차는 늙은 남자가 말한 산등성이가 잘 보이는 언덕 위에 섰다.

말이 산이지 여기저기 파헤치고 갈아낸 흔적이 역력했다. 나무들은 다 베어지고 군데군데 검은색 나일론 망사가 두껍게 쳐져 있기도 했다. "법무사님, 저기가 애 할아버지 명의예요. 자, 이거 보세요. 이게 문서라고요. 저 땅만 되찾으면 애는 부자 되는 거죠. 내가 저 땅을 찾으려고 얼마나 애썼는지 아십니까. 누구 하나 나한테 밥 한 끼, 술 한잔 사준 적 없지만 난 애썼다고요. 난 그냥 커미션만 받으면 돼요."

늙은 남자는 자동차의 콘솔 안에서 동그랗게 말린 서류 몇장을 꺼내 남자의 눈앞에 대고 흔들었다. "초기비용 몇천만 좀 대라. 그럼 너도 좋고 나도 좋고." 늙은 남자가 담배를 입에 물며 말했다. "난 돈 없어요. 아저씨가 찾아서 팔아주면 내가 나중에 그 돈을 드릴게요." 늙은 남자가 신경질적으로 담배를 비벼 끄며 남자에게 말했다. "애가 이렇게 답답하다니까요. 애 엄마도 그렇고 원래 이 집 사람들이 좀 답답하긴 했어."

남자는 뒤로 돌아 아주 조금 보이는 화장터 꼭대기를 쳐다봤다. 막상 부자가 될지도 모른다는 여자의 얼굴은 차갑기 그지없고, 눈앞에 있는 몇십억짜리 땅이라는 건 그냥 폐허처럼 보였다. "아저씨가 한번 오라고 해서 온 것뿐이에요. 한번 왔으니까 이제 저한테 제발 전화하지 마세요. 난 저런 땅 따위에는 관심도 없다고요. 도대체 저런 땅이 무슨 의미가 있냐구요. 할 수 있으면 저거 찾아서 아저씨 다 가지세요. 저한테 연락만 하지 말아주세요." 늙은 남자가 오만상을 찌푸리며 말했다. "야, 너 참 답답하구나. 인생은 그렇게 사는 게 아냐."

낡은 자동차를 타고 시내로 나왔다. 굳이 해장을 해야 한다는 늙은 남자의 고집에 밀려 식당으로 들어갔다. 늙은 남자는 해장술을 마시며 산에서 했던 얘기를 하고 또 했다. 여자는 자리에서 일어나며 늙은 남자의 주머니에 봉투를 넣어주었다. 식당에서 나온 후 늙은 남자는 다시 음주운전을 하며 어딘가로 사라졌다. 그리고 여자는 한동안 말없이 서 있었다.

"배가 몇시에 출발하는지 아세요?" 여자가 찻집에서 일하는 사람에게 물었다. "어디 가는 배 말입니까?" 찻집 사람이 다시 여자에게 물었다. "저기, 장례식이 열리는……"

여자와 남자는 거의 들리지 않는 강물 소리를 향해 귀를 기울이며 장례 행렬이 지나가길 기다렸다. 해질 무렵, 강의 배후에는 이렇다 할 배경이 보이지 않았다. 허공, 희고 뿌연 허공만 보였다. 귀신처럼 노를 저으며 천천히 강을 오가는 배가 나타났다 사라졌다. 여자는 어릴 때 이곳에서 본 장례 행렬을 잊을 수가 없었다. 한바탕 길고 긴 장례 행렬이 지나가고 나면 살아 있다는 것 때문인지, 죽은 사람이 잘 떠났다는 것 때문인지 이유 모를 한숨이 쏟아지곤 했다.

사람들의 긴 행렬이 남자와 여자가 서 있는 곳으로부터 멀리 떨어진 강 오른쪽 맨 끝에서 왼쪽을 향해 천천히 이동하고 있었다. 행렬의 끝에는 키 작은 어린아이들도 따라왔다. 개도 따라오고 자전거도 따라왔다.

행렬은 길게 뻗어 이어졌다. 어디쯤 죽은 사람의 몸이 누워 있는지 알 것 같았다. 해가 지면서 행렬의 끝에서부터 붉은 횃불이 타올랐다. 종소리가 들리고 노래 같기도 하고 울음 같기도 한 이상한 소리가 행렬 속에서 들려왔다. 여자는 그 소리가 강에 사는 동물들의 울음소리일지도 모른다고 생각했다.

남자는 저만치 뒤에 서서, 바닷가 쪽으로 다가가는 행렬을 따라가고 있는 여자를 봤다. 두 손을 앞으로 모은 채, 뭔가 잘못을 저지른 아이 같은 걸음걸이로 장례 행렬을 따라가고 있었다. 하나같이 흰색 베옷을 입고 행렬에 선 사람들은 앞서서 길을 안내하는 사람도 없는데 자기들이 갈 길을 알고 있는 것 같았다.

어디가 강이고 어디가 하늘인지 구분하기 어려워진 지 오래였다. 횃불은 점차 길게 타올랐고 밤새 걸을 듯하던 행렬은 강 한가운데를 향해 방향을 바꾼 뒤 한 지점에 멈춰섰다. 횃불을 동그랗게 모아놓고 사람들이 한곳을 바라보며 서 있었다. 불이 커다랗게 타올랐다. 종소리는 더욱 커지고 강물 소리도 커졌다. 누군가 행렬 속에서 커다란 소리로 오열했다. 그때 남자는 저 앞쪽에 덜 자란 어른 같은 씰루엣으로 큰 죄를 지은 사람처럼 가만히 서 있는 여자를 보았다. 곧 어두워졌다. 시간이 얼마나 흘렀을까. 행렬에서 길고 흰 연기가 피어오르고 있었다.

남자와 여자는 며칠 후 다시 씨네마떼끄에서 만났다. 다행히 영화 상영은 순조로웠다. 겨울이 끝나가는 탓인지 관객들도 많았다. 영화가 끝나고 극장 밖 홀에서 만난 여자와 남자는 동시에 고개를 숙여 인사했다.

남자가 여자와 하고 싶은 일을 할 차례였다. 남자가 하고 싶은

건 젊은 사람들이 많이 모이는 거리에 있는 라멘집에 함께 가는 것
이었다. 여자가 남자에게 말했다. "겨우 그거란 말이죠?" 남자가
고개를 끄덕거렸다.

라멘 국물은 진하고 뜨겁고 기름졌다. 여자는 땀을 흘리며 라멘
을 먹는 남자를 보면서 참 이상한 사람도 다 있다는 듯 고개를 갸
우뚱거렸다. 겨우 하고 싶은 일이 라멘집에 가는 것이라니 사실 그
것부터 좀 이상했다. 하지만 여자도 어느새 자기도 모르게 땀을 흘
리고 있었다.

두 사람은 많은 사람들이 오가는 거리를 천천히 걸었다. 자동차
소리, 음악 소리 때문에 귀가 울렸다. 여자가 남자에게 말했다. "죄
송한데요, 다음에 저 만날 때는 그 등산복 좀 벗고 오실래요?" 남자
는 눈을 동그랗게 뜨고 웃었다. "아니 그러는 나는, 나라고 뭐 댁한
테 할 말 없는 줄 아십니까?" "하세요. 뭔데요?" 여자는 남자의 얼
굴을 똑바로 쳐다보며 대들었지만 남자는 아무 말도 하지 않았다.

도시의 꿈과 기억, 그리고 어떤 만남

백지연

1. 재해의 도시를 순례하는 산책자

단조롭고 무심한 듯 보이는 일상이 변주하는 다양한 불안과 욕
망의 양태, 그리고 그 밑바닥에 흐르는 우울과 비관의 심리를 강영
숙만큼 침착하고 집요하게 그려내는 작가도 드물다. 지금까지 소
설집『흔들리다』(2002)『날마다 축제』(2004)『빨강 속의 검정에 대
하여』(2009)와 장편소설『리나』(2006)『라이팅 클럽』(2010)을 통하
여 강영숙 소설이 일관되게 보여온 것은 현대인들이 직면한 '불확
실한 삶'에 대한 치밀하고 담담한 형상화라고 할 수 있다. 최근 소
설들에 이르러 작가는 문명이 야기한 폐해와 비극에 토대를 둔 '재
해의 상상력'을 집중적으로 펼치고 있다. '도시'라는 공간설정이

유독 두드러지는 이번 소설집『아령 하는 밤』역시 이러한 재해와 비극의 상상력을 기반으로 하고 있다. '도시 연작'이라고도 할 수 있는 이번 작품집은 자연재해와 환경오염에 직면한 황폐한 도시의 모습을 차례로 보여준다.

구제역을 소재로 다룬「문래에서」, 원전사고와 도시개발을 배경으로 한「프리퍄트창고」, 산업재해와 환경오염을 소재로 다룬「아령 하는 밤」, 홍수 이후의 도시풍경을 다룬「라디오와 강」과「재해지역투어버스」 등의 작품은 문명의 폭력성을 경고하는 자연재해의 무시무시한 위력을 고스란히 드러낸다. 도시개발 과정에서 야기되는 환경오염과 생태파괴의 위기는 소설 속에 등장하는 구체적인 지명들을 통해 실감을 얻는다. 영등포와 문래(「문래에서」), 황학동의 창고와 신당창작아케이드(「프리퍄트창고」), 뉴올리언즈(「재해지역투어버스」), 중국의 원난성과 서울의 강변북로(「죽음의 도로」), 옥인동과 광화문광장(「불안한 도시」) 등 실제 지명을 지닌 공간들이 배경으로 등장하는 것이다. 흥미롭게도 이 공간들은 우리가 흔히 연상하는 메트로폴리스의 화려한 불빛과는 거리가 멀다. 작가는 도시의 외곽과 경계에서 형성되는 유동적이고 불안한 공간을 부각한다. 원인 모를 악취와 기름 냄새, 마른 먼지와 쇳내, 뿌연 황사로 가득한 도시의 공간은 현대인들이 체감하는 모호하고 불안한 위기의 삶을 암시하는 비유로서 활용된다.

도시 바깥의 도시, 도시의 경계를 넘나드는 도시의 유동적인 공간성을 포착하는 일련의 작품들 속에서 우리는 문명의 진보를 경고하는 황량한 공간들을 새롭게 발견한다. 인물들은 도시를 벗어나고 싶어하면서도 다시 도시로 돌아올 수밖에 없는 여정을 반복한다. 그들이 그리는 무료하고도 고독한 산책과 배회의 동선은 재해의 도시에 잠겨 있는 꿈과 기억, 불안과 공포를 채집하는 고독한 순례자의 움직임으로 우리에게 다가온다.

2. 폐허의 공간, 실종과 배회

도시의 일상을 잠식하는 불안과 공포의 징후는 텁텁한 황사와 산성비, 쓰레기의 악취, 흘러넘치는 분비물, 쇳내와 모래바람, 하염없이 달리는 버스와 트럭, 도살당하는 가축들, 시체, 깨진 유리조각, 씨멘트 바닥 등 단일한 의미로 환원되지 않는 수많은 기호로서 소설 속에 떠돌고 있다. 그것은 일정한 양태로 파악되지 않는 불안하고 모호한 현실에 대한 비관적 인식을 드러낸다.

「불안의 도시」로부터 이야기를 시작해보자. 하루하루 따분한 일상을 반복하며 사는 한 남자가 어느날 이혼한 전 부인 '미나'가 가출했다는 소식을 듣고 그녀를 찾아나선다. 미나의 실종을 계기로 시작된 배회는 그 자신을 숨쉬게 하는 일탈의 방식으로 확장된다. 일반적인 산책이 대상에 대한 미적 판단의 거리감각과 도시 경관에 대한 관찰적 기능을 포함한다면, 산책의 형식 중에서도 배회는 좀더 특별한 양태를 지닌다. 소설 속의 배회는 잃어버린 기억의 퍼즐을 하나씩 발견하는 고통스럽고도 슬픈 여로와 맞닿아 있다. 이전의 그는 익명의 군중 속에서도 초연한, 어떤 것에도 아랑곳하지 않는 무심한 태도를 체화한 사람이었다. 그러나 배회를 시작하면서 그의 내면에 숨어 있던 욕망과 기억이 자유분방하게 파동을 일으키기 시작한다. "안개 때문인지 황사 때문인지 쌀뜨물처럼 뿌옇게 흐린 하늘"(157면)의 고요한 풍경은 그의 내면에 파문이 일기 시작했음을 알려준다.

배회와 함께 시작된 기억의 복원은 어두운 옥인동 골목에서의 옛 추억을 상기하는 것으로 시작된다. 오래전 미나와 함께 걸으며 그녀에게 팔을 둘렀을 때 "겨드랑이와 허리선으로 전해져오던 부드러운 느낌"(157면)이 새로운 감각으로 되살아난다. 그는 찾을 수 없는 미나를 만나기 위해 도시를 순례한다. 결혼하고 함께 살았던 서울 외곽의 한 아파트, 그녀와 함께 영화를 보았던 인사동의 낡은 영화관 옥상, 서촌의 까페 등 종잡을 수 없는 배회의 여정은 그의 조용한 일상을 파괴한다.

미나의 실종은 "무기력하게 늙기 시작하는 지점"(163면)에 서 있는 주인공 자신을 발견하는 계기가 된다. 옥인동 골목, 홍대 앞 거리, 인사동, 서촌의 골목길을 떠돌며 그녀의 흔적을 찾는 그의 여정은 도시의 삶에서 진정한 안착을 이루지 못한 자신의 삶을 돌이켜보게 한다. "거리는 산책자를 아주 먼 옛날에 사라져버린 시간으로 데려간다. 산책자에게는 어떠한 거리도 급경사를 이루고 있다"(발터 벤야민 『부르주아의 꿈』, 조형준 옮김, 새물결 2008, 367면)라고 벤야민이 말하기도 했지만, 도시의 거리는 산책자에게 이전에 예견하지 못했던 상상의 역동적 순간을 선사한다. 도시 거리의 배회에 나서기 시작한 순간 그는 파편화된 기억들을 수집하는 산책자가 된다. 파편적 기억이 환기하는 우울과 불안은 소통 단절의 현실과 연관되어 있다. 실질적인 관계의 부재가 고통을 부르고, 이 고통은 규칙적인 일상의 바닥에 깊이 가라앉아 있다가 어느날 그를 찾아온다. 주인공이 거리에서 목격한, 열정이 모조리 빠져나간 지친 미나의 모습은 바로 그 자신의 모습이기도 한 것이다.

「불안한 도시」에서 두드러지는 '실종'과 '배회'의 모티프는 여러 작품에서 공통적으로 드러난다. 가까운 존재의 부재, 그리고 그것이 남기는 감정의 깊은 여운은 「아령 하는 밤」에서 주인공의 머릿속을 맴도는 죽은 언니의 기억으로 드러난다. 「라디오와 강」에서는 친구의 죽음이 남기는 감정적 파문이, 「죽음의 도로」에서는 자살한 아버지와 헤어진 연인의 추억이 남긴 불안과 혼란이 각각 나타난다. 인물들이 앓는 우울증과 무기력증은 쉽게 출구를 찾을 수 없는 현실에 대한 고통스러운 자의식과 연결되어 있다.

「라디오와 강」은 「불안한 도시」와 더불어 부재하는 이에 대한 상실감이 애도의 감정으로 변화하는 과정을 보여주는 작품이다. 도시 외곽의 공장에서 일하는 주인공에게 가까운 직장동료이자 친구인 킴이 어느 건물 지하실에서 의문의 시신으로 발견된 사건은 그에게 상처와 결핍의 기억으로 남아 있다. 어느날 주인공이 감행한 '여름휴가'는 "아주 오래전에 잊혀져, 동그란 알루미늄 필름보관함에 담긴 채 아카이브의 한 귀퉁이에 처박힌"(60면) 기억들을 되살리는 계기가 된다. 그의 휴가는 라디오를 틀고 강을 따라 드라이브를 하는 경계의 탈주행위로 시작된다. "집에서 점점 멀어지고 있"(67면)는 자유로운 느낌은 "기차가 수시로 오고 가는 것 말고 아무 일도 일어나지 않는"(73면) 한 마을에서 일주일을 보내는 것으로 이어진다. 근사하고 멋진 곳으로 떠난 휴가는 아니지만, 하루종일 기차소리를 듣고 알지 못하는 사람들의 모임에 참석하며 무료하게 보내는 시간은 그에게 내면적인 회상의 자유를 찾아준다.

휴가를 끝낸 주인공이 킴의 시신이 발견된 아트쎈터 지하의 벽에서 복원된 그림을 바라보는 장면은 배회의 여정이 도달한 소설의 가장 아름답고도 슬픈 장면이다. 벽화의 복원은 주인공 내부에 감춰져 있던 기억을 복원하는 것이기도 하다. 반복적인 일상 속에서 킴의 죽음을 묻어두고 있던 주인공은 벽화를 통해 킴의 부재가 남긴 빈자리를 환기한다. 창틈으로 쏟아져내리는 흰빛, 그의 눈에만 보이는 킴의 모습, 킴과 그가 나누는 무언의 대화는 일상 속에 은폐되어 있던 상실과 고독의 감정을 고스란히 담아내며 가슴을 뭉클하게 한다. 그의 무료하고도 정처없는 배회와 산책은 자신의 기억 속에 담겨 있던 부재한 존재를 새롭게 만나기 위한 여정이었던 것이다.

3. 일상과 악몽, 망각과 기억의 사이

강영숙의 소설은 일상과 악몽이 동전의 양면과도 같은 것이며, 불안과 공포를 직시하는 것이야말로 현실을 살아나가는 정직한 방식이라고 이야기하는 듯하다. 실제로 오늘날 현대인들이 감각하는 정체 모를 불안은 일종의 "정신적 외상"에 가까우며, "집단 학살과

절멸 사태가 사실상 아무 경고 없이 어느 때라도 닥쳐올 수 있다는" 공포와 두려움 속에서 대부분의 사람들이 겪고 있는 증상이기도 하다(쑤전 쏜택『해석에 반대한다』, 이민아 옮김, 이후 2003, 333면). 강영숙의 소설이 떠올리는 환영과 악몽은 현실과의 긴장관계를 끊임없이 상기시키며, 황폐한 사물들의 이미지를 통해 고통스러운 현실에 대한 인물들의 예민한 자의식을 담아낸다. 이혼과 실직의 불안, 유년의 상처, 죽음의 공포, 전염병의 창궐 등등 실제의 삶에서 드러나는 위협이 악몽과 환영의 이미지들 속에 감춰져 있다. 이렇듯 고통의 감각을 은폐하지 않고 삶의 미세한 불안을 예민하게 응시한다는 점에서 강영숙 소설이 고수하는 정직한 비관주의는 적극적으로 해석할 필요가 있다.

나는 평온한 풍경을 볼 때도 불행한 장면을 겹쳐놓는 유전자를 갖고 있는 것 같다. 행복하고 느긋해 보이는 풍경 위로 온통 황폐한 그림들이 겹쳐졌다. 깨진 유리조각들, 씨멘트 바닥과 흰 운동화에 점점이 떨어진 피, 소금을 끼얹은 듯 따끔거리는 피부, 버둥거리며 죽어가는 소들, 암 환자의 등을 비추는 긴 거울, 불에 타죽는 사람들, 여자들의 통곡 소리, 내리는 산성비 그리고 천지사방으로 흩어지려는 내 몸뚱이. 지난여름, 몸이 사방으로 터져나갈 것처럼 아팠다. 그러나 그것도 어쩌면 나의 나쁜 습관이었던 건 아닐까. 실제로는 아프지 않으면서 아프다고 통각을 호소하고 소리를 질러대야 살아 있는 듯 느끼는 오래된 습관.(「재해지역투어버스」113면)

여자는 늘 안 좋은 상상에 시달렸다. 비가 내리고 눈 내리는 바깥 풍경은 아름답고 낭만적인데 눈만 감으면 악몽이 펼쳐졌다. 딱히 어디에서 연유한 것이라고 말할 수 없는 이상한 풍경들이었다. 여자는 그 풍경 안에서 칼로 다른 사람을 난자해 죽였다. 낯선 도시의 강변에서 구더기가 핀 시체를 내려다보며 서 있기도 했다. 누군가 계속 두 다리를 옭아매어 도망도 가지 못했다. 여러번 도망가려고 하다가 잠에서 깨어나 입술을 문지르면 손에 피가 묻어났다. 깜짝 놀라 거울을 보면 실내가 건조해 바짝 마른 입술이 찢어져 피가 흐른 것일 따름이었다.(「어떤 싸움」 208~209면)

산책자의 관찰적 시선이 두드러지는 「재해지역투어버스」에서 주인공이 느끼는 통각은 삭막하고 고단한 현실에서 기인한다. 그는 거리에 물대포가 터지고 사람들이 끌려가고 어린 학생들과 노인들이 수시로 자살을 하고 참혹한 사건이 연이어 벌어지는 고국을 떠나 허리케인이 휩쓸고 간 뉴올리언즈로 왔다. 그가 씨티투어 버스에서 바라본 타국의 도시는 재해의 흔적을 내부에 품은 채 표면적으로는 평화로운 일상을 유지하고 있다. 그러나 "박살난 집들, 질서가 깨진 스카이라인, 부러진 전신주들, 길에서 나뒹구는 식민지 시대의 앤티크 소품 시계들, 깨어진 간판, 들쑤셔진 보도블록"(118면) 등을 생생하게 증언하는 버스기사의 설명은 고요하고 황량한 거리 위에 그로테스크한 악몽들이 겹쳐 있음을 알려준다. 평온한 일상 뒤에 숨은 끔찍한 재난의 풍경을 응시하는 주인공의 시선은 불행과 악몽을 성찰하는 통각의 상상력을 생생하게 일깨운다.

「어떤 싸움」에서도 여성 인물이 시달리는 "쓰레기 같은 환영"(201면)은 원인이 뚜렷하지 않은 불안증세와 연관되어 있다. 눈만 감으면 악몽에 시달리는 그녀는 도심의 영화관, 도서관, 공원 콘써트를 헤매고 다닌다. 칼을 들고 누군가를 난자해 죽이고, 도시의 강변에서 구더기가 핀 시체를 내려다보는 끔찍한 환영은 소통이 단절된 도시적 삶에서 느끼는 몽상과 우울의 증상을 표현한다. 그 몽상과 우울 속에는 어린시절 목격한 장례 행렬의 음산한 기억도 자리해 있다. 가족이나 친구와의 따뜻한 소통의 경험을 갖지 못한 그녀는 비슷한 마음으로 극장을 찾은 남자와 뜻밖의 만남을 갖는다. 자식도 아내도 없고 실직으로 내몰린 남자가 느끼는 삶의 고통은 그녀보다 훨씬 구체적이지만, 두 사람 모두 메마른 도시적 삶에서 결핍과 불안을 느끼기는 마찬가지다.

개인의 예민한 통각을 통하여 현실의 문제를 절실하게 환기하는 방식은 「문래에서」에서 본격적으로 드러난다. 이 소설에서 주인공이 거주하는 공간은 '문래'와 'Y지역'으로 대립되어 형상화된다. 철공소들의 거리로 이루어진 문래는 그 사이사이에 예술가들의 작업실이 존재하는 인간적인 도시였다. 이에 비해 그녀가 남편을 따라 이사한 Y지역의 개발지구는 아파트를 둘러싸고 끔찍한 살육의 공기가 흐르는 공간이다. 흰 논바닥 위에 죽어 있는 새들과 계곡 주변에 얼어붙어 있는 핏물, 지독한 냄새를 묻히고 돌아오는 남편, 도살한 가축을 싣고 가는 검은 휘장을 친 수많은 트럭의 이미지는 인간의 잔인한 이기주의가 가져온 생태파괴의 비참함을 암시한다. 문래를 떠나 Y지역으로 온 주인공은 문래에서 만난 소녀 예술가가 울고 있는 악몽에서 벗어나지 못한다. 사람들이 가축의 피로 손을 물들이고 전염병이 창궐하는 Y지역에서 그녀가 시달리는 악몽은 죄없는 생명을 죽이는 끔찍한 문명의 공간에서 살고 있다는 죄의식이 담긴 것이기도 하다.

「문래에서」에서 드러나듯이 강영숙 소설의 인물들은 허기와 공포, 정체 모를 불안, 그리고 악몽을 통해 황폐하고 비극적인 현실에 반응한다. 구역질, 악몽, 진땀, 냄새 등 온갖 고통스러운 감각의 귀환은 그동안 억눌려왔던 소외된 타자들의 세계를 환기하는 것이기도 하다. 아파할 줄 모르는 무감각의 상태로는 현실의 모순을 인지하지 못하며 그것을 벗어나는 출구도 발견할 수 없다. 강영숙의 인물들은 고통을 느낌으로써 재해가 휩쓸고 간 도시에서 견디고 살아가는 방식을 모색하고자 한다. 타인과 세계의 고통에 대한 공감을 바탕으로 할 때만이 스스로의 치유도 가능한 것이라고 할 때, 강영숙의 소설은 고통의 발견을 통하여 윤리적인 감각을 획득한다고 할 수 있다.

4. 소통의 모색, 예술가의 '아케이드'

도시는 낯선 이방인들이 서로 만나는 공간이다. 솔직하게 자신의 마음을 나누는 친교의 형태는 이곳에서 쉽게 성립되지 않는다. 도시의 이방인들은 현재와 과거, 미래의 시간적인 연결점을 상상하지 않는 고립된 개인들이다. 강영숙 소설의 인물들 역시 이러한 소통의 희망에 대하여 서투른 환상을 품지 않는다. 자신의 내면을 숨긴 채 적당한 예의와 거리를 고수하는 방식은 타인뿐 아니라 가족과의 관계 속에서도 잘 나타난다. 한 예로 「그린란드」에서 별 문제 없이 유지되는 듯 보이던 가족들의 일상은 남편들의 느닷없는 실종과 더불어 위기를 맞이한다. 가족도, 친구도, 연인도 그 자신의 고민과 고통을 대신 감당해줄 수는 없다. "왠지 딱딱한 등껍데기에 둘러싸인 사람 같은 어깻짓"(「라디오와 강」 60면)은 타인과의 관계뿐만 아니라 가족과의 관계 속에서도 실감되는 것이다.

강영숙의 소설에서 비관적 현실인식을 무화하는 낭만적인 소통의 환상을 찾기란 쉽지 않다. 인물들은 무심한 포즈로 서로에게 다가선다. 「어떤 싸움」에서 여자는 남자와 함께 고향 마을을 찾아가지만 거기서 특별한 유대감의 확인이나 감정의 진전을 바라지 않는다. 이들은 우연히 만난 영화관에서 영화를 보고 커피를 마시고 라면을 사먹으면서 조금씩 말문을 연다. 적당한 예의와 거리를 고수하던 남자와 여자는 꼭 그만큼의 사소한 다툼을 시작한다. 여자는 이제 만남을 시작한 남자에게 등산복 차림이 마음에 안 든다고 시비를 걸고, 남자 또한 그에 대꾸하여 당신의 모습도 마음에 썩 들지 않는다고 말한다. 소통은 이렇게 사소한 갈등으로부터 조심스럽게 시작된다. 두 사람을 둘러싼 무겁고 답답한 현실의 무게를 한꺼번에 덜지 않고 그들의 관계를 주시하는 것, 강영숙의 소설이 모색하는 소통의 과정은 이렇듯 담담한 형식으로 이루어진다.

부재의 아픔 속에서 조심스럽게 모색하는 소통의 환영은 표제

작인 「아령 하는 밤」에서 잘 나타난다. 주인공은 함께 살던 언니의 죽음 이후 고립된 삶을 살고 있다. 그녀가 살고 있는 공장지대에서는 노동자들이 원인 모를 병으로 죽어가고 끔찍한 살해사건이 연이어 일어난다. 변기는 고장나고 폐수가 넘쳐나며 언니의 죽음이 시시각각 악몽의 형태로 주인공을 압박한다. 죽음과 질병의 공포는 깊고 푸른 물에서 헤엄치는 언니의 푸르죽죽한 얼굴의 환영으로 나타난다. 폐허의 도시에서 살아남기 위해 주인공은 끊임없이 김밥을 만든다. 병든 육체에 대한 두려움, 도시를 덮치는 오염과 악취, 살해의 공포가 기묘하게 어우러진 도시에서 김밥을 마는 노인 여성의 씰루엣은 기묘한 분위기로 다가온다.

흥미로운 것은 외부에서 침입해오는 죽음의 기운과 공포에 대응하여 주인공이 품는 욕망들이다. 건강한 육체와 생명이 지닌 에너지에 대한 그녀의 관심은 건너편 철판볶음집 노인의 건장한 팔뚝에 대한 호기심과 선망으로 표출된다. 이웃과 다정한 친교를 나누고 싶은 욕망은 고장난 변기를 고치러 방문한 수리기사에게 발화된다. 집 안에서 별달리 사람을 만날 수 없던 노인 여성이 남몰래 꿈꾸는 소통의 환상과 욕망은 강영숙 소설이 은근히 발휘하는 기묘한 유머의 방식을 보여준다. 그녀가 아령 노인에게 품었던 욕망은 그가 살인사건의 범인일지도 모른다는 두려움과 공포로 변하고, 결국 아령 하는 노인이 기거하는 공단지대 옆의 야산으로 찾아간 그녀는 자신이 가져간 김밥 도시락을 그의 문 앞에 놓고 돌아온다. 기괴함과 유머가 공존하는 노인 여성의 환상과 오해는 죽음의 도시에 맞서는 존재의 강렬한 생존욕구를 보여준다.

불안과 공포, 먼지와 악취가 가득한 도시 속에서 이방인끼리의 소통은 서서히 진행된다. 사소한 시비를 걸든, 다정한 친교를 원하든, 자기가 싼 김밥을 건네든, 그것은 어떤 고정된 형식의 만남을 의도하지 않는다. 단지 현재의 순간에 함께 있다는, 그리고 말을 나눈다는 교감을 느끼는 것이 중요하다. 최근 강영숙의 소설에서 때로 이러한 존재들의 교감은 '예술가들의 공동체'에 대한 탐색을 통해서 적극적인 방식으로 드러나기도 한다. 근작장편인『라이팅 클럽』이 그 대표적인 예이다. 여기서 황폐한 세계를 견디는 일은 '글쓰기'를 통한 소통의 공간 만들기와 연결된다. 가족서사의 희망적인 탐색이 좀처럼 나타나지 않는 강영숙의 소설에서는 보기 드물게 인물들의 따뜻한 유대가 그려진 이 소설은 최근 소통의 상상력을 모색하는 강영숙 소설의 변모를 보여준다.

이번 소설집에서도 「문래에서」와 「프리퍄트창고」는 도시공간에서 움트는 예술적 소통의 희망을 탐색한 작품으로 눈길을 끈다. 「문래에서」에서 주인공이 거주했던 문래는 "곳곳이 기름 냄새 나는 철공소들의 거리"였지만 "그 사이사이 버려진 작은 가게들이 울긋불긋 색을 입고 그림이 그려진 예술가들의 작업실"이 있던 곳이기도 하였다. 예술가와 노동자 들이 섞여서 정담을 나누고 술을 마셨던 "복순네 식당", 그리고 식당에서 나와 바라본 "붉게 변하며 저만치 높아지는 문래의 회색 하늘"은 주인공에게 따뜻한 위무를 안겨주었다.(12~13면)

강영숙의 소설에서 탐색되는 황량한 도시의 공간들은 낡고 오래된, 버릴 수 없는 추억들을 품은 곳이기도 하다. 도시의 낡은 아케이드는 사물들의 체험을 집적한 꿈과 기억의 저장공간이다. "지나가버린 것, 더이상 존재하지 않는 것이 사물들 속에서 격렬하게 작용하고 있다. 역사가는 그것에 주제를 맡긴다. 그는 이러한 힘에 의존해 사물들을 마치 더이상 존재하지 않게 된 순간에 있는 것처럼 인식한다. 이처럼 더이상 존재하지 않게 된 존재의 기념물이 아케이드"(발터 벤야민, 같은 책 270면)라는 설명이 알려주듯이, 도시의 아케이드는 낡은 거리의 이름들 속에 하나의 세계를 보존하고 있는 꿈과 기억의 공간이다.

'존재의 기념물'로서의 아케이드에 대한 비유는 「프리퍄트창고」에서 상세하게 나타난다. 2006년 서른살이 된 '나'는 어머니 김영출씨로부터 '제일창고'를 물려받는데, 이 창고는 청계천이 복개되기 이전의 황학동의 기억과 물품 들을 담아놓은 공간이다. 아버지의 유품이 담겨 있기도 한 제일창고는 스스로 '프리퍄트'를 고향으로 선언하는 주인공에 의하여 '프리퍄트창고'라는 이름으로 명명된다. 자신의 세대가 인류 역사상 가장 불행한 세대가 될 것이라고 믿는 주인공은 체르노빌의 아이들처럼 '잠재적 암환자'라는 두려움에서 쉽게 벗어나지 못한다. 그녀의 내면풍경 속에는 가본 적도 없는 프리퍄트의 오염된 공간과 황학동의 아케이드들이 나란히 서 있다.

어두운 길이 갈색으로 환해지고 프리퍄트로 들어가는 길목이 보였다. 울퉁불퉁한 진흙길. 목에 측정기를 매단 프리퍄트의 아이들이 퀭한 눈으로 날 쳐다봤다. 저만치 앞에서 덩치 큰 남자들이 디지털 방사능 오염 측정기를 손에 들고 하늘을 향해 높이 올린 채 버튼을 눌렀다. 숲은 가지만 남은 회색 나무들이 우거지고 어디선가 우수수, 소리가 들리며 땅이 흔들렸다.(「프리퍄트창고」 188면)

유령도시가 된 프리퍄트에서 황학동까지 바람을 타고 날아온 존재로 스스로를 정의하는 주인공의 내면에는 문명의 재해를 민감하게 인식하는 세대의 불안과 공포가 깃들어 있다. 자신들을 잠재적인 암환자로 규정하는 세대가 품은 비관적 인식은 예술가 집단과의 교류를 통해 희미한 가능성의 틈새를 찾는다. 프리퍄트창고를 개장한 주인공은 "좁은 가게에 앉아 작은 무언가를 만들고 있는 예술가"(189면)들이 자신의 창고를 찾아올 고객들이라고 믿는다. 황학동 거리는 거대한 개발 씨스템에 의해 깨끗한 공간으로 정비되었지만, 프리퍄트창고는 낡고 볼품없어진 쇠락한 유물과 추억들을 모아서 그 거리 속에 당당히 존재한다. 상품적 가치와는 무관해진, 낡고 쓸모없는 것들이 예술의 감각과 활기 속에서 새롭게 되살아나는 것, 어쩌면 강영숙 소설이 꿈꾸는 도시의 활기와 생명력은 이 틈새공간의 발견으로부터 시작되는지도 모른다. '아케이드' 예술가들의 동참으로 창고는 북적거리기 시작하고 그들의 '어떤 만남'은 다채로운 방식으로 창고를 채운다. 죽은 남자친구, 잃어버린 예술가의 꿈, 가족 몰래 모으는 수집물들이 더해지는 창고 안에서 주인공도 프리퍄트의 기념물들을 모아놓는다. "죽음, 기억, 추억. 보관할 수 없는 것을 보관해주는"(195면) 곳으로서의 프리퍄트

창고는 낡은 유물로 치부되었던 오래된 아케이드들을 새롭게 되살려놓는다.

문명의 재앙과 그것이 파괴한 삶의 참혹한 양태를 엄정한 눈길로 주시하는 강영숙의 소설은 도시 속에 스며 있는 개인들의 실존적인 불안을 섬세하게 포착한다. 골목 모퉁이에서 벌어지는 우연적 만남들, 사소한 눈빛의 나눔까지 들여다보는 작가의 시선은 도시공간의 새로운 면면을 세심하게 조명한다. 그의 소설에서 변주되는 도시의 황막한 풍경들은 장소적 정체성을 갖지 못한 채 떠도는 현대인들의 고단한 일상을 숨김없이 담아내고 있다. 현대인의 실존을 둘러싼 불안에 대한 깊은 공감의 힘은 강영숙의 소설이 단단히 뿌리박고 있는 현실의 지반을 환기시켜준다. 이 은성한 도시의 불빛 속에 가려진 폐허와 쇠락의 징후들, 단조로운 일상에 숨겨진 악몽들을 천천히 통과한 그의 소설은 오랜 배회의 여정 끝에 '그리고 삶은 계속된다'라는 깨달음에 다다른다. 그것은 소외된 삶의 환부를 들여다보는 끈질기고 애정 어린 시선만이 성취할 수 있는 소설적 상상력의 귀중한 덕목을 우리에게 보여준다.

白智延 | 문학평론가

아령 하는 근육질의 노인을 만난 건 서울이 아닌 한강 상류의 한 지방도시에서였다. 노인이 한 손으로 5킬로그램은 되어 보이는 아령을 어깨 부근까지 들어올렸을 때 주름진 그의 얼굴에서 도금한 이빨 하나가 반짝 빛났다. 서울에선 강변북로만 타면 왜 자꾸 어딘가로 전화를 걸게 되는 건지 알 수 없는 채 그냥 달렸다. 그러다 훌쩍 6500마일, 1만 킬로미터를 날아 다른 나라로 갔다. 대홍수를 겪은 작은 도시 곳곳의 담벼락과 건물 지하에서 땅콩버터 빛깔로 남아 있는 거대한 물의 흔적을 봤다. 대륙의 끝, 재즈의 도시로 간 것도 허리케인 카트리나의 흔적을 보고 싶어서였다. 그런데 거기서 만난 건 당연하게도 재해가 아닌 음악이었고 가난이었고 따뜻한 미소였다. 문제는 늘 여행에서 돌아온 순간부터 생긴다. 주변과의 불화가 깊어지기 시작했고 영화관을 전전했다. 그러다 차가운 겨울이 찾아왔고 도시를 떠돌아다녔다. 문래, 황학, 창신 그리고 충남의 어느 삭막한 도시. 그래서 이 소설의 주인공은 도시이고 시간이다. 내가 보여주고 싶었던 것은 우편엽서의 앞쪽, 화려한 불빛을 매단 도시의 전경이 아니라, 엽서의 뒷면이었다. 그런 면에서 나는 도시를 관찰하는 사람이었다. 이 짧은 단편소설들은 조금씩 닮아가는 채, 서로 그 빈약한 등을 기대고 있다. 내 소설의 주인공들은 한번도 이 세계의 숲에 안전하게 발을 디딘 적이 없는 사람들이다. 그들은 행렬의 맨 뒤에서 꼬리를 물고 따라오는 어둠에 속한 사람들이다. 이 소설들은 하나의 완결된 이야기로는 존재할 수 없는 낱낱이 깨진 이미지이며 루머이고 당신에게 우연히 제시된 타로 한 장과 같다. 그저 당신이 하루의 노동을 끝내고 지친 몸으로 집으로 돌아갔을 때 도착해 있는 한 장의 우편엽서 같은.

『날마다 축제』 이후 또 한 권의 소설집을 창비에서 선보이게 되었다. 그때도 그랬지만 불안과 충동의 기운으로 뭉쳐진 이상한 덩어리 하나를 내놓음으로써 나는 또 한번 해체되는 듯한 이상한 기분에 빠져든다.

2011년 10월에
강영숙

| 수록작품 발표지면 |

문래에서 …『현대문학』 2011년 3월호

아령 하는 밤 …『문학사상』 2007년 12월호

라디오와 강 …『현대문학』 2009년 1월호

죽음의 도로 …『서울, 어느날 소설이 되다』 강 2008

재해지역투어버스 …『문학수첩』 2009년 겨울호

그린란드 …『문학의문학』 2008년 겨울호

불안한 도시 …『문학사상』 2011년 4월호

프리퍄트창고 …『내일을여는작가』 2011년 여름호

어떤 싸움 …『한국문학』 2010년 봄호

아령 하는 밤

초판 1쇄 발행 • 2011년 10월 31일

지은이/강영숙
펴낸이/고세현
책임편집/이하나
펴낸곳/(주)창비
등록/1986년 8월 5일 제85호
주소/413-756 경기도 파주시 교하읍 문발리 513-11
전화/031-955-3333
팩시밀리/영업 031-955-3399 · 편집 031-955-3400
홈페이지/www.changbi.com
전자우편/literat@changbi.com
인쇄/상지사P&B

ⓒ 강영숙 2011
ISBN 978-89-364-3720-6 03810